루쉰

동아시아에 살아 있는 문학

魯迅

후지 쇼조 지음 | **백계문** 옮김

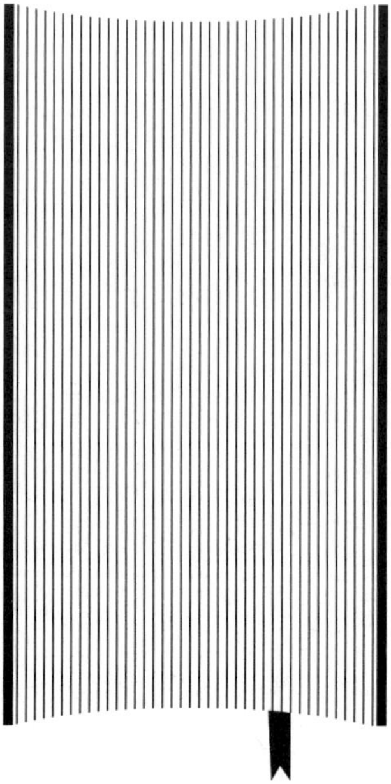

한울
아카데미

이 도서의 국립중앙도서관 출판시도서목록(CIP)은 e-CIP홈페이지(http://www.nl.go.kr/ecip)와
국가자료공동목록시스템(http://www.nl.go.kr/kolisnet)에서 이용하실 수 있습니다.
(CIP제어번호: CIP2014002029)

魯迅

東アジアを生きる文學

藤井省三

shozo Fujii

岩波新書 1299

ROJIN (Lǔ Xùn)

HIGASHI AJIA O IKIRU BUNGAKU

by Shozo Fujii

First published 2011 by Iwanami Shoten, Publisehrs, Tokyo.

This Korean language edition published 2013

by Hanul Publishing Group, Paju

by arrangement with the proprietor c/o Iwanami Shoten, Publishers, Tokyo.

魯迅

차 례

魯迅

머리말

루쉰魯迅(본명은 저우수런周樹人, 1881~1936) 문학을 빼고서는 현대 중국을 말할 수 없습니다. 그리고 일본이나 동아시아의 현대도 루쉰 문학을 좌표축으로 삼아서 바라볼 때 그 개성과 공통성이 눈에 더 잘 들어올 것입니다.

루쉰은 1902년에 도쿄로 유학을 떠나 문학 활동을 시작했고, 동아시아의 여러 도시를 편력한 끝에 마침내 상하이에 도착했으며, 1936년에 그곳에서 생을 마쳤습니다. 그리고 세상을 떠난 지 70년이 넘게 흐른 지금도 그의 작품은 중국뿐 아니라 동아시아 곳곳에서 즐겨 읽히고 있습니다. 일본에서는 중학교용 모든 국어교과서에 그의 작품이 수록되어 있는 등 거의 국민문학으로 취급받고 있습니다.

이 책 『루쉰: 동아시아에 살아 있는 문학』은 도쿄 올림픽(1964) 무렵에 시작된 나의 루쉰 독서 편력으로부터 이야기를 시작합니다. 당시 나는 소학교 5학년생으로, 원래 야구광이었으나, 고도 경제성장으로 도쿄에서 공지空地가 사라져버린 까닭에 어쩔 수 없이 취미를 독서로 바꿔가고 있었는데, 그때 우연히 루쉰의 주옥같은 단편소설 「고향故鄕」을 접했습니다. 그 후 대학에서 중국문학을 전공했고, 1970년대 말에는 최초의 정부 간 교환학생으로 중국에 머물면서 루쉰의 고향인 사오싱紹興을 네 차례 방문했습니다. 그곳을 찾아갈 때마다 20세기 초부터 내내 잠들어 있는 것만 같은 조그마한 고도古都의 모습에 매번 매혹되었던 기억이 새롭습니다.

제2장에서는 루쉰이 사오싱에서 태어나 자라다가 난징南京에 있는 학교에 진학한 것을, 제3장에서는 도쿄와 센다이仙台에서의 유학 생활을, 제4장에서는 베이징北京에서 문부 관료로 지내면서 본격적인 문학 활동을 개시한 것을, 제5장과 제6장에서는 샤먼廈門, 광저우廣州, 홍콩을 거쳐 마침내 도착한 상하이上海에서 애인 쉬광핑許廣平과 중산층으로서 여유 있는 생활을 보내는 한편으로 국민당 독재정권과 목숨을 건 언론전을 이어간 것 등을 이야기할 것입니다.

제7장은 다자이 오사무太宰治, 다케우치 요시미竹內好부터 오에 겐자부로大江健三郎, 무라카미 하루키村上春樹에 이르기까지 일본인은 어떻게 루쉰을 읽어왔는지, 그리고 제8장은 홍콩, 타이완, 싱가포르, 한국 등 동아시아 각지에서 루쉰 읽기와 관련해 어떤 전

통이 구축되었는지를 각각 살펴볼 것입니다.

마지막 제9장에서는 다시 중국으로 돌아가, 마오쩌둥毛澤東에 의한 '루쉰 성인화聖人化'를 거쳐 덩샤오핑鄧小平 시대에는 '독립적 사고'에 의한 '루쉰 새로 읽기'가 시작되었다는 것, 그런데 한편으로 대학 진학률이 급상승하고 입시전쟁이 격화하면서 루쉰을 싫어하는 고교생과 대학생이 크게 늘어났다는 것, 그리고 일본인 의사가 루쉰을 독살했다는 설 따위가 떠돌아다니는 현상 등에 관해서도 이야기할 것입니다.

자, 그럼 함께 루쉰을 주제로 동아시아 여행을 시작합시다.

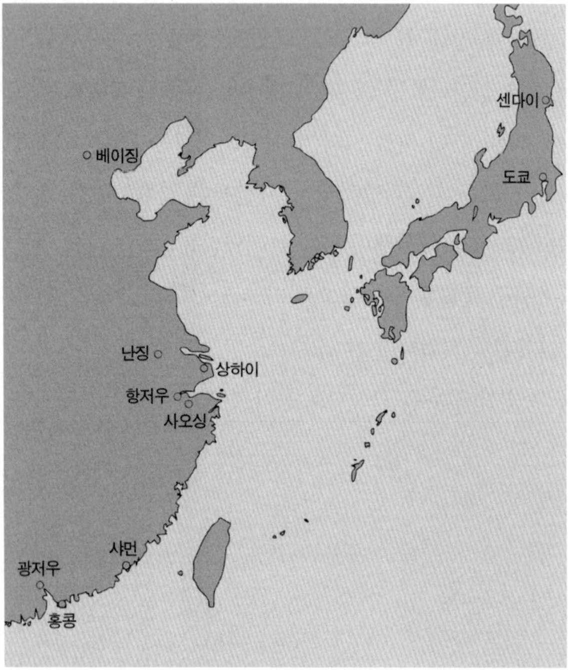

루쉰이 살았던 도시

사오싱 0~17세, 28~30세
난징 17~20세, 30세
도쿄 20~22세, 24~27세
센다이 22~24세
항저우 27~28세
베이징 30~44세
샤먼 44~45세
광저우 45~46세
상하이 46~55세(사망)

제1장

나와 루쉰

1. 나의 루쉰 체험

루쉰의 「고향」과 만나다

루쉰을 처음 만난 것은 내가 소학교 5학년 때였다. 그것은 1963년, 즉 도쿄 올림픽이 있기 바로 전해였다. 우리 집은 도쿄 시내 오타 구大田區 마고메馬込에 1950년대에 조성된 주택가에 있었는데, 여기저기에 공지가 있어서 소학교 3학년 때까지는 매일처럼 야구를 하며 놀았다. 그런 야구 소년이 소학교 4학년 때부터 자기 방에 틀어박혀 독서에 열중하게 된 것은 공지마다 집이 들어서면서 야구를 할 수 없게 되었기 때문이 아니었을까. 도립 지하철 아사쿠사선淺草線이 연장되어 마고메가 도심으로 직접 이어지게 된 것도 그 무렵이었다.

야구 소년이 독서 소년으로 바뀌었을 때 만난 것이 루쉰의 「고향」이라는 작품이었다. 그것은 이렇게 시작한다.

나는 혹독한 추위를 무릅쓰고 2,000여 리나 떨어진 곳에서 20여 년 만에 고향에 돌아가기 위해 길을 떠났다.

때는 이미 엄동이었다. 고향에 점점 가까워지자 날씨는 음산하게 흐려지고 찬바람이 씽씽 소리를 내며 선실 안까지 불어 들어왔다. 선창으로 밖을 내다보니 흐릿한 하늘 밑에 쓸쓸하고 초라한 마을이 활기라고는 조금도 없이 여기저기 가로놓여 있었다. 그러자 나도 모르게 마음속으로 슬픔이 치밀었다.

아아! 이것이 내가 20년 동안 못내 그리워하던 고향이었나?

내가 기억하고 있는 고향은 이런 것이 아니었다. 내 고향은 훨씬 더 좋았다. 나는 고향의 아름다움을 생각해내고 그 장점들을 말하고 싶었으나, 고향의 모습이 사라져버렸고 아무런 말도 떠오르지 않았다. 역시 이런 것이었을까. 그러면서 나는 스스로 해석하기를, 고향은 본래 이러했다. — 전보다 나아진 것도, 내가 느낀 것 같은 슬픔도 없었다. 그렇게 느낀 것은 다만 나의 심경이 변했기 때문이다. 왜냐하면 나는 이번에 그다지 즐거운 마음으로 돌아온 것이 아니었기에.

상실의 이야기

20년 만에 고향에 돌아온 '나'는 추억 속의 아름답던 고향이 이제는 적막한 마을로 변한 것을 보고 가슴이 아픔을 느낀다. 화자인 '나' 자신도 집안이 몰락해 집과 전답을 처분하고 어머니와 조카를 그가 생계를 꾸려가고 있는 타관 땅으로 모셔 가면서 고향에 영원한 이별을 고하기 위해 돌아왔던 것이다. '나'의 앞에는 어린 시절의 친구로 이제는 가난 때문에 바보가 된 농민 룬투閏土가 나타나고 현숙한 미인이던 젊을 때와는 완전히 다르게 뻔뻔스러운 중년 부인이 되어 있는 '두붓집 서시西施•' 양얼사오楊二嫂가 나타나는데……. 이것이 소설 「고향」의 줄거리다.

올림픽 경기로 공지가 사라져 야구를 할 수 없게 된 소년은 이 상실의 이야기에 크게 감동받아 여름방학 독서감상문 주제를 「고향」으로 잡았다. 성숙에는 상실이 따른다는 것을 나에게 처음으로 가르쳐준 것이 루쉰의 「고향」이 아니었을까?

이후 중학교 국어교과서에 실린 「고향」과 다시 만났고, 1960년대 말 고등학교 학원분쟁 때는 마오쩌둥이 루쉰을 '중국 혁명의 성인聖人'으로 추장한 것을 알고 이와나미문고岩波文庫의 『아Q정전阿Q正傳·광인일기狂人日記』나 지쿠마서방筑摩書房에서 나온 세 권짜리 『루쉰 작품집魯迅作品集』을 사서 읽기 시작했다. 루쉰의 그 바닥을 알 수 없는 어두움에 깊이 공감한 것은 역자 다케우치 요시미의 루쉰관에 영향을 받아서였을까. 1952년에 태어나 나와 나이가

• 옮긴이 — 서시는 중국 춘추 시대 월나라의 미인이다.

같은 가수 후지 게이코藤圭子가 "열다섯, 열여섯, 열일곱에…… 나의 인생은 어두웠지", "게이코의 꿈은 밤에 피어나지"라고 노래해 일본가요대상을 수상한 것이 1970년 무렵이었다. 청춘기에 밝음明보다 어두움暗에 더 공감한 것이 나만은 아니었을 텐데, 나를 어둠의 사상으로 이끈 이가 다케우치 요시미의 루쉰이었던 것이다.

민족과 자신의 어두운 부분을 응시하다

나는 대학에서 문학부 중국문학과를 택했다. 1970년대 중엽에 내가 쓴 석사학위 논문의 주제는 '루쉰 등 20세기 초 중국 문인의 영국 낭만파 시인 바이런Baron Byron 받아들이기'였다.

1840년 아편전쟁 이래 밖으로는 구미와 일본의 침략을 받았고, 안으로는 태평천국군과의 내전(1851~1864)과 그 밖의 농민반란으로 쇠약해지던 중국을 어떻게 구할 것인가? 일본은 메이지유신 후 일청전쟁(1894~1895)과 일로전쟁(1904~1905)을 거치며 착실히 국민국가를 건설하고 서구화(근대화)를 이룩해가는데, 중국은 어떤 근대화의 길을 걸어가야 하는가? 이것이 일본 유학생이던 루쉰이나 그의 스승으로서 '학식 있는 혁명가'라 일컬어진 장빙린章炳麟(1869~1936), 그리고 루쉰과 장빙린 모두의 친구로서 인도 독립운동가들과 교유하면서 혁명가의 도덕을 불교에서 구하는 가운데 유랑하는 시승詩僧이 된 쑤만수蘇曼殊(1884~1918) 등이 20세기 초에 맞붙어 씨름한 과제였다. 바이런에 대한 그들의 비평 또는 번역 활동을 자세히 검토함으로써 그 세 사람의 지적 쟁투를 더듬는 작업을 통해 나는 루쉰이 민족과 자기 자신의 어두운 부분을 응시함으로써 빛을 찾았다는 것을 알게 되었다.

석사학위 논문을 마치고 나는 문화대혁명(1966~1976)이 종식된 지 얼마 지나지 않은 1979년에 중국으로 유학을 떠났다. 일본과 중국의 국교 정상화는 1972년에 실현되었으나, 평화우호조약은 그로부터 6년 뒤에야 체결되었기 때문에, 정부 간 교환학생제도도 1979년이 되어서야 비로소 시작되었던 것이다. 베이징에 1개월 반 머무른 뒤 내가 가게 된 곳은 상하이의 푸단대학復旦大學이었다. 그곳에는 문화대혁명에 따른 혼란이나 마오쩌둥 시대의 제도가 여전히 남아 있었고, 내가 입학할 당시에는 대학원도 부활하지 못하고 있어서, 저명 교수가 여전히 '반혁명분자'라 하여 교내 청소의 징벌 노동을 부과받고 있었다. 그가 명예를 회복해 강단에 서게 된 것은 내가 귀국한 다음의 일이었다.

2. 「고향」으로의 여행

사오싱으로의 여행

그런 까닭에 나는 구실을 만들어 대학을 빠져나와 여행을 떠났다. 루쉰의 고향인 사오싱은 항저우 만杭州灣을 끼고 상하이의 남

1979년 사오싱 풍경

서쪽에 있었는데, 기차로 여섯 시간이 걸렸다. 1년 유학하는 동안 나는 사오싱을 네 번 방문했다. 작은 운하들이 종횡으로 달리고 있는 사오싱은 조용한 물의 소도시였다. 봄에는 유채꽃이 흐드러지게 피었고, 여름에는 노점에서 30센티미터 정도씩 자른 사탕수수를 팔아 중심가인 해방로解放路를 오가는 사람들이 그것으로 갈증을 해결하곤 했다. 수확의 계절 가을이 되면 햇볕을 쬐도록 널어놓은 황금빛 벼로 역전이나 차도, 다리 위를 가릴 것 없이 온 도시가 뒤덮인 것이 인상적이었다.

이 사오싱 여행을 별론으로 하고, 내가 1년 동안 유학하면서 얻은 가장 큰 것은 문화대혁명으로 피폐해진 중국을 실감할 수 있었다는 점일 것이다. 나는 그동안 사이좋게 지냈던 캐나다나 독일, 덴마크, 핀란드에서 온 유학생과 귀국을 앞두고 "이제 사회주의에

1980년 사오싱 유학 시절 필자

1980년 당시 사오싱 풍경

대한 환상은 없다"는 이야기를 나누던 때를 지금도 잊지 못한다.

「고향」에 관한 뜻밖의 발견

그 후 나는 도쿄대학 조교와 오비린櫻美林대학 조교수로 일하는 한편, 루쉰과 일본·구미 문학 비교연구에 힘써서 『러시아의 그림자: 나쓰메 소세키와 루쉰ロシアの影 — 夏目漱石と魯迅』(平凡社選書)이나 『에로셴코의 도시 이야기: 1920년대의 도쿄·상하이·베이징エロ

シェンコの都市物語 — 1920年代 東京・上海・北京』(みすず書房) 등의 연구서를 간행했다. 그리고 그 과정에서 「고향」에 관해 뜻밖의 사실을 발견했다.

루쉰이 「고향」을 집필해서 발표한 것은 1921년인데, 그해에 루쉰은 일본 신초샤新潮社에서 나온 『치리코프 선집チリコフ選集』에서 「읍내」와 「개나리」 두 편을 뽑아 중역하여 『현대소설역총現代小說譯叢』(上海: 商務印書館, 1922년 5월 발행)이라는 이름의 세계문학단편집에 수록했다. 그중 「읍내」는 혁명파 지식인이 20년 만에 볼가 강에서 하선해 완전히 변해버린 고향 거리를 쓸쓸한 마음으로 바라보면서 소년기와 청년기의 애틋한 추억을 회상하다가 학생 시절의 친구를 만나는데 그 친구가 수완 좋은 경찰서 부서장이 되어 민중을 탄압하고 있었고 그 모습에 실망한다는 이야기다.

「읍내」와 「고향」의 주요 줄거리가 대단히 유사하다는 점뿐 아니라 번역과 창작이 같은 해에 이루어졌다는 것을 생각할 때 루쉰은 치리코프Evgeny N. Chirikov(1864~1932)의 「읍내」를 모방하여 「고향」을 지었다고 말할 수 있을 것이다.

치리코프의 영향

치리코프는 제1차 러시아혁명기(1905)에 활약한 좌파 작가로, 문고본 크기의 『치리코프 선집』은 1920년에 세키구치 미사쿠關口弥作의 번역으로 간행되었다. 러시아혁명의 영향을 크게 받았던 다이쇼大正 시기 일본의 진보·좌익 문학청년들이 치리코프를 애독했다.

루쉰은 치리코프의 글을 중국어로 옮기면서, 일본어 번역자 세키구치 미사쿠가 『치리코프 선집』에 실은 '역자 서문'을 참고해 스스로 '「개나리」의 역자 부기附記'를 썼는데, 거기에서 루쉰은 치리코프의 약력을 "어렸을 때부터…… 친구들은 농민이나 가난한 집 아이들뿐이어서…… 졸업 직전에 이미 혁명사상을 품고…… 그 때문에 그의 작품은 시골의 어두운 면을 자주 묘사했고, 배경에 혁명을 활용했다"라고 소개한다. 그리고 그 작품을 다음과 같이 평가했다.

> 그의 작품은 사상의 깊이가 깊지는 않지만, 솔직하고 생생하고 신선하다. 그는 심리묘사에 탁월하다고도 하거니와, 다른 어떤 작가의 복잡성에는 미치지 못한다고 하더라도 대부분 실생활에서 취재한 것들로서 풍자와 해학이 넘친다.

루쉰의 '「개나리」의 역자 부기'는 「개나리」만을 위해서 쓴 것이 아니라 똑같이 『현대소설역총』에 수록된 「읍내」를 위해서도 쓴 것으로 생각된다. 본래 「개나리」는 소년 시대의 담담한 사랑을 회상하는 소설로, 혁명을 둘러싼 '깊은 사상'과는 직접적인 관계가 없었다. 오히려 「읍내」가 제1차 러시아혁명 후 러시아 사회를 배경으로 하며, 그 '사상성'에 관해 한마디 해야 할 작품이다.

「고향」은 치리코프의 창조적 모방

그러면 루쉰의 「고향」은 치리코프의 「읍내」를 단순히 번안한 것에 지나지 않을까? 루쉰은 「고향」의 첫머리에서 "고향의 모습이 사라져버렸고 말도 떠오르지 않았다"라고 쓰면서 고향의 풍경에 대해 입을 닫아버린다. 그러다가 다른 장면에서 추억의 풍경을 끌어올린다. 그것은 주인공인 '내'가 어머니의 입에서 어렸을 적의 룬투의 이름을 들었을 때 "갑자기 뇌리에 떠오른 신비스러운 그림", 즉 달밤의 해변에 끝없이 펼쳐진 수박밭의 풍경이었다. 거기서는 룬투 소년이 '내'가 알지 못하는 작은 짐승인 차猹를 상대로 쇠작살을 쥐고 서 있고, 수박을 먹고 있는 차를 향해 쇠작살을 힘껏 던졌는데 그 짐승은 몸을 홱 돌리더니 소년의 가랑이 밑으로 빠져 달아나버린다. 앞머리에서 풍경을 배제했던 것은 이 아름다운 추억의 풍경을 두드러지게 하기 위한 복선이었다고 할 수 있을 것이다.

그런데 차는 루쉰이 만든 말로, 훗날 루쉰은 편집자의 물음에 "그것이 도대체 어떤 동물인지는 나 자신도 모릅니다. 그것은 룬투의 이야기를 그대로 전한 것인데, 다른 사람은 상세하게 알 수 없는 것이지요. 지금에 와서 생각하면 오소리였는지도 모르겠습니다"라고 설명했다.

하지만 옛날의 소영웅 룬투와 재회했으나 그는 완전히 변해 있었고, 나중에는 그가 짚을 태운 재에 대접이나 접시를 숨겨서 가려고 했다는 이야기를 들으면서, 그 추억의 풍경도 빠른 속도로 흐릿해진다. 「고향」은 앞머리에서의 풍경 배제, 추억어린 풍경의 극적인 등장, "수박밭에 서 있는 목에 은목걸이를 찬 소영웅"에 대한 추억의 풍경으로부터의 소실 등 풍경을 둘러싸고 구성된 작품이라고 할 수 있을 것이다. 귀향·재회·실망이라는 「고향」의 구조는 치리코프의 「읍내」에서 배운 것이기는 하나, 고향 풍경의 굴절된 구성은 바로 루쉰 자신의 창작이었던 것이다.

'내'가 "희망이란 본래 있다고도 말할 수 없고, 없다고도 말할 수 없다. 그것은 마치 지상의 길과 같아서, 지상에는 본래 길이 없지만, 다니는 사람이 많아지면 길이 된다"라는 맺음말의 한 구절을 이야기할 때 그는 "눈앞에 한 조각 초록색 모래땅이 펼쳐져 있고, 머리 위 짙은 쪽빛 하늘에는 황금색 둥근 달이 걸려 있는" 것을 고향을 떠나는 배 안에서 보고 있었다. 그것은 마치 사라진 고향의 풍경 속에 그 소년이 홀로 남겨진 모습 같았다.

한마디 덧붙이자면, 치리코프의 「읍내」는 제1차 러시아혁명이 좌절된 후의 암담한 정치 상황하에서 오늘과 다름없었던 20년 전 볼가 강의 여름날 해질녘 풍경을 골똘히 회고하면서 감미로웠던 청춘, 희망이 넘치던 과거의 노스탤지어로 도피해 들어가던 러시아 지식인의 심리를 그린 단편이다. 루쉰은 치리코프의 이야기 틀을 큰 폭으로 재구성해 1920년대 중국 지식인의 정신세계를 파고 들어 철학적 경지에까지 도달했던 것으로, 「고향」은 「읍내」의 창조적 모방이었다고 할 수 있다.

3. 덩샤오핑 시대의 사오싱

16년 만의 사오싱

그런데 중국은 저 참혹한 '톈안먼 사건(피의 일요일 사건)'(1989)을 거쳐 1992년에 개혁개방정책을 다시 가속하여 시장경제화로 돌진했고, 현재에 이르기까지 고도 경제성장을 구가했다. 1995년 말, 나는 마치 「고향」의 주인공처럼, 중국에 유학한 지 15년 만에 다시 사오싱을 찾았다. 1980년대 상하이발 기차에서는 사람들이 화학비료 포대나 큰 보따리에 짐을 가득 넣어 짊어지고 올라타는 모습을 흔히 볼 수 있었으나, 1995년에는 사람들이 세련된 여행용 신발을 신고 선물을 가득 담은 비닐 보자기를 들고 있었다.

그리고 사오싱 역전에는 많은 택시가 손님을 기다리고 있었고, 1회 1위안의 미니버스가 시내를 돌고 있었다. 교외에는 고층 빌딩이 솟아 있었고, 중심가에는 백화점이 늘어서 있었다. 예전에는 외국인의 숙박이 허용되지 않았던 시내 유일의 초대소는 사오싱 반점紹興飯店이라는 이름의 3성급 호텔로 화려하게 변신해 있었다.

호텔 아침 식사로는 중국요리가 뷔페식으로 나왔는데, 말쑥하게 차려입고 가족을 동반한 중국인 여행객으로 붐볐다. 숙박료도 1박에 12위안에서 200위안으로 대폭 올라 있었다. 내가 유학생이었을 무렵에는 여비가 모자라, 원래는 외국인 숙박이 불가능한 국영 여관에 청을 넣어 큰 방에서 중국인 투숙객과 함께 잔 적도 있었다. 그때는 틀림없이 1박에 1위안이었다. 게다가 환율도 십수 년 동안 이어진 엔고 탓에 1위안에 170엔에서 13~16엔으로 많이 달라졌다.

번영의 한쪽에서는

예전에는 문화시설이라 해도 1973년에 문을 연 루쉰기념관밖에 없었는데, 1993년에는 멋진 사오싱박물관이 준공되었다. 박물관 2층 전시장에서는 제8기 5개년계획기(1991~1995)에 사오싱 시가 얼마나 약진했는지 보여주고 있었다. 1990년부터 1995년 사이에 농민 수입은 1인당 1,212위안에서 2,950위안으로 2.5배 올랐고, 도시 노동자 수입은 1인당 2,161위안에서 7,300위안으로 3.5배 올랐다는 것이었다. 시는 교육에도 힘써 대학과 전문학교 진학률이 저장 성浙江省에서 가장 높았고, 사오싱대학의 개교 준비도 착착 진행되고 있다 했다.

번영의 한쪽에서는 공해나 쓰레기 처리 같은 문제가 심각해지고 있는 모양이었다. 예전의 그 상쾌했던 공기는 배기가스로 오염

되어 있었고, 조용히 흘러가던 소운하들은 메탄가스 거품을 내뿜고 있었다. 교외의 야채밭은 밭마다 비닐 쓰레기로 덮여 있었다. 그런 가운데 골판지나 폐지 다발을 싣고 손수레를 끌고 가던 한 중년 남성이 길가의 종잇조각을 주워 애써 주름을 편 다음 짐받이에 담아 넣는 모습이 눈에 들어왔다. 인상적인 모습이었다.

1995년 사오싱박물관 앞에서

사오싱의 오늘

그로부터 다시 15년이 지난 2010년 12월에 나는 다시 한 번 사오싱을 찾았다. 최근 15년 동안의 변화는 1980~1995년의 15년 동안 이루어진 변화보다 더 격심했다. 호텔 사오싱반점이 10년 전에 다시 대대적인 개장을 단행해 객실 수와 주차장 면적을 크게 늘리면서(그 때문에 그 훌륭했던 정원이 축소되었다) 4성급으로 승격되었을 뿐 아니라, 사오싱반점보다 더 고급스러운 5성급 초고층 호텔이 둘이나 개설되었고, 그 밖에 3성급 호텔이 6~7개나 문을 열었다. 30년 전에는 노점에서 사탕수수를 팔았던 중심가 해방로

사오싱의 야경(2010년)

루쉰의 고향집이 있는 사오싱 전통상업지구(2010년)

에는 그 사이에 백화점이나 부티크가 줄지어 들어서고 스타벅스도 영업하고 있었다. 중심가는 아침저녁으로 마이카나 택시 때문에 교통 정체를 빚고 있었다.

그해 10월에 상하이와 항저우 간에 중국판 신칸센인 허셰和諧호가 시속 250킬로미터로 달리기 시작했고, 항저우와 사오싱 간에도 시속 120킬로미터로 속도가 빨라졌기 때문에, 예전에 상하이에서 사오싱까지 기차로 6시간 걸렸던 것이 이제 겨우 2시간의 쾌속 여행으로 바뀌었다.

시 중심부에 있는 사오싱루쉰기념관도 크게 변모해 있었다. 다만 그것은 루쉰과 인연이 있는 건축이나 문물을 더 널리, 그리고 정중히 보존하는 방향으로 이루어졌다. 문화대혁명 중이던 1973년에 루쉰기념관이 문을 열었는데, 그때부터 열품관列品館은 루쉰의 구가舊家 부지에 있었다. 그로부터 30년이 지난 2003년에 루쉰

사오싱의 루쉰 고향집 동편
(2010년)

의 구가에서 열품관을 철거하고 구가를 모두 복원해 '루쉰 고거魯迅故居'라는 이름으로 일반에게 개방했고, 동시에 '루쉰 고거' 동쪽에 전통 양식을 섞으면서도 모던하게 설계한 소쇄한 모습의 2층 건물이 '루쉰기념관'으로 모습을 드러냈다. 아울러 기념관 동쪽의 루쉰 본가와 북쪽의 주가朱家 부지도 매입해 복구했다. 덧붙이자면 단편 「고향」은 루쉰이 고향의 가옥과 부지를 매각하기 위해 귀향한 것에 관한 이야기인데, 그것은 당시 부상富商이던 주가가 구입했었다.

자전적 소설 「백초원에서 삼미서옥으로從百草園到三味書屋」에서 소년 루쉰이 다녔던 것으로 나오는 삼미서옥은 루쉰 고거의 남쪽에, 그리고 「아버지의 병父親的病」에서 13세 소년 루쉰이 약값을 변통하려고 다닌 것으로 나오는 전당포는 루쉰 고거의 북쪽에 자리 잡고 있는데, 그 사이를 두 줄기의 수로가 동서로 흐른다. 「아

Q정전」에서 아Q가 살던 토지신 모양 사당의 모델이 된 토곡사土谷祠는 루쉰 고거의 안뜰인 백초원 서쪽에 복원되어 있다.

기념관 연구부문 책임자인 쉬동보徐東波 부관장의 이야기를 들어보니, 신관 개관 당시에는 입장료로 40위안을 받았고 연간 참관자가 80만 명이었는데, 2010년에 중앙정부의 애국교육정책에 따라 입장료가 무료로 되면서 연간 참관자가 200만 명으로 늘었다고 한다. 그리고 일본을 비롯한 외국 방문객도 많아 지역 관광업에 대단히 큰 기여를 하고 있는 등 루쉰은 오늘날 사오싱 최대의 '문화영웅'이 되어 있다는 것이었다. 최근 몇 년간 중국의 중학교와 고등학교 국어교과서에서는 루쉰의 작품을 줄이고 있지만, 사오싱에서는 부교재를 만들어 보충한다. 그리고 「상서傷逝」(1925)를 발레로 만든 것을 소학생들이 공연하는 것도 시도된다고 한다. 「상서」는 원래 동거에서 시작해 사별에 이르는 젊은 남녀의 비련을 그린 것으로, 나는 이를 「사랑과 죽음愛と死」이라는 제목으로 옮겼다. 내가 쉬동보 부관장에게 이 발레를 고교생이 출연하는 것으로 하는 것이 좋지 않겠느냐고 했더니 그는 "사오싱에서도 입시 경쟁이 치열해 중학교와 고등학교 학생들이 과외활동을 할 여유가 없어서"라고 답했다. 쓴웃음을 지을 수밖에 없었다.

지금 루쉰을 읽는 의미는 무엇인가

「고향」에서 묘사된 풍경, 유학생으로서 내게 친숙했던 '내내 잠들어 있는 것만 같은' 소도시의 풍경은 고도 경제성장과 함께 자취를 감추었고, 사오싱은 이제 미니 상하이가 되어 있다. 문화대혁명과 함께 마오쩌둥 시대가 끝나고 덩샤오핑 시대가 시작되자 중국은 분명 대변모를 시작했고, 포스트 덩샤오핑 시대의 오늘날에도 그 변화의 격류가 흐르고 있다. 오늘날 루쉰을 읽는다는 것이 중국인이나 일본인, 그리고 동아시아 사람들에게 어떤 의미가 있을까? 1995년 '고향'을 다시 찾았을 때 품었던 이 의문은 2010년 방문으로 나에게 더욱 절실한 것이 되었다. 이 책은 앞으로도 계속 루쉰을 읽으려 하는 나의 자문자답의 기록이다.

4. 현대 동아시아와 루쉰

문화와 혁명

대체로 루쉰은 중국에서의 국민국가 건설에 문학이 불가결하다고 생각했다. 그에게 문학은 사회 참여의 한 방법이었고, 문학과 혁명은 하나였다. 1902년부터 7년 동안 일본에서 유학 생활을 한 루쉰은 1904~1905년경 혁명단체인 '광복회'에 가입했다고 한다. 광복회는 저장 성과 장쑤 성江蘇省 두 지역 출신자를 중심으로 조직된 반청反清 민족주의 단체였는데, 2005년 8월에 광둥 성廣東省 계통의 '흥중회', 후난 성湖南省 계통의 '화흥회'와 대동단결하여 도쿄에서 '중국동맹회'를 결성했다.

그리고 그로부터 얼마 지나지 않은 1906년에 루쉰은 1년 반 동안 다니던 센다이의학전문학교를 중퇴하고 도쿄로 돌아와 문학운동을 개시했다. 이때(1907) 집필한 「마라시역설摩羅詩力說」은 일본이나 구미의 문예평론을 모범으로 하여 바이런에서 러시아와 동구의 시인에 이르기까지 유럽 낭만파 계보를 논한 문학론이다. 루쉰은 그 머리말에서 중국에서는 공자 이래의 유교 이데올로기에 의해 시詩가 오로지 전제군주를 즐겁게 하는 도구가 되어버렸지만, 근대 유럽에서는 자유를 추구하고 반항을 절규하는 낭만파 시인이 나타나 국민국가 건설운동의 선두에 섰다고 논했다.

동아시아 여러 도시를 편력하다

1936년에 55세로 서거하기까지 루쉰은 「광인일기」(1918), 「고향」(1921), 「아Q정전」(1921), 「축복祝福」(1924), 「비공非攻」(1934) 등 소설과 에세이를 썼고, 외국의 문학과 미술을 계속 번역 또는 소개하는 한편, 급진적 리버럴로서 사회적·정치적 활동에도 참여하는 등 문학자로서 국민국가 건설에 진력했다. 그러나 한편으로 민중에게 죽임을 당하는 시인(혁명가)이 왜 민중의 선구가 되어야 하는가 하는 시인의 존재론이 전 생애에 걸쳐 루쉰 문학의 한 가지 큰 주제였다.

그런데 그러한 격동의 중국 근대사를 늠연凜然한 자세로 살아

간 루쉰의 생애는 곧 동아시아 여러 도시를 편력하는 여행이기도 했다. 루쉰은 고향 사오싱에서 시작해 난징과 도쿄, 센다이, 베이징, 샤먼, 광저우, 홍콩 등 여러 도시를 거쳐 1927년에 마침내 상하이에 도착했고, 거기서 만년의 10년을 보냈다. 루쉰을 이야기할 때에는 이 개성 넘치는 작가와 그의 문학을 품어준 도시들에도 마땅히 주목해야 할 것이다.

그리고 국민국가 건설이라 하면, 그것은 중국만이 아니라 동아시아 전역에서 20세기 최대의 과제였다. 일본은 19세기 말부터 20세기 초에 걸쳐 국민국가 형성에 성공하기는 했으나, 구미의 제국주의를 모방해 동아시아를 침략하고 식민지화했으며, 결국 패전해 미군의 점령을 거쳐 민주국가로 재탄생했다. 타이완과 한국은 전전戰前에 일본의 식민지 지배를 받았고 전후 군사독재의 역사를 거쳐 1980년대 말에 민주제 건설을 실현했다. 영국 식민지였던 싱가포르는 1965년에 독립한 이래 도시국가 건설을 시도했다. 홍콩은 영국 식민지로부터 중국으로 회귀하는 과정에서 독자적인 아이덴티티를 형성해갔다. 동아시아 국민국가 형성을 둘러싼 근대사는 다양한 경험으로 구성되었던 것이다.

이 책의 목적

이러한 20세기의 역사에서 동아시아인은 루쉰을 각자의 관점에서 읽어왔다. 그리고 21세기가 되어서도 루쉰 문학은 동아시아가 공유하는 모던클래식으로 계속 읽힌다.

이 책은 루쉰의 동아시아 도시 편력을 축으로 하여 그 생애와 작품을 더듬어가면서 현대 중국의 문화와 사회에 좀 더 깊게 다가서려는 시도다. 그리고 루쉰이 일본이나 동아시아에서 어떻게 수용되어왔는지를 고찰함으로써 동아시아의 공통성과 다양성을 분별해보고자 한다.

루쉰은 바이런 등 유럽 낭만파 시인에게서 개성의 존중과 저항정신을 배워 구미나 일본으로부터 밀려들어오는 근대화의 큰 물결을 받아내려 했다. 저항하면서 수용하는 것과 개인의 주체성의 중요성을 밝힌 루쉰 문학은 특히 1990년대 이후 글로벌화가 필지必至라고 이야기되는 현대 동아시아에서 한층 더 그 빛을 발하고 있다.

'아Q'상像의 계보

청나라 말기 이래 중국은 전통 제국으로부터 근대적 국민국가로서의 중화민국으로, 나아가 사회주의를 표방한 중화인민공화국으로 크게 변모해갔는데, 그러한 과정의 한편에는 변혁에 주체적으로 참가하지 않는 방대한 군중, 또는 참가하려야 할 수 없는 과거의 유령 같은 수많은 사람이 있었다. 루쉰은 '아Q'를 통해 그들을 준엄하면서도 공감하는 태도로 묘사했는데, 그것은 새 시대의 국민성에 관한 모색이기도 했다. 일본의 오에 겐자부로, 무라카미 하루키 등도 전후 중산층을 중심으로 한 시민사회나 엘리트, 샐러리맨 계층을 중심으로 한 포스트모던 사회에 대해 '아Q'상像을 원용해 급진적인 비판을 해왔다고 말할 수 있다.

2008년 여름, 리먼 쇼크라 불리는 금융위기를 계기로 '포스트모던의 종언'이 시작되려 하고 있다. 필자는 이러한 대전환기에 즈음하여 일찍이 패전 후인 1950년대에 오에 겐자부로가 깊은 성찰을 수행하고 그것을 토대로 문학 활동을 해온 것, 그리고 1980년대에는 무라카미 하루키가 모던에서 포스트모던으로의 전환기에 행한 깊은 성찰을 토대로 지금까지 문학 활동을 해온 것에 주목하고 싶다. 그러한 일본 작가의 원점의 하나가 루쉰 문학인 것이다.

한편, 일찍이 일본과는 약 20~30년의 시차를 두면서 모던 및 포스트모던을 맞이해온 중국은 시민사회와 정보화사회의 성숙을 기다릴 여유도 얻지 못한 채 대전환기를 맞이하여 지금 '포스트모던의 종언'이 시작되고 있다. "'아Q'상의 계보를 둘러싼 성찰"은 일본과 중국 사람들에게 이 위기의 시대를 타개하는 데 필요한 지혜를 주지 않을까 싶다.

제2장

자각과 여행

사오싱·난징 시대

1. 강남의 고도에서 태어나다

오랜 역사를 자랑하는 고도

루쉰은 1925년 1월 엄한嚴寒의 베이징에서 고향인 수향水鄕 사오싱의 초여름 풍경을 따뜻하게 회상하며 「아름다운 이야기」(1927년 발행한 『들풀野草』에 수록)라는 명에세이를 썼다.

강가 버드나무 밑에 피어 있는 빼빼 마른 접시꽃 몇 송이는 마을 처녀가 심어놓았을 것이리라. 커다란 붉은 꽃이나 알록달록한 붉은 꽃이 하나같이 물속에서 흔들려 부서졌다 길어졌다 하면서 한 줄기 연지 빛 물을 들인다. 그래도 흐려져 사라지지는 않는다. 초가집, 개, 탑, 시골 처녀, 구름…… 들이 흔들린다. 커다란 붉은 꽃들이 하나하나 길어져 이제 힘 있게 굽이쳐 흘러가는 붉은 비단 띠가 된다. 그 붉은 띠가 개에 누벼지고 개는 흰 구름에 누벼지고 흰 구름은 시골 처녀에게 누벼진다……. 한순간에 모든 것이 수축된다. 다시 알록달록한 붉은 꽃 그림자들이 부서지고 길어지면서 탑과 시골 처녀에게, 개와 구름과 초가집에 누벼지고 또 누벼진다.

중화민국 시대의 사오싱

꿈속에서 루쉰은 거룻배를 타고 가면서 강물에 비친 초여름 풍경에 마음을 빼앗긴다.

저장 성의 고도 사오싱에 가려면 상하이에서 기차를 타고 서쪽으로 200킬로미터 떨어진 항저우로 갔다가 다시 동남쪽으로 60킬로미터를 더 가야 한다. 항저우 만을 왼쪽으로 끼고 빙 돌아가는 그 긴 여행이 오늘날에는 '동차動車'라 불리는 중국판 신칸센을 타면 두 시간이 채 걸리지 않는다. 그러나 상하이와 항저우 간의 후항滬杭 철로가 완성된 것이 1909년이었고, 항저우에서 사오싱을 거쳐 닝보寧波까지 가는 항융杭甬 철도가 개통된 것이 1914년이었으며, 동차가 실용화된 것이 2010년의 일이다. 청년기까지의 루쉰에게 상하이에서 사오싱으로 가는 것은 도중에 배를 바꿔 타는 것을 포함해 모두 3박 4일이 걸리는 뱃길 여행이었다.

오랜 역사를 자랑하는 고도 사오싱은 치수의 신화적 영웅 우禹 임금과 관련된 회계산會稽山이 솟아 있고, 춘추시대 월나라 왕 구천句踐의 복수담이 전해 내려오며, 남송 시기에는 한때 수도이기도 했고, 명·청대에는 운하 교역으로 번성을 맞기도 했다. 또한 물과 쌀의 질이 좋아 사오싱주紹興酒라는 이름난 술의 산지이기도 하다. 여덟 개 현으로 구성된 사오싱 부府의 인구는 약 122만 명이었고(1933년 통계), 성벽으로 둘러싸인 중심 도시 사오싱 부성府城의 인구는 약 11만 명(1910년 통계)이었다.•

강고한 부계 대가족

루쉰은 이러한 사오싱 성내에서 사대부인 저우가周家의 장남으로 태어났다. 저우 일족은 본래 후난의 다오저우道州에 적을 두고 있었는데, 명조 정덕正德 연간(1506~1521)에 시조가 사오싱으로 이주해왔다고 한다. 루쉰은 그때부터 세어 제14세에 해당한다. 저우 일족은 그 후 상업으로 재물을 쌓다가, 제6세가 과거의 1단계에 합격해 거인擧人이 됨으로써 지주 겸 관료인 사대부 계급에 올라선 이래 계속 번성했던 것 같은데, 제9~11세에 점차 십여 개의 방족房族(선조의 가家에 대해 부분적인 소유권을 갖는 친족)으로 갈라

• J. H. Cole, *Shaohsing: Competition and Cooperation in Nineteenth-Century China* (University of Arizona Press, 1986).

졌다. 루쉰의 가는 치방致房(제9세)의 아래인 지방智房(제10세)의 아래 홍방興房(제11세)에 속한다.

각 방은 논밭과 가옥을 제전祭田 또는 제산祭産으로 공유했고, 해마다 교대로 제사나 성묘를 주재했다. 제7~8세의 제를 지내는 치공제致公祭는 일족이 모두 참가하는 대제로, 모든 방이 순번에 따라 주최했는데, 루쉰이 속한 홍방에는 1927년에 순번이 돌아왔다. 어느 방에 후계가 없을 때에는 다른 방에서 같은 세대의 남자를 데려와 후계로 삼는 등 강고한 부계 대가족제가 유지되었다고 한다.

저우 일족은 사오싱 성내의 노대문老台門, 신대문新台門, 과교대문過橋台門에 나뉘어 살았는데, 신대문에 있던 루쉰의 홍방은 10촌에 해당하는 사람까지 여러 가족, 여러 사람이 동거하는 대가족이었다. 그런데 루쉰이 태어날 무렵에 태평천국의 난(1851~1864) 등을 겪으며 저우 일족은 쇠퇴기를 맞았는데, 홍방에서는 루쉰의 조부인 저우푸칭周福淸(자字는 제푸介孚, 제12세)이 1871년에 과거 최종시험을 통과해 진사가 되고, 이어 장시 성江西省의 현 지사를 지낸 뒤 베이징에서 내각중서內閣中書라는 고관에까지 오르는 등 가운을 되살리고자 많은 노력을 기울였다. 루쉰의 소년 시대에 이 조부를 가장으로 한 홍방에는 약 3헥타르(약 9,000평)에 달하는 논이 아직 남아 있었다.

아버지와 어머니

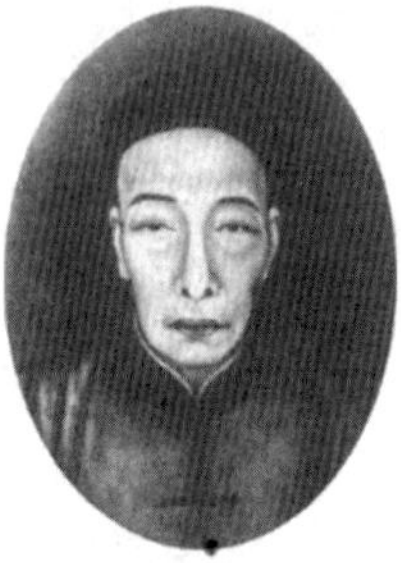
루쉰의 아버지 저우펑이

루쉰의 아버지 저우펑이周鳳儀(자는 보이伯宜, 1861~1896)는 과거 수험자격시험에 합격해 생원(수재秀才)이 되기는 했으나, 과거 1단계에 합격해 거인擧人이 되는 데에는 성공하지 못했다.

루쉰의 어머니 루루이

어머니 루루이魯瑞(1858~1934)는 사오싱 교외에 있는 안차오터우安橋頭 촌 사대부 집안의 셋째 딸로, 아버지는 거인이었고, 형제들도 수재였다. 그녀는 1880년에 저우펑이의 아내가 되어 4남 1녀를 두었는데, 막내아들과 딸은 요절했다. 38세의 나이로 홀로 되어 세 자식, 즉 저우수런周樹人, 저우쭤런周作人, 저우젠런周建人을 길러냈다.

루루이는 당시 여성으로서는 드물게 유년기에 형제들이 공부하는 것을 곁에서 보면서 글자를 익혔고, 루쉰과 같이 살고자 베이징으로 옮겨 가고 나서는 몇 개 신문을 정기 구독하면서 장쭤린張作霖 등 군벌 비판을 입에 담기도 했다. 그녀는 『삼국지』, 『수호전』, 『서유기』, 『홍루몽』 등의 고전 통속문학 외에 장헌수이張恨水(1895~1967)의 『제소인연啼笑因緣』 같은 현대 연애소설도 반복해서 애독했는데, 아들의 소설에 대해서는 "뭐가 재밌는지 모르겠어"라며 투덜댔다고 한다.

청 말에 전족 반대운동이 일어나자 자진해서 전족을 풀었고, 베이징여자사범대학의 루쉰 제자들이 1926년에 단발을 제창하자 학생들에게 자신의 머리를 잘라줄 것을 부탁할 정도로 개명적인 여성이었다. 또한 손님 받기를 좋아해 여학생들이 놀러 오면 콩나물볶음 등 손수 만든 요리를 내놓는 일이 많았다.

동생 저우쭤런

루쉰은 그러한 어머니 루루이를 깊이 경애하여 베이징을 떠나 샤먼, 광저우, 상하이 등지에서 머물던 10여 년 동안에 어머니 앞으로 써서 부친 편지가 220통이 넘는다. 그리고 자신은 높이 평가하지 않았던 장헌수이의 소설을 구해 어머니에게 드리기도 했다. 루쉰이 친구인 쉬서우창許壽裳에게 한 말에 따르면, 「광인일기」를 발표할 때 쓴 루쉰이라는 필명은 어머니의 성 '루'와 유학 시절의 필명 쉰싱迅行의 '쉰'을 조합해서 만든 것이었다. 그러나 그와 달리 청년 시절 애독서였던 이반 투르게네프Ivan S. Turgenev의 소설 『루딘Rudin』의 주인공을 음역한 것이라는 설명도 있다.

루쉰의 두 동생 중 저우쭤런(1891~1967)은 그의 형 루쉰과 후스胡適(1891~1962)에 비견되는 근대 중국의 대지식인이다. 강남수사학당江南水師學堂을 졸업하고 1906년에 일시 귀향한 형 루쉰을 따라 일본에 유학해 릿쿄立教대학에서 고전 그리스어와 영문학을 배우며 형의 문학운동을 도왔고, 자신의 하숙집에서 일하던 하부토 노부코羽太信子와 연애결혼을 했다. 1911년에 귀국해 1917년에 베이징대학 교수가 되어 문학혁명의 이론가로 활약했으며 지知의 새로운 패러다임을 창출했다. 청 말기부터 민국 초기에 걸쳐 등장한 신흥 지식계급이 중국에 공화국을 건설하는 과정에서 탐욕에 사로잡혀 개인화에 빠졌다는 개념, 페미니즘 이론, 창작·비평·번역을 둘러싼 문단제도 등 근대적 문화제도의 틀 조성 등 이 모든 지적 영역에 그가 드리운 그림자는 크다. 일본, 고전 그리스, 구미 문학을 번역하고 소개하는 데도 그는 많은 공적을 남겼다.

그것들은 형 루쉰과 호흡을 맞춰 함께 작업한 것이어서, 베이징의 문화계에서는 '주씨 형제'로 명성이 높았다. 그런데 1923년 7월에 갑자기 루쉰과 형제 싸움이 일어나 형 쪽이 베이징 바다오만八道灣의 저우가周家 저택을 떠났다. 그 원인을 놓고 형제가 모두 입을 다물었는데, 두 사람의 일기나 주변의 증언 등을 미루어볼 때 루쉰과 불륜을 저질렀다는 하부토 노부코의 아마 거짓일 그 말을 저우쭤런이 믿었기 때문으로 추측된다.

저우쭤런은 중일전쟁 당시 일본 점령하의 베이징에서 교육상文教相을 지냈고, 그 때문에 전후 국민당 정부가 행한 한간漢奸• 재

• 옮긴이 – 한간이란 중국 청나라 때에 한인(漢人)으로서 만주인과 내통하는 사람이라는 뜻으로, 적과 내통하는 사람을 이르던 말이다(국립국어원 국어대사전).

판에서 징역 10년형을 선고받았다. 이어 인민공화국이 수립되자 석방되어 일본 문학 번역과 루쉰 연구자료 제공 등의 일을 하며 지냈는데, 문화대혁명 발발 후 홍위병에게 린치를 당해 사망했다. 최근 중국에서는 그의 대일 협력이 지하 공산당의 요청에 따른 것이라는 설명이 나오고 있다.

2. 보모와 그림책

키다리 어멈의 추억

루쉰은 베이징에서 샤먼으로 옮겨 간 1926년에 청 말의 유소년기부터 신해혁명의 청춘 시절까지를 회상한 에세이집 『조화석습朝花夕拾』을 썼다. 그 가운데 「개·고양이·쥐狗·猫·鼠」, 「키다리 어멈과 『산해경』阿長與『山海經』」 두 편은 유소년기 루쉰의 보모였던 '키다리 어멈'을 회상한 것이다. 키다리 어멈은 아이 루쉰에게 남의 험담을 늘어놓거나 아이들 놀이에 이것저것 간섭하기 좋아했고, 잘 때에는 대자로 누워 잠으로써 어린 루쉰이 침대 구석으로 밀리게 하곤 했다. 그리고 여러 가지 미신을 가르쳤고, 태평천국의 난 때의 끔직한 광경을 이야기해 겁을 주기도 했다. 루쉰은 그런 키다리 어멈을 거북하게 여겼는데, 어느 날 집에 돌아와 보니 애완용으로 키우던 쥐가 죽어 있었다. 그런데 쥐를 죽인 것은 고양이가 아니었다. 키다리 어멈이 밟아 죽인 것임을 알게 된 어린 루쉰은 너무 화가 난 나머지 오직 할머니만 쓰던 '키다리'라는 비칭으로 그녀를 불러 한바탕 쏘아댄 일도 있었다.

삽화가 곁들여진 책 『산해경』

아이 루쉰은 삽화를 아주 좋아해서 삽화가 곁들여진 신화 책인 『산해경』을 참을 수 없을 정도로 갖고 싶어 했으나, 문자를 아는 어른들은 그를 상대해주지 않았다. 서점이 있는 시내 중심가는 너무 멀어 정월에만 놀러 갈 수 있었는데, 정월에는 책방 두 곳이 모두 문을 닫는 것이었다. 어린 루쉰이 몇 날 며칠을 그 생각에 빠져 있자 문자를 모르는 키다리 어멈조차 걱정이 되었다. 그녀는 어린 루쉰에게 그것이 도대체 무엇이냐고 물었다.

휴가를 받아 자기 집에 돌아간 지 네댓새 됐을까, 그녀가 남색 새 적삼을 차려입고 돌아왔는데, 나를 보자마자 함박웃음을 띠며 책 꾸러미를 건네주는 것이었다.

"도련님, 자, 그림이 들어간 『산형경』(키다리 어멈의 부정확한 표현 — 옮긴이)을 사 왔어요!"

나는 마치 전류에 감전된 것처럼 전신이 떨렸다. 급히 받아 포장지를 펼치자 그 안에 작은 책 네 권이 들어 있었다. 책장을 휘휘 넘기니, 사람 얼굴을 한 짐승, 머리가 아홉 달린 뱀 등등…… 역시 모든 것이 실려 있는 것이었다. …… 쥐를 죽인 것에 대한 원망은 그 순간 깨끗이 사라졌다.

그 네 권은 내가 최초로 손에 넣은, 나에게는 가장 소중한 보물 같은 책들이었다.

키다리 어멈을 둘러싼 두 편의 에세이는 "키다리 어멈이 세상을 떠난 지 아마 30년은 되었을 것이다. 나는 끝내 그녀의 성명이나 살아온 내력을 알지 못했고, 양자가 한 명 있다는 것을 알 뿐인데, 아마 젊어서 남편을 잃고 과부가 되었을 것이다"라며 명목을 비는 말로 끝난다.

한편 저우가 경내에는 백초원이라 부르던 커다란 안뜰이 있었다. 그곳에는 자연석으로 조성된 작은 우물이 하나 있고, 뽕나무 열매나 산딸기들이 열렸으며, 풀숲에서는 종달새가 날아오르고 귀뚜라미나 지네를 잡을 수 있었다. 눈이 내리면 소작인들이 끈 달린 막대기로 대나무 광주리를 받쳤다가 새를 잡는 방법, 즉 새 덫을 놓는 방법을 가르쳐주었다고 한다.

3. 아버지의 병과 전통 비판

저우가의 몰락

이렇게 행복했던 유소년기가 끝났다. 그리고 저우가의 몰락이 시작되었다. 1893년에 아버지의 과거 합격을 위해 할아버지가 뇌물을 썼다가 7년간 옥살이를 했고, 이듬해에는 아버지가 중병에 걸렸다. 이 때문에 13세 소년 루쉰이 전당포와 약방을 오가며 보내게 되었는데, 그 보람도 없이 1896년에 아버지가 돌아가셨다. 아버지의 병에 대해 루신보다 세 살 어린 저우쭤런은 폐결핵이라고 말한 바 있으나, 현대 일본의 의학자 이즈미 효노스케泉彪之助는 간경변증 또는 일본주혈흡충日本住血吸虫으로 추정했다.

이 체험을 바탕으로 『조화석습』에 수록한 에세이 「아버지의 병」에서 루쉰은 사오싱의 전통 중국 의사들에 대해 야유와 냉소를 집요하게 되풀이하고 있다. 여기서 말하는 중국 의사는 일본의 한방의漢方醫에 해당하는 것으로, 이하에서는 중국식으로 '중의中醫'라고 표현하기로 한다. 처음 아버지를 치료한 '어떤 명의名醫'는 왕진료를 턱없이 높게 부르면서 염려 말라고 해놓고는 제대로 된 치료를 하지 않아 성 밖에 사는 어떤 아가씨를 죽게 만들었다는 소문이 도는 인물이었다. 이 '명의'는 아버지를 2년간이나 치료했으나 아버지의 병은 악화될 뿐이었고, 결국 천롄허陳蓮河라는 다른 의사를 추천하고 물러나버린다.

중의의 처방전

이 천롄허가 낸 처방전에는 암수 귀뚜라미 한 쌍과 평지목平地木 10주, 그리고 '패고피환敗鼓皮丸' 등의 약이 있었다. '귀뚜라미 한 쌍'의 옆에는 작은 글씨로 "초혼初婚에 한함. 다시 말해 본래부터 한 둥지에 있던 것들"이라는 주註가 달려 있었다고 한다. 그것에 대해 루쉰은 "곤충도 정절을 지켜야 한다. 후처를 봤거나 개가한 것은 약이 될 자격조차 없는 모양"이라며 빈정거리는 한편, "그러나 이 임무는 나에게는 쉬운 일로, 백초원에 가면 열 쌍이라도 쉽게 잡을 수 있다. 그것들을 실로 묶어 살아 있는 채로 끓는 물에 넣기만 하면 되는 것이다"라고 덧붙였다.

'평지목 10주'에 대해서는, "이것이 어떤 것인지를 아는 사람이 없었다. 약방에 가서 물어도, 마을 사람에게 물어도, 노인에게 물어도, 선비에게 물어도, 목수에게 물어도 모두 머리를 가로젓는 것이었다. 마지막으로 먼 친척뻘 되는 예의 할아버지가 생각나서 꽃과 나무 심기를 좋아하는 그 노인을 찾아 한달음에 달려가 물었더니 역시 그는 알고 있었다. 산속의 큰 나무 아래에 사는 작은 나무로, 작은 산호옥 같은 빨간 열매를 맺는데, 보통 '노불대老弗大'라 불렀다"라고 했다.

'패고피환'이라는 것은 문자 그대로 낡아빠진 오래된 북 가죽으로 만든 것으로, 루쉰은 이것을 미신으로 취급해 "부종浮腫은 다른 말로 '고창鼓脹'이라고도 하는 만큼 낡아빠진 오래된 북 가죽을 사용하면 당연히 그것을 고칠 수 있다"라고 쓰면서 "이 신약神藥을 파는 가게는 시내에 한 곳밖에 없고 우리 집에서 2~3킬로 떨어져 있었지만 평지목처럼 암중모색할 필요가 없었던 것은 천롄허 선생이 처방전을 주면서 우리에게 상세하게 설명해주었기 때문이다"라는 야유의 말을 덧붙였다.

얼마 있어 천롄허는 "혀는 곧 마음의 예민한 싹靈苗"이라면서 도가에서 말하는 장생불사의 단약丹藥을 권했는데, 아버지는 그것을 거부하셨다. 그러자 그는 마지막으로 다음과 같이 말했다.

> 천롄허 선생은 "내가 지금까지 써온 약이 그다지 효과가 없네요"라 하더니 이런 말을 꺼내는 것이었다. "그런데 굿을 한번 해보시는 게 어떻겠습니까. 무슨 액이 끼어 있는지도 모르니까요. …… 의사는 병을 고칠 수 있지만, 명을 고칠 수는 없는 것 아닙니까. 이것도 전생의 인연인지도 모르기 때문에……."

아버지의 임종

온갖 약을 다 써본 명의가 결국 굿을 권했다는 것이다. 그것에 관해 루쉰은 "S시에는 당시 양의가 존재하지 않았을뿐더러 누구도 서양의학의 존재 같은 것을 생각할 수조차 없었다. …… 여전히 귀신을 믿었고, '혀는 곧 마음의 예민한 싹'이라고 생각했다. 바로 그런 것이 중국인의 '명命'이었고, 그것은 명의라도 고칠 방법이 없었다"라고 미신 비판을 전개했다.

결국 아버지가 임종을 맞았는데, 루쉰은 아버지가 너무 고통스러워하는 것을 차마 보지 못하고 "차라리 빨리 숨이 끊어지시는 것이……" 하며 속으로 아버지가 빨리 돌아가시기를 한순간 바랐다고 한다. 다음 순간 그는 죄를 지었다고 느꼈고, 그러면서도 그것은 아버지를 사랑하기 때문이라고도 생각한다. 그때 친척인 얀아오衍奧 아주머니가 그에게 아버지 숨이 끊어지지 않도록 '아버지'를 계속 부르라고 했고, 그는 마치 뭔가에 쓰인 듯이 '아버지! 아버지!' 하고 부르기를 계속했다. 그러자 아버지는 가까스로 가쁜 목구멍소리를 내쉬며 "왜 그러느냐……. 시끄럽다……"라 말하고는 눈을 감았다. 그러나 루쉰은 아버지가 숨을 멈출 때까지 '아버지! 아버지!' 하고 부르기를 계속했다. "나는 지금도 그때의 내 목소리가 귀에 들린다. 그리고 그 목소리가 들릴 때마다 그것이 아버지에 대한 나의 가장 큰 잘못이었다는 생각이 든다"라는 말로 이 단편을 끝맺는다.

그런데 「아버지의 병」을 집필하기 7년 전인 1919년에 루쉰은 베이징의 신문 ≪국민공보國民公報≫에 '자언자어自言自語'라는 에세이 시리즈를 연재했다. 그중 하나인 「나의 아버지我的父親」는 원문이 겨우 500자 남짓의 짧은 것인데, '나'의 아버지의 임종을 묘사하고 있다는 점에서 「아버지의 병」의 원작이라 할 수 있는 작품이다. 「나의 아버지」에서는 임종 마당에 아버지의 이름을 부른 것을 늙은 유모(앞에 나오는 친척이 아니다)의 악의 없는 권유에 따라 범한 '큰 잘못'으로 규정했고, 다시 맺는 부분에서 "나는 지금 내 자식에게 일러두고 싶다. 만약 내가 눈을 감으면 귀에 대고 결코 외치지 말라고"라는 블랙유머 비슷한 말을 덧붙였다. 「나의 아버지」를 「아버지의 병」으로 고쳐 쓴 것은 아마 아버지가 안락사하기를 바란 것을 죄로 자각했기 때문일 것이다. 그것은 자신을 죄인으로 인식하려 하는 정신이었다.

「아버지의 병」은 그러한 개작으로 주제가 달라졌을 뿐 아니라, 그 길이도 「나의 아버지」의 6배 이상이 되는 약 3,400자로 길어졌는데, 길어진 것은 대부분 중의에 대한 냉소적인 기술로 채워져 있다. 임종 장면에 앞서 나오는 고향 'S시' 중의들의, 일견하여 대단히 황당무계한 진료와 치료 방식에 관한 기술이 덧붙은 것에 주목할 필요가 있다.

그런데 루쉰은 「아버지의 병」보다 4년 전에 쓴 「『눌함』 자서『訥喊』自序」(1922)의 머리말에서 아버지의 약값을 융통하기 위해 전당포에 다니던 소년 시절을 회상하고 나서 "N시(난징을 가리키는 것으로 보임)의 'K학당'에 입학해 물리학과 수학을 배우고 『화학위생론』 등을 읽으면서 점차 중의는 의식적 또는 무의식적인 속임수에 지나지 않는다고 생각하게 되었고, 동시에 속임을 당하는 병자와 그 가족에게 큰 동정심을 품게 되었다"라고 하면서, 이것이 일본에 유학하여 의학전문학교를 다니게 된 동기였다고 기술했다.

그러한 「『눌함』 자서」에서의 '속임수' 규정과 「아버지의 병」에 나오는 중의들에 관한 묘사를 읽은 독자라면 필시 'S시' 중의들의 황당무계함을 믿어 의심치 않을 것이다.

처방전의 효능

현대 중국이나 일본의 루쉰 연구자는 지금까지 「아버지의 병」에 등장하는 중의의 처방을 '엉터리'라고 일도양단식으로 처리했으나, 실은 16세기 말 명대의 이시진李時珍(1518~1593)이 집대성한 약학서 『본초강목本草綱目』에 "귀뚜라미蟋蟀: 성性은 통리通利하고 소변폐小便閉를 고친다. …… 남녀 소변불통小便不通하면서 통창痛脹하여 그치지 않는 것을 고친다", "자금우紫金牛(평지목): 그 가루는 종기를 임설淋渫한다"라고 쓰여 있듯이 두 가지 모두 이뇨작용이 있고 수종水腫에 효과가 있는 것으로 간주되었다. 『본초강목』뿐 아니라 현대 중국의 백과사전인 『사해辭海』에도 귀뚜라미와 자금우 항목에 각각 "주로 수종이나 소변불통 등의 증상을 고친다", "주로 폐병, 각혈 등의 증상을 고친다"라고 기록되어 있다.

패고피환도 『본초강목』을 보면 "패고피: 낡아빠진 가죽이라면 가릴 것 없이 마려개용馬驢皆用한다. 그중 황소 가죽이 가장 낫다. …… 소변임설小便淋渫을 고친다"라고 되어 있다. 다시 말해 낡아헤진 오래된 가죽이라면 말가죽이든 당나귀가죽이든 상관없는데 황소가죽이 가장 효과적이며, 요루尿漏 치료에 유용하다는 것이다. 그런즉, 사오싱의 중의가 이 패고피환을 쓴 것은 귀뚜라미나 평지목 등 통상적인 처방이 효과가 없다는 것을 전제로 패고피환이 요루를 고쳐준다면 수종과 소변불통의 치료에도 응용해볼 수 있는 것이 아닐까 하고 지혜를 짜낸 결과라고도 해석할 수 있는 것이다. 덧붙이자면 『본초강목』에는 패고피환에 대해 "그 용처는 극히 적다"라는 설명을 덧붙이고 있다.

게다가 일본 유학 시절에 함께 의학을 공부한 친구는 루쉰이 중의를 높이 평가하여 서양의학과의 결합을 강력히 주장했다고 회상한다. 루쉰은 또한 「경험経驗」이라는 에세이에서 『본초강목』이 "대단히 합당한 책이고 그 속에 많은 보물이 들어 있다"라고 말한 바 있고, 중약中藥에 대해 식물학적 관점에서 흥미를 보였으며, 평지목 등을 사오싱의 자기 집 뜰에 옮겨 심기도 했다고 한다.

전통 비판 선언

「아버지의 병」은 단편소설 「상서」 등 죄와 인생을 주제로 한 작품군의 마지막에 위치한다. 루쉰은 'S시'의 중의들이 전통의학의 틀 내에서는 성실한 명의라는 것을 충분히 알고 있었으면서도 그들이 속임수를 써서 그의 아버지를 죽음에 이르게 했다는 허구를 만들어냈다고 보아야 할 것이다. 이 책에서는 지금까지 「아버지의 병」을 에세이로 보면서 화자가 루쉰인 것으로 다루어왔는데, 어쩌면 이 단편을 '사소설私小說'풍의 작품으로 생각할 수도 있을 것이다. 화자인 '나'는 아버지의 임종 시 큰 소리로 "아버지! 아버지!" 부르면서도 속으로는 아버지의 안락사를 원했던 것을 자신의 죄로 깨닫고 있다. 아버지를 죽음에 이르게 한 것이 중의라고 한다면, '나'의 속죄는 이 전통의학을 철저히 부정하는 것에 의해 가능해질 것이다. 루쉰은 이 소설을 통해 전통 비판을 선언했다고 할 수 있다.

덧붙이자면, 천롄허는 당시 사오싱에 실재하던 중의인 허롄천何廉臣을 거꾸로 읽어 만든 이름이라고 저우쭤런이 증언했는데, 이 허롄천은 사오싱 현지에서는 오늘날까지도 명의로 높이 평가받는다고 한다.

4. 고향을 떠나다

사오싱을 떠나다

루쉰은 만 6세부터 일족의 수재가 가르치는 가숙에 다니기 시작했고, 11세 때는 사오싱에서도 가장 엄격한 숙塾이었던 삼미서옥에 입학해 사서삼경을 배우며 과거를 준비했다. 그러나 조부의 하옥과 아버지의 와병 때문에 저우가에서는 소유 전답의 대부분을 처분하지 않으면 안 되었고, 루쉰은 급속히 몰락한 사오싱의 저우가를 떠나야 했다. 그는 먼저 난징에 8년 전에 설립된 학비

무료에 1년에 2위안의 용돈까지 나오는 해군학교(강남수사학당)에 입학했다. 이때 아명을 장서우樟壽에서 수런樹人으로 바꿨다. 그러나 루쉰은 이 학교에 만연한 보수적 교풍이 싫어서 반년 만에 학교를 그만두었고, 이듬해인 1899년에 같은 난징에 신설된 육군학교 부속 광무철로학당鑛務鐵路學堂에 1기생으로 입학했다.

명·청대의 중국

중국에서는 14세기 후반에 몽골족의 원 왕조가 망하고 한족의 명 왕조가 건국되었고, 17세기 들어 다시 이민족인 만주족이 명을 무너뜨리고 청을 세웠다. 만주족은 중국 동북지방(옛 만주)의 산지에서 일어난 소수민족으로, 태조 누르하치가 거병해 1625년에 선양瀋陽을 수도로 삼았을 때 그를 따라 평야 지역으로 이동한 만주족 인구는 40~50만 명이었다고 한다. 이러한 소수민족이 1644년에 만리장성을 넘어 중국 본토에 침입해 인구 2억 명의 한족을 정복하는 일이 일어난 것은 이자성李自成의 농민반란군이 이미 베이징을 점령해 명조를 멸망시키고 산해관을 고수하던 명의 장수 오삼계吳三桂가 이자성을 토멸하려고 청군에 협력했기 때문이다.

기본적으로 명조의 사회구조를 계승한 청조 때 중국은 다시 번영을 구가했고, 19세기에 그 인구는 명 말의 배인 약 4억 명으로 늘어 있었다. 그러나 경제가 침체 상태에 빠져들면서 농민반란이 자주 일어났다. 이에 더해 아편전쟁(1840~1842)과 태평천국의 난

(1851~1864)이 청조를 위기에 빠뜨렸다. 그런 위기에 등장한 것이 풍계분馮桂芬 등의 중체서용론中體西用論이다. 이것은 중국의 전통적인 학술을 근본體으로 하고 서양의 근대적 학술을 응용用하자는 사상(양무운동洋務運動)이었는데, 대大관료 이홍장李鴻章(1823~1901) 등이 이 사상에 의거해 서양식 해군을 설립하고 군수를 비롯한 각종 근대 산업을 육성하며 근대적 학교제도를 정비하는 등의 노력을 기울였다. 그러나 청불전쟁(1884~1885)과 일청전쟁의 패배로 난양南洋과 베이양北洋의 양 해군이 괴멸하는 등 (양무운동에도 불구하고) 청조는 다시 일어나지 못했다.

메이지유신을 모델로 하여

청불·일청의 두 전쟁에서 잇달아 패배한 중국은 지금까지의 양무운동을 뛰어넘어 일본의 메이지유신을 모델로 한 전면적인 서구화, 즉 변법운동變法運動을 시작했다. 그 이론적 지도자인 캉유웨이康有爲(1858~1927)를 도와 대중매체를 통한 개혁운동을 실천한 것이 량치차오梁啓超(1873~1929)다. 그가 1896년에 상하이의 공동조계에서 창간한 순간지旬刊誌 ≪시무보時務報≫는 부수가 1만 7,000부에 달해 '잡지왕'으로 불렸다. 그 후 무술정변戊戌政變(1898)이 일어나 일본으로 망명한 량梁은 요코하마橫浜에서 다시 순간지 ≪청의보淸議報≫(1902년에 ≪신민총보新民叢報≫로 개칭)를 창간해 입헌군주제를 주창하면서 제국주의 시대의 중국의 위기에 대해 계속해서 경고했다.

『천연론』 표지

루쉰이 1기생으로 입학한 광무철로 학당의 교장은 신당新黨(변법운동파)의 일원이었는데, 그는 마차를 타고 가면서 신당파의 잡지 ≪시무보≫를 읽었고 한문 시험에 손수 미국 초대 대통령을 주제로 한 '화성돈華盛頓(워싱턴)론'을 출제하기도 했다. 그러자 교원 중에 '화성돈'이 무엇이냐고 루쉰에게 묻는 이도 있었다고 한다. 이 시기에 루쉰은 엄복嚴復(1853~1921)의 『천연론天演論』을 읽고 진화론의 생존경쟁이나 자연도태 이론을 알게 되면서 큰 충격을 받았다. 『조화석습』에 수록된 에세이 「쇄기瑣記」에 따르면, 당시 새로운 책을 읽는 것이 유행이어서 루쉰도 어느 일요일 외출하여 『천연론』을 구입했고, 돌아와 바로 읽기 시작했다.

헉슬리는 혼자 방에 앉아 있었다. 영국 남쪽 지방에 있는 그의 집은 산을 등지고 들을 바라보는 위치에 있어, 집안에서도 창밖의 정경이 한눈에 들어왔다. 그는 생각했다. 2,000년 전 로마의 대장 카이사르가 도착하기 직전의 이곳은 어떠한 정경이었을까?

"아아 세상에, 서재에 앉아 저런 생각을 하는 사람도 있구나!

그렇게 신선한 생각을!" 루쉰은 그런 생각을 하며 책 읽기에 빠져들어 생존경쟁과 자연도태의 진화론을 배웠고, 소크라테스나 플라톤을 알게 되었다. 루쉰은 전통적인 도시 사오싱과 떨어진 난징에서 그렇게 근대 사상과 과학을 접했고, 이어서 신흥 매체 도시 도쿄로 가서 유학하면서 변법운동에서 벗어나 혁명운동에 감염되어갔다.

제3장

자극으로 가득 찼던 유학 시절

도쿄 · 센다이 시대

1. '제도帝都'에 유학 가다

혁명파의 등장

일청전쟁에서 패배한 중국에서는 정치개혁의 기운이 고조되어 갔다. 그 결과 캉유웨이, 량치차오 등의 변법운동을 광서제光緖帝가 승인하여 1898년의 국회 개설 및 헌법 제정을 비롯해 경사대학당京師大學堂 설립, 유학생 파견 등 대대적인 제도 개혁이 추진되었다. 그러나 서태후(광서제는 서태후의 조카)를 중심으로 한 보수파가 무술정변의 쿠데타를 일으켜 새 정부를 100여 일 만에 붕괴시켰고, 광서제는 1911년에 죽을 때까지 유폐되었으며, 캉유웨이와 량치차오는 일본으로 망명해야 했다.

보수파는 이어 배외적 종교단체인 의화단義和團과 손잡고 열강에 선전포고했으나 무참히 패배했고(1900), 결국 변법파의 개혁안을 답습한 서태후 신정西太后新政을 개시했다. 그러나 이때에 이르러서는 "변법파로는 중국을 구할 수 없다", "정복 왕조인 청조를 타도하고 한족에 의한 국민국가 내지 공화국을 건설해야 한다"라고 주장하는 혁명파가 등장했다. 일본으로 간 유학생도 대거 혁명파에 가담했다.

일본 유학을 떠나다

근대 중국에서 외국 유학은 룽훙容閎(1828~1912) 등이 1847년에 미국으로 건너간 것이 최초였다. 그 후 1872년부터 1876년 사이에 청조 정부가 120명의 소년을 미국에 파견하기도 했고, 1880년대 이후로 유학생 파견 사업을 보류했다가 일청전쟁 이후로 재개했는데, 그때에는 대상지가 구미에서 일본으로 바뀌었다. 새로 파견을 주창한 자들은 변법파와 장즈둥張之洞(1837~1909) 등 양무파 관료들이었는데, 그들의 노력으로 1896년에 처음으로 13명의 관비 유학생이 파견되었다. 그 후 무술정변에 따른 반동정치를 거쳐 1901년(메이지 34년)부터 다시 일본으로의 유학 정책이 전보다 더 강력하게 추진된 결과 일본에 머무는 중국인 유학생 수가 급증하기 시작했다. 그리하여 루쉰이 일본으로 간 1902년에 그 수가 608명이었던 것이, 일로전쟁과 과거제도 폐지(1905)가 이뤄진 1905년에는 8,000명으로, 그리고 1906년에는 1만 2,000명으로 늘어나 정점에 달했다.

1902년 1월 광무철로학당을 3등으로 졸업한 루쉰은 3월에 동기생 다섯 명과 함께 난징을 출발해 일본 유학의 길을 떠났다. 상하이에서 일본 우편선인 고베마루神戶丸로 갈아탔고, 4월 4일에 요코하마에 상륙했으며, 30년 전에 개통한 철도를 타고 당일 도쿄에 도착했다. 루쉰은 그 후 1909년 8월에 귀국할 때까지 7년 반 동안을 일본에서 보냈다. 그 사이에 있었던 두 번의 귀성(1903년 7월과 1906년 7월)과 센다이의학전문학교 재학 기간(1904년 9월~1906년 3월)을 제외하면 20세부터 28세까지 다감한 청춘기를 도쿄의 공기를 호흡하며 보냈던 것이다. 그뿐 아니라 1년 반에 걸쳐 센다이의학전문학교에 재학하던 동안에도 봄, 여름, 겨울의 장기 휴가 때면 늘 도쿄에 돌아가 있곤 했다.

루쉰의 도쿄 시대를 천황의 연호로 표기하면 메이지 35년부터 42년까지가 된다. 그것은 일로전쟁을 거치면서 일본이 근대적 국민국가로서의 골격을 형성해가던, 그리고 도쿄가 신흥 제국의 수도로서 뚜렷하게 변모해가던 시기였다. 도쿄 시의 인구가 약 162만 명(1907)이었고, 현재의 도쿄 도 지역의 인구는 1904년에 232만 명, 1909년에는 277만 명으로 급증했다. 그리고 20세기 초 그 젊은 '제도帝都'에서는 문학이라는 제도가 새로 발흥하고 있었다.

2. 시간과 공간의 균일화

철도의 시대

신바시新橋와 요코하마, 오사카와 고베가 철도로 연결된 것이 각각 메이지유신이 있고 얼마 지나지 않은 1872년과 1874년의 일이었다. 1883년 이후로 간선이 본격적으로 건설되었고, 그 6년 후에는 신바시와 고베 간 600여 킬로미터가 개통되었다. 옛날에 도쿄에서 오사카까지는 걸어서 14~16일이 걸렸고, 숙박비와 기타 경비로 11엔 36센이 들었다. 그러던 것이 철도가 개설되면서 도달 시간이 22시간으로 단축되었고, 경비(3등 운임)도 3엔 67센으로 줄어들었다. 정부는 1892년에 「철도부설법」을 공포하고 건설의 주도권을 확립해 간선망 정비에 박차를 가했다. 그리하여 루쉰이 일본으로 건너간 이듬해인 1903년에는 철도 영업 총연장이 약 8,000킬로미터에 달했는데, 이 간선망의 중심에 위치해 있던 것이 '제도' 도쿄였다. 덧붙이자면 그해 중국의 철도 영업 총연장은 4,530킬로미터에 지나지 않았고, 8,000킬로미터대에 도달한 것은 1910년이 되어서였다.

도쿄 시의 노면전차 사업이 개시된 것도 1903년의 일이었다. 도쿄에서는 시가지 교통기관으로 1882년에 마차철도가 개통해 1902년 총연장이 36킬로미터에 이르렀는데, 말똥 때문에 길거리가 더러워지는 등의 문제가 있었다. 그래서 당시 구미에서 실용

단계에 이르렀던 노면전차를 도입해 도시교통의 효율을 높이고자 했던 것이다. 그러나 시의회 내 정당 간 대립 때문에 도쿄에서는 교토보다 노면전차를 8년 늦게 도입했는데, 루쉰이 귀국하기 전 해인 1908년에 이미 총연장 165킬로미터에 1일 평균 승객 수 44만 명에 달하면서 인력거를 몰아낼 기세를 보이고 있었다. 덧붙이자면 '인력거의 도시' 베이징에 연장 7.5킬로미터의 노면전차가 처음으로 개통한 것은 그로부터 20년 이상이 지난 1924년의 일이었다.

우편과 전신에 의한 정보화

우편제도와 관련해서도 1872년에 전국의 현청 소재지 등에 우편선로가 개설됨으로써 철도망의 발달이 우편 수송을 고속화했다. 또한 1869년에 도쿄와 요코하마 간에 전신이 설치된 것을 계기로 1871년에 상하이와 나가사키 간 해저전선이 부설되었고, 1873년에 도쿄와 나가사키 간 전신로가 개통된 데 이어 도쿄가 런던과 전신으로 직결되었으며, 1875년에는 홋카이도에서 큐슈를 잇는 간선 전신로가 완공되었다. 그리고 1890년에는 체신성에서 도쿄와 요코하마의 각 도시 내부 및 두 도시 간 전화교환 사업을 시작했다.

루쉰이 일본으로 건너간 20세기 초의 일본에서는 교통과 통신이 혁명적으로 발전해 시간과 공간이 뚜렷하게 균일화함으로써 각종 정보가 전국을 단시간 내에 돌아다니기 시작했다. 그리고 각종 정보의 송수신이 교육제도와 활자매체의 급속한 발전에 따라 매우 활발해졌다.

3. '독서사회'의 한가운데에서

독서계급의 형성

1872년의 메이지정부에서 학제를 발포한 이후 소학교 취학률이 1875년에 35%, 1890년에 49%로 상승했고, 루쉰이 도일한 1902년에는 92%에, 루쉰이 귀국한 1909년에는 98%에 달했다. 이에 대응해 소학교 교원이 대량 창출되었는데, 1901년에 그 수가 10만 명대를 돌파했고, 1910년에는 15만 명에 달했다. 이들이 중등학교 이상의 교원과 공무원, 학생 및 도시 샐러리맨과 함께 일본의 독서계급을 형성해갔다. 중국의 취학률은 1919년 통계에 따르더라도 11%에 지나지 않는다. 근대 교육제도의 발전과 함께 독서계급이 등장한 메이지 시기 출판 상황에 관해 나가미네 시게토시永嶺重敏는 "목판 시대에는 도서의 절대량이 크게 부족했으나 메이지 10년(1877년 – 옮긴이)대 중엽부터 활판인쇄가 주류를 차지하게 되었고 메이지 30년(1897년 – 옮긴이)대에 들어와서는 인쇄 기술이 향상된 덕분에 출판물의 양이 공급이나 재고 면에서 공히 비약적으로 증가했다"라는 것을 전제로 하면서 다음과 같이 기술했다.

> 활판인쇄 덕분에 판면에 나타난 가장 중요한 변화는 '가독성'을 대폭 개선한 것이었다. 음독에 의한 수용에 의존했던 목판본에서는 시각보다 청각이 중시되었기 때문에 시각적 관점에서 보면 극히 읽기 어려운 텍스트였다. …… '가독성'에 기여한 장치로 단락, 행갈이, 목차 등을 들 수 있지만, 가장 영향력이 컸던 것은 구두점의 보급이었다.•

시장의 수요에 따라 신작을 출판하는 저자와 출판사, 그리고 '도서에 대한 무조건적인 숭경'에서가 아니라 '자신의 흥미나 관심'에 따라 출판물을 선택하고 소비하는 독자로 구성되는 '작가, 출판사, 독자' 관계가 독서시장을 형성해갔던 것이다. 그리하여 메이지 20년대 후반부터 30년대에 걸쳐 '독서사회', '독서사계讀書社界', '독자사회讀者社會' 또는 '독서계'라는 말이 이전의 '서생사회書生司會'라는 말을 대신하여 특히 문학잡지 등에서 널리 사용되기 시작했다고 한다.

• 永嶺重敏, 『雜誌と讀者の近代』(日本エディタ-スク-ル出版部, 1997).

활자매체의 활황

활자문화의 대표자로서 신문을 잊어서는 안 될 것이다. 1903년 도쿄에서는 1일 발행 부수가 14만 부인 ≪니로쿠신보二六新報≫를 필두로, 1만 부에서 8만 부에 이르는 ≪도쿄아사히신문東京朝日新聞≫, ≪요미우리신문讀賣新聞≫ 등 아홉 개 신문이 발행되고 있었고, 1909년에는 ≪호치신문報知新聞≫과 ≪만초호万朝報≫가 각각 30만 부와 20만 부에 달했다. 한편 1914년의 조사에 따르면, 중국에서는 베이징의 신문들이 어느 것이나 수백에서 수천 부 정도를 내고 있었고, 상하이에서는 ≪신문보新聞報≫가 2만 부를, ≪신보申報≫가 1만 5,000부를 내고 있었을 뿐이다.

이러한 활자매체의 활황은 일청전쟁 후의 도쿄에 직업적 문학자들을 탄생시켰다. 그리하여 "지금까지는 저작활동만으로 생활하는 것이 불가능했던 문학자들이 일청전쟁 후에 처음으로 '독립된 직업인으로서 생활'이 가능해졌고, 호적조사 때 자신의 직업을 '저술가'나 '소설가'로 칭하는 이들이 출현했다"(永嶺重敏, 1997). 도쿄제국대학에서 영문학을 가르치던 나쓰메 소세키가 1907년에 교수직을 사임하고 아사히신문사에 들어가 직업작가의 길을 걷기 시작한 것이 그 상징적인 사건이었다고 할 수 있을 것이다. 루쉰이 문부성의 고관이나 대학교수직을 그만두고 직업작가가 된 것이 1927년이었듯이, 중국에서는 신문학 작가가 독립된 직업인이 된 것이 1920년대 말 이후의 일이었다.

양서점도 대활황을 보였다. 하야시 유데키早矢仕有的가 게이오慶應 의숙의 은사 후쿠자와 유키치福澤諭吉로부터 지식 수입상이 되라는 격려를 받아 1869년에 창립한 마루젠丸善이 그 대표격이었다. 루쉰의 아우 저우쭤런은 이 서점의 PR지에 일본어로 "도쿄의 서점이라고 하면 가장 먼저 떠오르는 것이 아무래도 마루젠이다. …… 내가 마루젠에서 책을 사기 시작한 후 벌써 30년이 지났으니, 그동안 산 책이 그리 많지 않다 하더라도 내가 노老고객 축에는 들 것이다. …… 마루젠은 하나의 법인이지만 나에게는 스승이나 벗에게서 느낄 수 있는 그런 친분이 느껴진다"(≪學燈≫, 1937년 4월호)라고 기고했다.

반면에 1917년, 미국 유학을 마치고 8년 만에 조국 땅을 밟은 후스가 상하이 양서점에서 발견한 것은 대부분 17, 18세기 작품이거나 19세기 디킨스Charles Dickens나 스코트Walter Scott가 쓴 작품들로서, 구미의 신사조와는 무관했다.

유학생 사이의 간극

루쉰이 쓴 사소설풍의 작품 「범애농范愛農」(1926)에는 화자인 '내'가 선배 유학생으로서 요코하마까지 후배들을 맞으러 나갔다가 함께 기차에 올랐을 때의 이야기가 나온다. 기차에 오르자 "이 독서인들은 차 안에서도 서로 자리를 양보하기 시작하여, 갑이 을에게 여기 앉으시오 하고 권하면 을은 병에게 권하는데, 그 양보

경쟁이 끝나지 않은 가운데 기차가 출발하면서 덜컹 흔들린 까닭에 그만 서너 명이 넘어져" 버렸다. '나'는 기분이 나빠져서 "이 족속들은 기차 안에서까지 장유의 질서를 세워야 하는가" 하고 머리를 저었고, 화를 누르며 그들을 신바시까지 인솔했다. 그런데 그 유학생 가운데 훗날 신해혁명 때문에 전사하거나 감옥에 갇힌 사람이 많았다고 루쉰은 깊은 자책감 속에서 회상한다. 이것은 메이지의 도쿄에 온 중국인 유학생의 선발조와 후발조 간에 있었던 간극을 보여주는 것이리라.

4. 센다이에서 의학을 배우다

가노 지고로와 히로후미학원

1896년에 청조 정부는 유학생을 파견하면서 그 교육을 일본 정부에 의뢰했다. 일본 측은 고등사범학교 교장 가노 지고로嘉納治五郎(1860~1938)에게 이를 일임했고, 가노는 민가를 빌려 일본어와 수학, 이과, 체조 등의 교과를 가르쳤다. 이 숙熟이 1902년에 중국인 유학생 전문의 예비학교로 발전했고, 루쉰도 후자의 히로후미학원弘文學院 보통과에서 2년간 공부했다.

가노는 전통적인 유술柔術을 개량해 근대적 스포츠로 발전시키는 데 힘써 1882년에 고도칸講道館 유도의 창시자가 되기도 했는

히루후미학원의 동급생들
(뒷줄 오른쪽이 루쉰, 1903년)

데, 유도는 그 후 학교나 경찰에서 채택하면서 전국에 보급되었다. 히로후미학원 안에도 1903년에 고도칸의 분관이 개설되었고, 루쉰도 유학생 서른 명과 함께 유도에 입문했다. 혁명운동을 위해서는 신체를 개조하는 것도 필요하다고 생각했을 것이다.

히로후미학원 기숙사에서는 방 한 칸에 6명의 유학생이 동숙했다. 동향인으로 평생 루쉰의 친구였던 쉬서우창(1883~1948)은 두 사람이 국민성에 관해 자주 이야기를 나누었다고 한다. 중국인에게 '성誠'과 '애愛'가 결여되어 있는데, 그것은 원元과 청淸의 두 이민족 왕조하에서 노예로 살아왔기 때문이다. 노예를 상대로 어떻게 '성'과 '애'를 말할 수 있겠는가. 구제 방법은 민족혁명밖에 없다. 이것이 두 사람의 결론이었다.

변발을 자르다

1903년 3월에 루쉰은 변발을 잘라 그의 각오의 정도를 나타냈다. 변발이란 후두부의 머리카락을 길게 길러 한 가닥으로 묶고 나머지 부분은 모두 삭발해버리는 머리 모양으로, 원래 만주족의 습속이었는데 청조가 들어서면서 한족 남성에게 강요하여 복종의 표시로 삼았다.

유학생들이 일본에서 배운 것은 법학이나 경제학, 교육학, 자연과학 등의 교과목뿐이 아니었다. 근대적 학문과 교육체계의 배경을 이루는 국민국가 건설을 둘러싼 메이지의 서구화 정신, 그리고 그 표현으로서의 패션도 그들의 배움에 포함되어 있었다. 예를 들면 장빙린, 쑨원孫文(1866~1925)과 더불어 혁명파의 유력 지도자 가운데 한 사람이었던 황싱黃興(1874~1916)은 1903년에 혁명 공작을 위해 후난 성에 귀향했을 때 히로후미학원 시절 동료의 부탁을 받고 신설된 사범 학급의 담임과 체조, 박물, 지리 과목을 담당한 일이 있었다. 얀안성嚴安生(1937~)의 『일본유학정신사』에 따르면, 황싱은 "강단에 서면 즐겨 표본이나 지구의 같은 것을 이용해 강의했고, 체조 시간이 되면 짧은 소매의 체조복을 입고 나타나는데, 여름에는 흰색, 가을에는 남색, 겨울에는 검은색으로 체조복이 바뀌는 것이었다. 학생들은 일본 유학자가 아니면 사용할 수 없는 그러한 교재나 교구 또는 수업 방식이나 차림새에 깊이 매료되었다"라고 한다. 유학생들이 도쿄에서 갖고 돌아온 패션도 혁명의 선전에 큰 힘을 발휘했던 것이다.

그중 루쉰이 선택한 패션은 당시 도쿄에서 유행하던 문학이었다. 그는 1903년 6월에 빅토르 위고Victor Hugo 원작 에세이 「애진哀塵」을 번역해 발표했다. 아마도 모리타 시켄森田思軒(1861~1897)이

센다이 시절의 루쉰(윗줄 오른쪽)

번역한 『위고의 소품들』(1898)에 실린 「수행록: 팡틴의 주변」을 참고한 것 같다. 루쉰은 그 후로 1906년까지 쥘 베른Jules Verne의 『달나라 여행』, 『지하세계 여행』, 『북극 여행』 등을 일역판을 텍스트로 하여 중역해 내놓았다.

1904년 4월에 루쉰은 히로후미학원을 졸업하고 센다이 의학전문학교에 입학했다. 이때부터 18년이 지난 1922년이 저물 무렵에 그는 「『눌함』 자서」에서 "나의 꿈은 아름다웠다. — 졸업하고 돌아오면 아버지처럼 잘못 진료받은 환자들을 구할 것이고 전쟁이 일어나면 군의관이 될 것이다. 그리고 유신維新에 대한 국민들의 신앙을 확대할 것이다"라고 회상하기도 했다. 당시 도쿄의 중국인 유학생들은 항아의용대抗俄義勇隊를 군국민교육회軍國民教育會로 개조하면서 다가올 일로전쟁을 계기로 청조 타도를 위한 무력봉기를 계획하고 있었다. 혁명파 화흥회華興會의 창사長沙 봉기는 루쉰이 의학전문학교에 입학원서를 제출한 지 5개월 뒤인 1904년 11월에 일어났다.

센다이의학전문학교의 학우들
(왼쪽 끝이 루쉰)

의학전문학교에 입학하다

센다이의학전문학교는 1902년에 제이고등학교第二高等學校의 의학부가 독립하여 설립된 것으로, 루쉰이라는 이 학교 최초의 중국인 유학생에게 무시험과 학비 면제 혜택을 주었고 직원이 하숙집까지 구해주는 등 후대했다. 특히 해부학 교수 후지노 겐쿠로藤野嚴九郎는 각별히 정성을 기울여 지도했는데, 루쉰은 그러한 그의 학문적 은혜를 평생 잊지 않았다. 그러나 루쉰은 중도에 학업을 중단하고 퇴학해버린다. 「『눌함』 자서」에 따르면 강의 중에 본 환등기 장면이 그 계기였다. 당시 학교에서는 때때로 강의용 환등기로 일로전쟁(1904~1905)의 시사 장면을 학생들에게 틀어주었다. 어느 날 교실에서 루쉰은 러시아군 스파이 노릇을 한 어느 중국인이 중국인 관중이 보는 가운데 일본군 병사에게 목이 잘리는 장면을 보게 되었다. 처형되는 자나 지켜보고 있는 자들이나 루쉰의 동포들은 모두 체격은 건장했으되 대체로 멍청한 표정을 하고 있었다고 한다.

의학을 버리고 문학의 길로

루쉰은 의학전문학교를 자퇴하고 도쿄로 향했는데, 그는 훗날 그것에 대해 "'어리석고 힘없는 국민'은 설사 건장한 체격을 갖고 있다 하더라도 기껏해야 잘못의 본때를 보여주기 위한 재료나 그 관객 정도밖에 될 수 없다. 따라서 먼저 그들의 정신을 개혁하지 않으면 안 된다. 그리고 그것을 위해 나는 문학예술을 택하겠다고 결심했다"라고 회상했다. 이것이 쓰인 것은 17년이나 지난 후의 일로, 환등기 사건 후 긴 세월에 걸쳐 루쉰의 가슴속에 '형성된 이야기'였다. 그것은 회상된 당시(1905년)를 이야기하고 있기보다 회상하는 현재(1922년 말)의 자신을 이야기했다고 보아야 할 것이다. 그러나 절망적인 민중의 모습에 관한 '이야기'가 의학을 버리고 문학을 택한 센다이 시대에 시작되었다는 것은 그 후의 루쉰 문학을 생각할 때 대단히 큰 의미가 있다고 하지 않을 수 없다.

당시 센다이는 인구가 10만 명으로 전국에서 열한 번째 되는 중간 규모의 도시였는데, 일로전쟁에 따른 징병과 중과세 등의 영향으로 구매력이 크게 줄어, 예를 들어 1904년 상반기 센다이역까지의 화물 수송량을 보면 예년 같은 기간의 3분의 1로 떨어져 있었다. 또한 우에노와 철도로 연결되어 도쿄까지 가는 데 12시간밖에 안 걸리게 된 지 10년이 넘었고, 모리도쿠자森德座라는 극장에서는 영화도 상영되고 있었기는 하나, 센다이 시내의 정보 유통량은 매스미디어의 도시 도쿄에 비교할 수 없이 적었고, 인구 규모로 보더라도 루쉰의 고향 사오싱 성내와 차이가 없었다. 루쉰이 의학전문학교 재학 중에 세 차례나 도쿄를 찾은 바 있고 끝내 중퇴까지 하면서 도쿄에 돌아간 것은 매스미디어의 도시 도쿄가 주는 쾌감을 잊을 수 없었기 때문이 아니었을까?

5. 본격적인 문학운동을 시작하다

나쓰메 소세키에게 이끌리다

도쿄에 다시 살게 되면서 루쉰은 당시 일본 학생과 마찬가지로 기모노에 띠를 두른 바지를 입었고 입가에 수염을 기르기 시작했다. 학적을 독일학협회 부설 독일어전수학교(독쿄대학獨協大學 전신)에 두고서는 오로지 서점, 고서점 또는 마루젠을 돌며 잡지나 서적을 사들여 읽고 문예평론 연구와 구미문학 소개에 몰두했다. 나쓰메 소세키가 아사히신문사에 입사하여 『우미인초虞美人草』를 연재하기 시작하자 매일 아침 하숙집 침상에 앉아 중급 담배 시키시마敷島를 피워 물며 맨 먼저 소설란부터 찾아 읽곤 했다. 1908년 4월에는 소세키 일가가 전에 살았던 니시가타 정西片町의 큰 주택을 빌렸고, 저우쭤런, 쉬서우창 등 중국인 유학생 다섯 명이 동거하는 집이라는 뜻에서 루쉰은 그 집을 '고샤伍舍'라 명명했다.

루쉰이 가장 큰 관심을 기울인 일본인 작가가 소세키였는데, 소세키에게도 중국은 그의 전 생애에 걸친 테마였다. 소세키 최초의 외국 체험은 1900년의 영국 유학길에 잠시 기착한 상하이와 홍콩이었고, 런던에 도착한 이듬해 4월에 쓴 「런던소식倫敦消息」이라는 유학 리포트에서도 "나는 언제나처럼 ≪스탠더드≫ 신문을 읽는다. …… 나는 제일 먼저 지나支那 사건 기사를 읽는다"라며 의화단사건(1900) 이후의 중국 정세에 주목하고 있다. 소설가가 된 후에도 『풀베개草枕』(1906)의 결말부에서 여주인공 나미那美와 그 전남편의 이별 장면은 일로전쟁터인 만주로 가는 병사들을 태운 열차의 시발역을 무대로 했고, 『산시로三四郎』(1908) 첫머리의 도카이도東海道선 열차에서 대학 신입생인 주인공과 동석하게 된 여인의 남편은 다롄大連으로 돈 벌러 갔다가 소식이 없는 사람이었으며, 마찬가지로 동석한 '영감'은 일로전쟁 중에 뤼순旅順에서 전사한 아들을 두고 있었다. 이처럼 소세키는 유작 『명암明暗』에 이르기까지 계속해서 중국을 테마로 한 글을 썼다.

국어 보급에 대한 강한 관심

한편 루쉰도 소세키의 단행본뿐만 아니라 이와나미서점岩波書店에서 발행한 『소세키 전집』 결정판(1935~1937)까지 사서 읽었다. 루쉰이 저우쭤런과 함께 번역한 『현대일본소설집現代日本小說集』

(1923)에는 소세키의 「크레이그 선생クレイグ先生」 등 두 편이 실려 있는데, 루쉰이 직접 쓴 소세키에 관한 해설문이 붙어 있다. 「나는 어떻게 하여 소설을 쓰기 시작했는가」(1933)에서도 애독 작가로 소세키를 들었고, 「크레이그 선생」이 「후지노 선생藤野先生」에 어떤 영향을 주었는지에 관해서도 언급했다. 20세기 초에 세계적으로 유행했던 러시아 작가 레오니트 안드레예프Leonid Nikolaevich Andreev(1871~1919)를 소세키와 루쉰이 거의 같은 시기에 주목했다는 점도 흥미를 끈다. 루쉰이 그렇게까지 소세키에게 깊은 관심을 보인 것은 아마 소세키가 일본의 국어 보급에 큰 역할을 담당하고 있었고, '국민국가 형성'이라는 일본의 과제를 개인으로부터 국가에 이르기까지 그의 소설 곳곳에 투영하고 있었기 때문일 것이다.

광복회 참여

한편으로 루쉰은 동향의 선학先學인 장빙린이 강의하는 국학 강습회 등에도 열심히 다녔고, 허신許愼(후한後漢 사람)의 문자학서 『설문해자說文解字』 등도 배웠다. 장빙린은 상하이 조계租界•의 신문에 혁명론을 집필하여 금고 3년형을 받았다가 1906년에 출옥하자 일본에 건너왔고 혁명파 기관지 ≪민보民報≫의 주필로 영입되

• 옮긴이 – 조계는 19세기 후반 미국, 일본, 영국 등 8개국이 중국을 침략하면서 근거지로 삼은 개항 도시의 외국인 거주지로, 여기서는 외국이 행정권과 경찰권을 행사했다.

었다. 중국의 고전에서 국수國粹(한 나라나 민족이 지닌 고유한 정신적·물질적 장점 — 옮긴이)를 찾았고 그 연구를 통해 한족의 민족적 자각을 불러일으키려 했던 장빙린의 '국수애석國粹哀惜' 논리는 하나의 민족주의 창출 전략이었다고 할 수 있을 것이다. 루쉰은 만년에 이 경학의 대학자를 '학문을 가진 혁명가'로 평가했다.

앞서 말한 대로 루쉰은 1904~1905년경에 저장과 장쑤 두 성 출신자를 중심으로 조직한 반청 민족주의 혁명단체 '광복회'에 참여했다. 광복회는 1905년 8월에 광둥 성 계통의 '흥중회', 후난 성 계통의 '화흥회'와 대동단결하여 도쿄에서 '중국동맹회'를 수립했다. 루쉰은 만년에 상하이에서 가까이 지낸 일본인 학생 마스다 와타루增田涉에게 다음과 같이 말했다.

> 나는 청 말 혁명운동을 하던 때에 상부로부터 어떤 요인의 암살 지령을 받았다. 그런데 일에 착수하기에 앞서 "나는 아마 체포되거나 살해될 것이다. 만약 내가 죽게 되면 뒤에 어머니가 남는데, 어머니를 어떻게 해줄 것인가를 확실히 말해주었으면 한다"라고 내가 말했더니, "그렇게 뒷일에 마음이 쓰여서는 곤란하다. 너는 안 되겠다"라고 말하는 것이었다.•

• 增田涉, 『魯迅の印象』(角川選書, 1970).

루쉰에게 이 효행심은 모친 콤플렉스라 칭해야 할 정도로 뿌리 깊은 것이었고, 이후 루쉰의 일생에 커다란 영향을 미치게 된다. 예를 들면 루쉰은 1906년 여름에 귀국했을 때 어머니의 명에 따라 주안朱安이라는 여성과 구식 결혼을 했다. 그녀는 전족을 하고 있었고 문맹이었다. 이 시기 중국에서 혼례는 일반적으로 부모가 모든 것을 결정하고 결혼 당사자의 동의는 전혀 고려되지 않았다.

주안

그러나 산업화된 민주국가는 자유연애와 결혼으로 영위되는 핵가족제에 그 기초를 두고 있다는 것과 문학의 양대 주제가 혁명과 연애라는 것을 인식함에 따라 루쉰은 그의 구식 결혼이 자신에게 정신적으로나 육체적으로나 치유할 수 없는 깊은 상처가 된 것을 깨달았다. 당시에는 결혼을 위해 귀성할 경우 1개월 동안은 양친 곁에 머물면서 계속 이어지는 혼례 행사를 하나하나 소화해가는 것이 상례였는데, 루쉰은 혼례를 치른 지 4일 만에 신부 주안을 본가에 남겨놓고 관비 유학생으로 결정된 저우쭤런을 데리고 도쿄로 돌아가 버렸다. 그것은 루쉰이 할 수 있는 최대한의 항의였을 것이다.

좌절된 선구적 시도

1907년 여름에 루쉰은 저우쭤런, 쉬서우창, 그리고 장빙린의 젊은 친구 쑤만수 등과 손잡고 잡지 ≪신생新生≫의 발간을 준비하다가 좌절을 겪어야 했다. ≪신생≫을 위해 써놓은 논문과 번역은 이듬해 허난 성河南省 유학생들의 잡지 ≪하남河南≫에 발표되었고, 그 나머지 소설을 번역한 것은 루쉰 형제가 발간한 『역외소설집域外小說集』(전 2권, 1909)에 실렸다.

이미 제1장에서 기술한 대로 「마라시역설」은 유럽에서는 낭만파 시인들이 국민국가 건설운동의 선두에 섰다고 논한 것인데, 그 종장에서 루쉰은 시인을 여기저기서 난투를 벌여 그 흘리는 피로 관중에게 전율과 쾌락을 선사하는 검투사에 비유했다. 폴란드 작가 헨리크 시엔키에비치Henryk Sienkiewicz(1846~1916)가 고대 로마 황제 네로의 박해를 받았던 기독교도를 묘사한 역사소설 『쿠오바디스Quo Vadis』(1896)에는 용사 우르수스가 기독교인 아가씨를 돕기 위해 빵과 서커스에 취해 있는 로마 시민들 앞에서 물소와 격투를 벌이는 장면이 나오는데, 루쉰의 비유는 아마 그 장면의 이미지에서 가져왔을 것이다.

몽매하던 군중이 용사의 사투에 감동해 전제군주에게 반항했다는 이야기는 시인에 대한 루쉰의 이미지와 완전히 겹쳐진다. 그렇기는 하나, 루쉰은 "설사 검투사가 있다 하더라도 군중이 그를 똑바로 바라보지 못하거나 심지어 그를 붙잡아 죽여버린다. ……

중국은 마침내 적막한 나라가 되어버렸다"라고 끝맺는다. 그리고 그 '적막한 중국'이라는 이미지가 루쉰 자신의 내면 풍경으로 전화했다.

『역외소설집』은 러시아, 동구, 영국, 미국, 프랑스 등의 세계적 유행 작가들의 단편집이다. 소세키의 『나는 고양이로소이다吾輩は猫である』가 상중하 3권의 단행본으로 출간되었을 때(1905~1907) 각 권의 초판 부수는 1,000~1,500부였다. 『역외소설집』 제1권의 초판 1,000부라는 숫자는 당시 도쿄의 출판계와 비교해보더라도 뒤지지 않는 것으로, 루쉰의 패기를 엿볼 수 있게 한다. 그러나 중국의 출판 자본주의는 미성숙한 상태여서 이 책도 많이 팔리지는 않았다. 루쉰의 선구적 시도는 다시 한 번 좌절을 겪어야 했다.

제4장

관료학자에서 신문학자로

베이징 시대

1. 항저우, 사오싱에서 베이징으로

임시정부 관료로서

루쉰은 독일로 유학 가는 것도 고려해보았지만, 몰락한 일가를 부지하는 것이 중요하다고 판단해 도쿄에 동생 저우쭤런을 남기고 1909년 8월에 귀국했다. 그리고 저장 성의 성도 항저우에 있는 사범학당의 교원이 되어 화학과 생물학을 가르쳤고, 일본인 식물학 교사의 통역 일도 했다. 교실에서는 유학 시절의 학생복을 입고 있었다. 이듬해 8월에는 고향 사오싱 부紹興府의 중학당으로 전근해 박물학을 담당했고, 1년 2개월 뒤 신해혁명(1911)이 발발했을 때는 학생 무장대를 이끌고 성내 경비를 담당하여 혁명군의 입성을 맞이했다. 그러나 사오싱에서는 변함없이 보수세력이 강했고, 따라서 사소설풍의 작품 「범애농」에 묘사되어 있듯이 일본에 유학하여 혁명운동에 참여한 바 있는 사람들은 깊은 실망을 맛봐야 했다. 루쉰은 사오싱 사범학당의 교장으로 승진하지만 환멸을 느끼다가 이듬해인 1912년 2월에 중화민국 임시정부 교육총감 차이위안페이蔡元培(1868~1940)의 부름을 받아 난징으로 갔다. 그러다가 임시정부와 함께 베이징으로 이동했고 그곳에서 과장급 관료로 근무하게 되었다.

항저우 시기의 루쉰

베이징의 내성과 외성

명대의 영락제가 국도를 금릉金陵(현재의 난징)에서 원대의 대도大都로 천도하고 그것을 베이징으로 개칭한 것이 1421년의 일이다. 베이징은 대도를 토대로 건설되었는데, 성문(남문이 셋, 동·서·북문이 두 개씩)이 아홉 개이고 총 23킬로미터에 달하는 해자가 있는 성벽으로 둘러싸여 있다. 명의 중기에 이르면 성내 인구 증가와 몽골족 침입에 대처하고자 남쪽으로 성문이 일곱 개인 외성外城이 전장 14킬로미터에 걸쳐 증설되었고, 기존 베이징성은 내성內城으로 불리게 되었다. 내성과 외성을 합친 총면적은 62제곱킬로미터에 달한다. 덧붙이자면 도쿄의 지요다千代田, 미나토港, 신주쿠新宿, 분쿄文京의 네 개 구區의 총면적이 60제곱킬로미터다. 베이징성 내 인구는 청조 말년인 1911년에 78만 명, 1922년 인구 조사 결과로는 91만 명이었다.

신해혁명이 시작되다

신해혁명은 1911년 10월에 일청전쟁 후 창건된 우창武昌의 신군新建陸軍이 봉기함으로써 시작되었다. 여기에 남방 12성이 호응하여, 이듬해 1월에 아시아 최초의 공화국인 중화민국이 수립되었다. 수도가 난징으로 정해졌고, 쑨원이 초대 임시 대총통으로 추대되었다. 그러자 청조는 북양군벌의 총수 위안스카이袁世凱를 내각 총리대신에 임명해 혁명세력과 대결하게 했는데, 남북의 군사력이 균형을 이루어 내전이 교착상태에 빠졌다. 그 후 쑨원과 위안스카이가 전보로 담판을 벌여 2월에 청의 황제를 퇴위시키는 대신 위안스카이가 임시 대총통에 취임하는 것으로 결론을 내렸다. 그러나 위안스카이는 헌법을 폐지하고 제정을 부활시켜 황제의 자리에 앉으려 했고, 결국 전국 각지에서 위안스카이에게 반대하는 투쟁이 분출하는 가운데 1916년 6월에 급사했다. 위안스카이가 사망하자 북양군벌이 분열하여 서로 수도 베이징을 차지하려고 싸움을 벌였고, 남방의 비非북양계 군벌들은 헌법 옹호를 명분으로 삼아 중앙정부에 반기를 드는 등, 이후 중국은 10여 년 동안 분열기를 보내야 했다.

2. '문화의 성' 베이징대학

베이징대학의 연원

정정 불안은 일찍이 황제의 도시로서 전국에 군림해온 베이징의 지위를 상대화시켰다. 그 대신 베이징은 '문화의 성城'이라는 새로운 위상을 갖게 되었는데, 그것을 떠받쳐 준 것이 베이징대학을 정점으로 한 전국 고등교육기관의 교사, 학생 등 신흥 지식계급이었다. 베이징대학의 연원은 1862년에 설립한 외국어학교인 경사동문관京師同文館으로, 무술유신戊戌維新(1898) 무렵 량치차오가 일본의 학칙을 토대로 경사대학당 규정을 기초하여 학생 500명 모집 계획을 세운 바 있다. 이어 신해혁명 후 초대 교육총장이자 청 말의 혁명가, 교육자로도 저명했던 차이위안페이가 대학령을 공포함으로써 전국 유일의 국립대학인 베이징대학이 탄생했다. 1917년에는 차이위안페이 자신이 학장에 올라 대담한 개혁에 나섰고, 학문의 자유를 내세워 교원과 학생의 문화운동을 보호했다.

군벌들이 서로 어지럽게 싸우는 상황이어서 베이징대학이 양성한 인재가 공급될 공화국이 없었고, 따라서 교육 예산이 군사비 등으로 유용됨으로써 교원 급여조차 제때 지급하지 못하는 일이 자주 발생했다. 그런 까닭에 대학 자체가 공화국 체제의 실현을 갈망해 혁명운동의 중핵을 담당하게 되었다. 시의 중심부에 이러한 대학을 두고 있었던 '문화의 성' 베이징에서는 문화가 혁명을 지향하고 혁명은 문화를 통해 그 모습을 드러내고 있었다.

중국 최대의 학생 도시

조계 도시 상하이 등지에서도 1870년대 이래 구미의 기독교 교회나 중국의 자산계급에 의해 많은 학당이 설립되었지만, 어느 것이나 한 학년의 수가 수십 명에 불과한 소규모였고, 근대적 아카데미즘이라 하기보다 사숙私塾에 가까웠다. 1919년 현재 미션계 대학은 전국적으로 14개에 재적 총수가 2,017명이었는 데 비해 베이징대학(베이다北大라 약칭)의 학생 수가 약 2,300명(1922년)이었으니, 한 대학이 전국의 미션계 대학 총계를 능가했던 것이다. 게다가 국립 19개 교와 사립 6개 교의 고등교육기관이 베이징에 집중되어 있었는데 그 학생 수가 1만 3,000명에 달했다. 이는 전국에 걸친 대학과 전문학교 학생 총수의 4할이 조금 넘는 것이었다. 베이징은 당시 중국 최대의 학생 도시였던 것이다.

베이다 학생 출신지 구성을 보면 시를 둘러싼 즈리直隸 성(지금의 허베이 성河北省에 해당) 출신자가 321명(14%)이었는데, 장쑤 184명, 저장 197명, 안후이安徽 102명으로, 장강 하류의 3성, 즉 상하이 주변 성 출신자들이 21%(483명)를 점했다. 그 밖에 광둥 231명(화교 포함), 쓰촨四川 139명, 산둥山東 147명 등 전국 각지에 걸쳐 있었다. 교수진도 천두슈陳獨秀, 첸쉬안퉁錢玄同, 저우쭤런, 후스 등 일본이나 구미에서 유학하고 돌아온 전국 각지 출신의 소장 문화

예술인으로 구성되어 있었는데, 1918년 당시 그들의 평균 연령이 30대였을 정도로 젊었다. 전체 교원 202명 가운데 즈리와 베이징 출신이 12명에 지나지 않았던 것에 비해 장쑤 40명, 저장 39명, 안후이 17명으로, 역시 남방 출신자가 압도적 다수를 차지하고 있었다. 베이징이 '문화의 성'으로 재흥하는 데 토대가 된 것은 청 말에 변법파가 구상했던 경사대학당이었지만, 베이징대학을 흐르는 피로 말하자면 상하이 주변 3성 출신의 해외 유학파 교수들과 젊은 학생들이 압도적인 다수를 이루고 있었다. 상하이에서 발원한 서구화 흐름이 베이징을 제압했다고 해야 할까, 아니면 고도古都 베이징이 신흥 상하이의 힘을 흡수해 변모했다고 해야 할까?

베이징대학의 강사가 되다

루쉰도 교육부에 근무하는 한편 베이다北大 강사로서 1920년 12월부터 6년간 출강하여 중국소설사를 강의했고, 베이다의 간행물에 기고도 하고 잡지 ≪국학계간國學季刊≫의 표지나 교장校章의 디자인에 참여하기도 했다.

1925년 12월 17일자 ≪베이다학생회주간北大學生會週刊≫ 창간호에 기고한 「베이다를 말한다我觀北大」에서 루쉰은 "베이다는 항상 새롭고, 개혁운동의 선두에 섰으며, 중국이 좀 더 나은 향상의 길로 나아가도록 애써왔다. 많은 불의의 타격을 받고 악선전을 당했으며 해마다 교수와 학생의 일부가 교체되었지만, 그럼에도 향

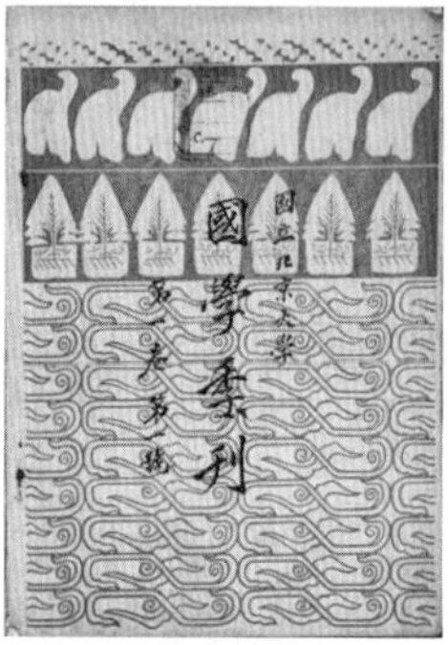

『국학계간』 표지

베이징대학 교장

상向上의 정신은 살아 있고 아직 흐트러지지 않은 것 같다"라며, 빈정대기 잘하는 루쉰으로서는 드물게 솔직한 태도로 베이다를 높이 평가한 것이 흥미를 끈다.

3. 문학혁명과 5·4운동

구어문의 전면적 사용을 제창하다

중국에서는 한대漢代 이래 고전의 어휘나 문법을 기초로 한 문어문이 정통으로 간주되어왔다. 그런데 후스는 미국 유학 중 구어문이 사실성寫實性이나 대중적 의사소통의 수단 또는 정보 전달 능력에서 문어문을 압도한다는 것을 통감했다. 그는 중국인의 언어 의식을 변혁하는 데 진화론을 원용하기로 마음먹었다. 즉, '사대부 계급 = 문어문, 하층민 = 백화白話(고전 구어문)'라는 종래의 언어 가치체계에 도전해 '문어문 = 구旧, 구어문 = 신新'이라는 언어 진화론을 주창했다. 그는 1916년 8월의 일기에 구어문의 전면적 사용을 내용으로 하는 '문학혁명의 여덟 가지 조건'을 썼다.

① 전고典故를 사용하지 않는다.

② 진부한 언어를 사용하지 않는다.

③ 대구를 중시하지 않는다.

④ 속어나 속자俗字를 피하지 않는다(시詩나 사詞•를 구어로 짓기를 꺼리지 않는다).

⑤ 문법을 중시한다.

(이상은 형식 면)

⑥ 괜히 앓는 소리를 내지 않는다.

⑦ 옛사람을 모방하지 않는다.

⑧ 내용이 있는 말을 한다.

(이상은 내용 면)

• 옮긴이 ― 사는 중국 운문의 한 형식이다. 시로써 드러내기 어려운 섬세한 미적 의식이나 정감을 개인의 독백 형식으로 진술하는 것이 주된 특징이다. 당대에 본격적으로 쓰기 시작한 것으로 알려져 있으며, 송대에 유행했고 원·명대에는 쇠퇴했다가 청대에 다시 유행했다. 한국에서도 이규보, 김시습 등이 사 작품을 남겼다.

후스는 이듬해 ≪신청년新青年≫ 1월호에 이 '문학혁명의 여덟 가지 조건'을 「문학개량추의文學改良芻議」라는 제목의 논문으로 발표했고, ≪신청년≫ 편집장 천두슈는 다음 호 권두에 "귀족문학·고전문학·은둔문학을 타도하고 평민문학·사실문학·사회문학을 건설하자"라는 내용의 「문학혁명론文學革命論」을 직접 써서 실었다. 그렇게 해서 문학혁명이 시작되었고, 베이징대학이 그 진원지가 되었다.

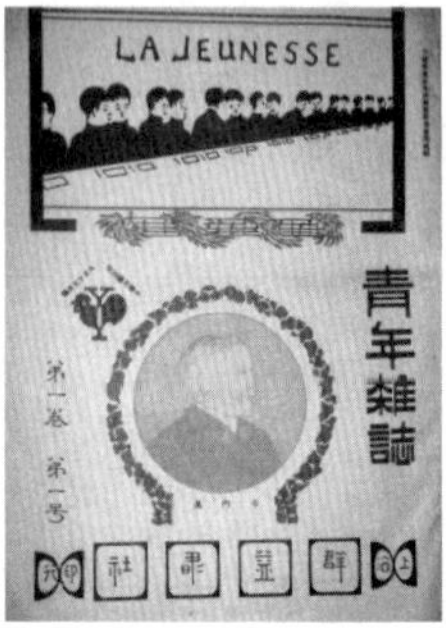

≪신청년≫ 표지

≪신청년≫ 창간

≪신청년≫은 1915년에 창간되었는데 주요 집필진은 루쉰, 후스, 저우쭤런, 그리고 마르크스주의를 소개한 리다자오李大釗(1889~1927) 등 베이징의 지식인, 특히 베이다의 교수진이었다. ≪신청년≫은 민주와 과학을 표방했고, 유교 이데올로기를 비판하고 전면적 서구화론을 주창했으며, 문학혁명을 실행에 옮겼다. 그것은 청 말의 서구식 교육과 유학에 의해 양성된 20대 말 내지 30대의 젊은 지식인들이 신문화의 총본산인 베이징대학에 집결해 10대, 20대의 더욱 젊은 세대를 계몽하는 매개체였는데, 매호 300쪽 안팎의 당당한

종합지였고, 전성기에는 1만 6,000부나 발간되었다. 여기에 실린 문학에는 인간, 내면, 연애, 화폐경제제도 등 근대 서구에 기원을 둔 중요 개념이 일제히 등장했다.

문학혁명을 전후로 교육제도도 구어문 교육으로 방향을 돌렸다. 1913년에는 교육부가 독음통일회讀音統一會를 소집해 베이징어를 바탕으로 한 표준어 제정의 길을 열었으며, 1920년대 초에는 소학교 모든 학년의 문어문 교재가 구어문으로 교체되었고, 중학교에서도 구어문화가 추진되었다. 베이다에서는 문어문의 국문과가 유교 이데올로기를 담당했던 데 대해 구어문의 국어과는 공화국의 이데올로기를 담당하는 형국을 이루고 있었다. 이민족 왕조는 붕괴되었지만 한족의 국민국가는 아직 형성되지 않은 민족적 아이덴티티의 위기의 시기에 지식층에게 새로운 표현양식을 제공함으로써 국민국가의 언설言說 형성에 크게 기여한 것이 당대의 '구어문 문학'이었던 것이다.

성숙하는 근대적 문화도시 베이징

그리고 베이징 시가의 모습도 크게 바뀌어 가로등, 포장도로, 영화관 같은 것들이 등장하고 노동운동이 일어나는 등 전근대와 근대 간 격렬한 다툼이 일었다. 예를 들면 베이징전차공사北京電車公司가 1924년에 내성에서 남북으로 달리는 정양문正陽門-서직문西直門 간 제1노선에 10대의 전차를 운행하기 시작했는데, 1949년에는 이것이 10개 노선에 총 48킬로미터로 확장되어 있었다. 베이징은 도쿄보다 20년 뒤지기는 했으나 이처럼 근대적 문화도시로 급속히 성숙해가고 있었다.

한편 제1차 세계대전(1914~1918) 중에 중국에서는 방적업을 중심으로 한 민족자본이 비약적으로 성장하면서 국민국가 형성의 기운이 전국적으로 고조되었다. 파리강화회의에 의해 산둥 성에 대한 독일의 권익이 일본에 양도된 것을 계기로 1919년 5월 4일 베이징의 학생들이 반일·반군벌 운동을 벌였다. 신문 보도 등을 통해 이 소식은 곧바로 전국에 알려졌고, 운동은 각 도시, 각 계층으로 확산되었다. 이 새로운 대중운동은 베이징의 군벌 정부로 하여금 베르사유 강화조약의 조인을 거부하게 했다. 그리고 그것은 1920년대 후반에 이뤄진 국민혁명의 발단이 되었다.

4. 관료학자에서 신문학자新文學者로 변신

단신으로 교육부에 근무하다

1912년 5월 초 쉬서우창과 함께 상하이에서 해로로 톈진에 도착한 루쉰은 경진철로京津鐵路로 베이징으로 가면서 처음 본 화베이華北에 대해 "기차가 달리는데 끝없이 이어지는 황토. 때로 초목조차 볼 수 없다"라고 그 인상을 일기에 썼다. 이 베이징 초행길에는 아내를 대동하지 않았다. 주안은 사오싱에 남아 어머니를 돌보고 있었다. 루쉰은 선무문宣武門 바깥에 있는 사오싱회관紹興會館에 무려 7년 반 동안 홀로 기숙하면서 서단남대로西單南大路에 있는 교육부로 통근했다.

사오싱회관

회관會館은 성이나 현 단위로 만들어진 동향인용 집회소 겸 숙박소였는데, 베이징에 420여 개나 있었다. 사오싱회관에는 크고 작은 84개의 방이 있었다. 사용자 중에는 사오싱 출신이 많아서 사오싱 방언을 쓰고 사오싱 습속 속에 사는 것이 가능했다. 덧붙이자면 중국에는 — 일본의 군郡에 해당하는 — 인구 수십만 명 규모의 현이 전국적으로 약 2,000개가 있었다. 사오싱회관은 오래된 회관으로 중정中庭에 커다란 괴목槐木이 있었는데, 옛날에 어떤 고관의 첩이 그 나뭇가지에 목을 맸다는 이야기가 전해 내려오고 있었다. 루쉰은 그런 이야기 때문에 오랫동안 비어 있던 괴목 앞의 방을 빌려 무더운 여름에는 나무 아래 들어가 시원한 바람을 쐬면서 「광인일기」, 「공을기孔乙己」, 「약藥」과 같은, 죽음과 광기에 대한 깊은 응시를 바탕으로 한 소설들을 썼다. 한편 1917년 4월에는 동생 저우쭤런이 루쉰의 추천을 받아 베이징대학 교수로 내정되어 상경해 루쉰과 같이 살기 시작했다. 그가 베이징대학으로부터 교수 초청장을 정식으로 받은 것은 같은 해 9월이다.

가족을 데리고 베이징으로 이사하다

1919년 들어 사오싱의 저우 일족 홍방의 여러 사정이 악화되어 신대문에 있는 그 가옥과 부지가 매각되게 되었다. 이에 따라 루쉰은 베이징 내성 서북부의 바다오 만에 있는 한 사합원四合院을 사들인 다음 같은 해 12월에 약 1개월간 고향에 돌아가 매각 관련 잡무를 처리하고 어머니와 막내아우 저우젠런, 아내를 데리고 베이징으로 이사했다. 사합원이란 네모꼴의 중정을 둘러싸고 1동 3실로 구성된 네 개의 동이 동서남북으로 들어서 있는, 중국 북방의 전통적인 주택 형식을 말하는데, 각 동의 벽과 접해서 다시 높이 3미터의 벽돌담이 저택을 빙 둘러싸고 있고 남쪽으로 중국식 문이 나 있는 구조였다. 장대한 성벽으로 둘러싸인 베이징성 안에 사각의 벽으로 둘러싸인 수많은 사합원이 있었으니, 그것들은 성 안의 성이었고, 수백분의 일로 축소된 미니 고궁이었다. 중산계급의 성 사합원에서 여성은 밖으로 나가는 일이 없었고, 필요한 일상용품은 멜대를 진 장사치들에게서 사서 썼다. 원숭이 놀이패나 인형극단은 사합원을 빙 돌고 들어와 중정에서 볼거리를 제공했다. 그것은 대가족제도를 토대로 한 작은 공동체였다.

루쉰의 저택은 남북으로 63미터에 동서로 26미터, 부지 500평 정도의 2층짜리 사합원이었는데, 그곳에 노모와 처, 저우쭤런, 저우젠런 두 동생과 그 처자, 그리고 사오싱에서 상경한 지인이나 바실리 에로셴코 Vasili Y. Eroshenko 같은 일본에서 온 방문자들이 거주했다. 그리고 루쉰의 어머니나 처, 사오싱 출신의 사용인이나 기숙인들 사이에는 사오싱 방언이, 저우쭤런과 저우젠런 형제의 일본인 처 하부토 노부코, 하부토 요시코羽太芳子 자매와 그 자녀들 사이에는 일본어가 사용되었다.

바다오 만에 위치한 루쉰 저택

탁본 수집에 몰두하다

루쉰은 교육부에서는 사회교육국 과장으로서 박물관·미술관 등을 담당하여 「미술 보급을 위한 의견서」(1913)를 기초하거나 역사박물관의 개설, 경사도서관京師圖書館(훗날 베이징도서관)의 이전, 중국식 표음기호인 '주음자모注音字母' 제정 등에 진력했다. 그러나 위안스카이의 독재체제하에서 관리들에 대한 통제가 강화되고 교육행정이 정체되면서 루쉰은 탁본의 수집과 정리, 고서의 교감校勘 등으로 관심을 돌렸다. 중국 판화 연구가 나라 가즈오奈良和夫는 이에 대해 "돌에 새겨 영원히 자기 존재의 증거로 삼겠다는,

고대 중국인들이 갖고 있었던 강렬한 생명력"에 공감했기 때문이었다고 지적한 바 있다. 그에게 탁본 수집은 곧 장빙린의 '국수애석國粹哀惜' 이론을 실천하는 것이었고, 반동기를 살아남기 위한 마음의 의지가지이기도 했을 것이다.

왕성한 문학 활동 재개

이윽고 ≪신청년≫ 지상에 문학혁명론이 대두하자 루쉰은 거기에 「광인일기」를 발표해 호응했고, 이어 창작과 평론, 번역 등 왕성한 문학 활동을 재개했다. 1922년까지의 4년 동안 쓴 「공을기」, 「고향」, 「아Q정전」 등 14편의 단편은 첫 번째 창작집인 『눌함吶喊』에 정리·수록되었다. '눌함'이란 싸움터에서 적진을 향해 돌격할 때 내는 함성처럼 힘을 모으기 위해 소리를 지르는 것을 뜻한다. 그 제목에 걸맞게 이 책에 수록된 작품은 모두 중국 사회의 어두운 부분을 후벼 파는 것 같은 날카로운 비판정신으로 가득 차 있었다.

「광인일기」는 중국에서의 사람들 간의 고독한 관계를 주인공인 광인이 품고 있는 '식인' 망상에 집약한 것인데, 더 나아가 광인 자신에게 식인의 죄를 짊어지움으로써 광인과 민중 모두 죄인이 될 수 있음을 탐색한 하나의 철학적 소설이기도 하다. 루쉰은 도쿄 시대의 낭만파론에서 중국에서는 선구자인 시인이 민중으로부터 고립된다고 말한 바 있다. 본 작품은 그러한 청년시대 때부터의 사상적 과제를 전개한 것으로서 문학혁명의 이데올로기를 체현한 최초의 작품이 되었다. 그리고 이 작품에서처럼 화자의 정신적 갈등이나 인상印象을 1인칭으로 기술하는 스타일이 5·4운동 시기 문학의 주류가 되었다.

「광인일기」의 모델

「광인일기」는 종래 1918년 4월에 집필해서 5월 15일 발행된 ≪신청년≫ 제4권 5호에 실은 것으로 이야기되었다. 그러나 필자가 『루쉰 사전魯迅事典』(三省堂)을 집필하는 과정에서 상하이 신문 ≪신보申報≫의 출판 광고나 ≪베이징대학일간北京大學日刊≫의 '도서관 서목실書目室 공고', 또는 『저우쭤런 일기』 등을 조사한 결과 ≪신청년≫의 발행이 1개월 늦추어졌다는 것과 「광인일기」의 집필이 5월에 이루어졌을 수 있다는 것을 밝혀낸 바 있다. 특히 그 5월에 베이징 신문 ≪신보晨報≫의 사회면에 '미친 여자가 자식을 잡아먹었다는 기묘한 뉴스(瘋婦食子奇聞)', '효자가 허벅지 살을 베어 아버지의 병을 고쳤다(孝子割股療親)', '어진 며느리가 자신의 살을 베어 시어머니에게 먹였다(賢婦割肉奉姑)', '어진 처가 팔뚝 살을 베어 남편의 병을 고쳤다(賢婦割臂療夫)'와 같은 선정적인 식인 뉴스가 계속 보도되고 있었다.

미친 어머니의 식인 사건은 별론으로 하고, 나머지 세 건은 모두 효자가 아버지를 위해, 어진 며느리가 시어머니를 위해, 또는 어진 처가 남편을 위해 자신의 살을 떼어내 먹였다는 것인데, 그러한 행동이 '효孝'나 '현賢' 같은 유교적 가치관에 의해 칭송받고 있었다는 것은 주목할 만한 일이다. 루쉰이 「광인일기」의 집필에 들어간 것은 효자나 어진 며느리가 자신의 살을 베어 부모에게 먹이는 유교 사회, 그리고 그것을 매스미디어가 칭송하고 있는 현실을 목도하고 받은 충격 때문이 아니었던가 싶다.

또한 「광인일기」에 루쉰의 고향 종형제인 루안원헝阮文恒(1886~1938)이라는 모델이 나오는데, 이 사람은 루쉰의 일기에 루안주쑨阮久孫이라는 이름으로 여러 번 등장한다. 루안주쑨은 산시 성山西省 판즈 현繁峙縣의 현 지사 보좌관이었는데, 어떤 사건의 처리와 관련하여 강박을 받고 신경착란에 빠졌다. 그러다가 1916년 10월 루쉰을 찾아 베이징으로 도망쳐 왔고, 루쉰은 그를 일본인 의사 이케다池田의 병원에 1주일 동안 입원시켰다가 간호인을 붙여 고향 사오싱에 돌아가게 했다.

표점부호의 중요성

「광인일기」 앞머리의 '서序' 절은 문어문으로 작성되어 있기는 하나, 당시 ≪신청년≫ 잡지가 제창했던 표점부호標點符號를 사용했다. '일一' 절 이하의 본문은 구어문으로 썼는데, 중국의 연구자는 "(일 절은) 전부 69자, 52단어다. 그 가운데 단음절 단어가 34개, 2음절 단어가 18개로 각각 65%, 35%를 차지한다. 이 단어들

이 이어지면서 음운의 리듬상 문어문의 특징을 간취할 수 있게 한다"라고 지적했다.•

청 말부터 중화민국 초기까지는 일반적으로 구두점이 사용되지 않았는데, 루쉰은 일찍부터 표점부호의 중요성을 인식했다. 그래서 1909년 『역외소설집』에서는 '서언'에 이어 '약례略例'를 두어 "!가 큰 소리를 나타내고 ?가 의문을 나타낸다는 것은 근년에 잘 알려져 있어 상세한 설명이 필요 없을 듯하다. 그 밖에 점선은 말이 끝나지 않았다는 것이나 말이 중단되었다는 것을 나타낸다. 직선은 일시적 정지를 나타내고, 직선이 한 구절의 위 또는 아래에 있으면 그것은 괄호와 같은 작용을 한다"라는 설명을 덧붙였다. ≪신청년≫은 1918년의 제4권 5호부터 전면적인 구어문 사용을 단행했다. 그에 앞서 언어학자 첸쉬안퉁이 제4권 2호(2월 15일 발행)에 「구두부호句讀符號」라는 글을 발표해 '번繁·간簡 2식의 구두부호'를 제안했다. '번식'은 ' , / ; / : / . 또는 。/ ? / ! '의 여섯 가지 서양어 부호를 말하고, '간식'은 그 가운데 ' 。/ , '을 말한다. '번식'은 루쉰이 『역외소설집』에서 실제 사용한 부호와 거의 같고, ' ; '와 ' : '은 현대 일본어로 번역할 때 상황에 따라 ' 。'나 ' , '로 바꿔 쓰면 된다. 그리하여 ≪신청년≫ 제4권 5호부터 「광인일기」를 포함한 모든 글이 첸쉬안퉁이 제안한 표점부호를 사용한 구어문으

• 吳曉峰, 「'ひどく亂れて意味不明': '狂人日記'の狂喜の言語」, ≪國際商務貿易大學學報≫, 2008年 增刊号.

로 인쇄·발간되었다. 루쉰의 문체를 보면 「광인일기」에서는 어휘와 문법에서 절반 정도는 문어조調를 남겼지만 표점부호를 사용함으로써 일단의 구어화를 달성했고, 1년 후의 「공을기」, 「약」에 가서는 어휘, 문법에서도 거의 완벽한 구어화를 달성했다고 할 수 있다. 그리고 루쉰이나 첸쉬안퉁 등의 10년여에 걸친 그러한 노력이 결실을 맺어, 중화민국 교육부가 1920년 2월에 ≪신청년≫ 방식을 거의 그대로 받아들인 표점부호를 제정했다.

데뷔작 「공을기」와 「약」

「광인일기」가 1인칭 문체와 식인 비판이라는 내용으로 충격을 주기는 했으나, 구어문으로서의 기법이나 이야기 구성에서는 미숙했는데, 그로부터 약 1년 후에 발표된 「공을기」와 「약」은 문체와 구성 모두 매우 훌륭한 성취를 보여주었다. 작가로서 루쉰의 실질적인 데뷔작은 「공을기」와 「약」이라고 말할 수 있을 것이다. 두 작품을 실은 ≪신청년≫ 제6권 4호와 5호의 목차에는 각각 '1919년 4월 15일 발행', '1919년 5월 출판'으로 명기되어 있는데, 실제로 간행된 것은 8월 중순 및 9월 22일 전후였던 것으로 추정된다. 그리고 「공을기」의 부기附記나 『루쉰 일기』로부터 추정하건대 루쉰은 「공을기」의 초고를 1918년 말에 썼고 1919년 3월 10일과 4월 25일에 「공을기」와 「약」을 완성했다. 다만 어느 쪽을 먼저 탈고했는지는 확정할 수 없다.

단편소설 「약」에서 처형당하는 혁명가 샤위夏瑜는, 사오싱 출신 여성 혁명가로서 무장봉기하여 처형된 치우진秋瑾(1877~1907)을 모델로 한다. 치우진이 처형되던 당시에는 화환을 바치는 것이 학생들 사이에서 유행이었는데 일반 사람들에게는 그러한 새로운 관습이 이해되지 않았다고 한다. 신구 양 세대의 단절 및 구세대 내에서도 연대連帶가 단절되어 고독하게 살아가는 사람들을 묘사한 이 단편이 러시아의 작가 안드레예프의 영향을 받았다는 것을 루쉰 스스로 인정한 바 있다.

「공을기」의 무대는 루전魯鎭이라는 읍내의 함형주점咸亨酒店이라는 선술집이고, 때는 작품 집필 시점에서 20년쯤 전이 되는 청조 말기다. 12세부터 이 술집에서 술 데우는 일을 해온 '내'(화자)가 우연히 술 마시러 찾아든 공을기라는 가난한 서생을 회상하여 이야기하는 것이 그 내용이다.

아쿠타가와 류노스케의 영향

루쉰은 이 1년 사이에 아쿠타가와 류노스케芥川龍之介(1892~1927)의 초기 소설집 세 권을 집중적으로 읽었고, 1921년 5월에서 6월에 걸쳐 베이징의 신문 ≪신보晨報≫에 아쿠타가와의 「코鼻」와 「라쇼몽羅生門」을 중국어로 옮겨 발표했다. 그리고 아쿠타가와의 단편 「모리 선생毛利先生」(1919)의 영향을 받아 「공을기」를 썼다고 추정된다. 아쿠타가와가 그린 모리 선생은 구제舊制 중학교에 임시로 고용된 나이 많은 영어교사로, '혈색이 좋지 않은 둥근 얼굴'에 낡은 중산모와 모닝코트를 입고 다녔고, '쉿소리 섞인 목소리'로 '거의 일본인의 말이라 하기 어려운' 일본어를 사용했다. 루쉰의 공을기도 '창백하고 상처 자국이 있는 주름진 얼굴'에 항상 더럽고 축 늘어진 옷을 입고 다녔으며, 하는 말에 잘 알아들을 수 없는 문어조가 섞여 있었으니, 두 사람이 복장과 표정, 언어의 기묘함에서 상통하는 바가 많았다. 그리고 무엇보다 두 작품의 화자가 모두 소년 시절에 각각 모리 선생과 공을기로부터의 친절한 가르침을 거부했던 사실을 성인이 된 후에 회상한다고 하는 이야기 구조가 서로 유사했다.

루쉰이 아쿠타가와의 영향을 받은 것으로 지적된 것이 그 밖에도 적지 않다. 1919년 12월에 ≪신보晨報≫에 발표된 「작은 사건一件小事」에서는 화자인 '나'를 태운 인력거가 통근로를 달리다가 한 노파를 살짝 건드려 넘어뜨린다. 노파가 다쳤다고 주장하자 '나'는 그것을 밉살스러운 거짓말이라고 생각하는 데 반해 먼지를 뒤집어쓴 인력거꾼은 그 노파를 천천히 일으켜 세워 파출소에 데리고 가는 등 해야 할 일을 다하는 것이었다. 아쿠타가와에게도, 고용살이할 곳으로 가기 위해 요코스카선橫須賀線 열차를 탄 화자인 '내'가 열차 바깥에서 전송하는 동생들에게 밀감을 나눠주는 장면을 회상하는 「밀감蜜柑」(1919)이라는 단편이 있다. 이처럼 루쉰의 『눌함』에 수록된 단편들은 이야기 구조부터 제재題材에 이르기까지 같은 시대의 아쿠타가와나 안드레예프 등으로부터 많은 영향을 받은 것들이어서, 비교문학적 관점에 입각하여 읽을 때 루쉰에 대해 더욱 깊이 이해할 수 있을 것이다.

그리고 아쿠타가와가 쓴 글 중에는 중세 유럽으로부터의 '유랑하는 유대인' 전설에서 취재한 「유태인 유랑자」라는 단편이 있는데, 루쉰이 이 전설의 주인공인 아하수에로Ahasuerus에게 깊은 공감을 느꼈다는 것도 흥미로운 일이다. 아쿠타가와가 자살하자 당시 중국을 대표하는 문예지 ≪소설월보小說月報≫는 '아쿠타가와 류노스케 특집'(1927년 9월호)을 발간하기도 했다.

일본 · 구미 문학의 번역 소개

베이징 시대의 루쉰은 일본이나 구미 문학의 번역 소개에도 많은 힘을 기울였다. 예를 들면 아쿠타가와 류노스케가 ≪오사카 마이니치신문大阪每日新聞≫의 특파원으로 1921년 4월부터 7월까지 상하이, 베이징 등 중국 각지를 여행했을 때 루쉰은 「코」와 「라쇼몽」 두 편을 ≪신보晨報≫에 번역해 실었고, 그 후 『현대일본소설집』(1923)에 수록했다. 한편 아쿠타가와도 베이징에 머물던 중에 루쉰이 번역한 것들을 접하고는 "나의 마음이 선명하게 드러나 있어 놀랍고 기쁘다"라고 말했고,• 후에 「일본소설의 지나역日本小

• ≪北京週報≫ 1923年 9月 23日.

說の支那譯」이라는 에세이를 써서 "현대 일본에서 출간된 서양 문예의 번역서들에 비해서도 그다지 손색이 없음이 틀림없다"라고 높이 평가했다.

≪신청년≫ 내부의 대립

그런데 러시아혁명(1917)에 대한 평가와 마르크스주의의 수용을 둘러싸고 ≪신청년≫ 내부에서 대립이 심화되었다. 천두슈, 리다자오 등은 레닌의 볼셰비즘에 이끌려 코민테른(= 러시아공산당)의 지지를 받아서 1921년 7월에 중국공산당을 결성했고, 그에 따라 ≪신청년≫이 중국공산당의 기관지처럼 되어갔다. 이에 맞서 강력한 반마르크스주의자 후스는 미국 모델에 의한 근대화를 주장했고, 루쉰과 저우쭤런 등도 볼셰비즘의 전제적 성격에 회의를 품으면서 오히려 일본의 시라카바白樺파 문학자 무샤노코지 사네아쓰武者小路實篤의 새마을 운동에 대한 공감이나 아나키즘에 신뢰를 표명하며 ≪신청년≫에서 떠나갔다. 사생활에서도 루쉰은 저우쭤런과 그의 처를 둘러싼 불화로 1923년 7월에 갑자기 사이가 나빠져 바다오 만의 집을 나가게 된다. 그렇게 『눌함』기期에 이어 정처 없이 떠돌아다닌다는 의미의 『방황彷徨』기가 시작된다.

5. 『방황』의 시대

러시아 시인 에로셴코

1920년대 도쿄, 상하이, 베이징 세 도시를 돌아다닌 러시아 시인으로 바실리 에로셴코가 있다. 그는 남러시아 부농 집안에서 태어났는데, 네 살 때 시력을 잃고 모스크바맹학교, 런던왕립맹학교를 다녔고, 1914년에 한방 침구학을 배우기 위해 홀로 일본에 건너와 일본어를 터득했으며, 2년 후에는 일본어 구술을 통한 동화 창작을 시작했다. 1916년부터 3년 동안 타이와 인도를 유랑했는데, 영국 정청政廳과 인도 정청으로부터 볼셰비키파 혐의를 받아 추방되었고, 다시 일본에 돌아온 후로는 종종 좌익계 강연회에 나가 인류 해방을 역설했다. 이 때문에 일본 정부는 이 시인이 사회주의 국제연대와 대중운동의 불씨가 될 것을 두려워해 1921년 6월에 '제국의 안녕질서를 해칠 우려가 있다'는 이유로 국외로 추방했다. 에로셴코는 쓰루가敦賀에서 블라디보스토크로 송환되었으나 러시아혁명 후의 내전기에 모스크바로 돌아가지 않았고 얼마 후 상하이에 나타났다. 상하이에서 그는 루쉰, 저우쭤런 형제가 애써준 덕분에 베이징대학의 에스페란토 강사로 영입되었고, 1922년 2월부터 1년 남짓 베이징의 루쉰 집에서 살았다.

베이징 도착 직후에 열린 에로셴코의 강연에는 수천 명의 청중이 모여들어 대학 대강당에 입추의 여지가 없을 정도로 성황을 이

뤘다. 그러나 그는 공산당 계열 학생 및 지식인의 기대와 달리 볼셰비키파 주도의 러시아혁명을 전제주의라 비판했고, 특히 지식계급 숙청을 고발했기 때문에 임명된 지 수개월 만에 에스페란토나 문학 강의 수강자가 격감했으며, 불과 3명밖에 남지 않은 강좌도 있었다고 한다. 고립된 에로센코는 '해방의 예언자'에서 바닥으로 추락했고, 전향 선언서 비슷한 동화를 남기고 1923년 4월에 모스크바로 돌아갔다.

에로센코의 작품과 번역

루쉰은 일본어 원작인 『에로센코 동화집エロシェンコ童話集』(1922)과 『복사빛 구름桃色の雲』(1923)을 번역, 간행한 것 외에 소품 「집오리의 희극鴨的喜劇」(1922)에서 시인을 다음과 같이 묘사했다.

> 러시아의 맹인 시인 에로센코 씨는 여느 때처럼 기타를 목에 걸고 베이징에 와서 얼마 되지 않았을 때 나에게 이렇게 하소연했다.
>
> "적막하다, 적막해. 사막에 있는 것처럼 적막해."
>
> 그의 말은 틀림없이 맞는 말이었지만, 나는 그때까지 그런 식으로 생각한 적이 없었다. 마치 "지란芝蘭의 방에 들어왔으나 시간이 흐르니 그 향을 맡지 못한다"라는 말처럼, 오래 살면서 그저 떠들썩하다고만 생각했던 것이다. 하지만 내가 말한 떠들썩함이라는 것이 바로 그가 말한 적막함인지도 모를 일이다.

문학혁명이 일어나자 「광인일기」를 발표하여 '눌함'을 지르는 등 루쉰은 공화국 언설言說의 중심에 있었지만, 볼셰비키파가 주도한 혁명의 행방에 대해서는 불안감을 느끼고 있었다. 게다가 일본 유학 시절 이래의 낭만파 시인의 상像이 무너지고 있었다. "사막에 있는 것처럼 적막해"라는 에로셴코의 절규는 자신의 반생을 적막과 비애로 묘사한 루쉰의 「『눌함』 자서」(1922)에 그대로 맺혀 있다.

『방황』기 루쉰의 심경

'사막 같은' 베이징에서 유랑시인 에로셴코가 몰락해가던 무렵에 루쉰이 맞이한 것이 『방황』기다. 단편 「고향」(1921년 7월 무렵 발표한 것으로 추정)의 끄트머리에 나오는 "희망이란 본래 있다고도 할 수 없고 없다고도 할 수 없다. 그것은 땅 위의 길과 같아서, 원래 땅에 길은 없었다. 다니는 사람이 많아져 길이 된 것이다"라는 말은 방황기 루쉰의 심경을 예고하는 것이었다. 루쉰은 에로셴코의 '유랑하는 유대인' 전설에 관심을 기울여, 서쪽에서 부르는 소리에 사로잡혀 계속해서 걷는 중년 남자를 그린 시극詩劇 「여행자旅人」(1925, 『들풀』에 수록)를 썼고, 이토 미키오伊東幹夫의 시 「나는 홀로 걷지 않아ねれ獨り步まん」를 번역해 발표하기도 했다. 이토 미키오는 당시 베이징에 머물고 있던 일본인인데 그 경력 등을 알 수 없는 인물이다.

'떠돌아다님'이라는 테마에 집중하던 같은 시기에 루쉰은 「연」(1925년 2월), 「아버지의 병」(1926년 11월) 같은 '육친에 대해 속죄할 수 없음'의 테마를 또한 반복해서 다루고 있었다. '죄'와 '떠돌아다님'이라는 두 테마가 루쉰 문학에서 격렬한 싸움을 전개한 것이, 서로 사랑하여 동거했던 여자가 배신감을 느끼고 자살에 이르게 한 청년이 자책 속에 그 시절을 회상하는 단편 「상서」(1925년 10월)에서였다.

루쉰이 베이징여자사범대학에서 행한 강연 '노라는 집을 나가 어떻게 되었는가'(1923년 12월)는 입센의 『인형의 집』의 주인공 노라를 중국에서의 자유연애와 여성해방의 상징으로 숭배하고 있던 여대생들을 향해, 출분出奔 후 노라가 맞은 가혹한 운명을 직시하여 일시적인 격정에 사로잡혀 과격한 행동에 나설 것이 아니라 끈질긴 투쟁을 통해 여성의 경제적 권리를 획득해야 한다고 역설하는 내용이었다. 그런데 루쉰은 강연 말미에 갑자기 논조를 바꾸어 '스스로 희생이 되어 고통을 겪는 것의 쾌적함'에 관해 이야기하기 시작했는데, 그 특수한 예로 저주를 받아 영원히 걷기를 계속해야 하는 '유랑하는 유대인' 아하수에로에 대해 언급했다. 추측컨대 그 언급은 자신을 죄인으로 자각하여 자신에게 안식을 허락하지 않고 영원한 투쟁을 부과하려 한 루쉰의 고독한 결의를 엿볼 수 있게 하는 것이 아닌가 한다.

근대성에 대한 깊은 성찰

1924년부터 1925년까지 발표한 「축복」, 「고독자孤獨者」, 「상서」 등 11편의 단편소설은 두 번째 창작집 『방황』에 수록되어 있다. 『방황』에는 권두에 "길은 멀리멀리 뻗어 있는데/ 나는 올라갔다 내려갔다 하며 (임을) 찾는다(路曼曼其修遠兮/ 吾將上下而求索)"라는 굴원屈原(기원전 340~278년, 전국시대 초나라의 재상이었으나 후에 스스로 목숨을 끊었다)의 『초사楚辭』 「이소離騷」의 한 구절이 인용되었는데, 당시 떠돌아다니던 루쉰의 심정이 어떠했는지 엿볼 수 있게 한다.

첫 번째 창작집 『눌함』에서는 전통 중국에 대한 비판이 두드러지지만, 『방황』에 실린 단편들에서는 전통 비판을 통해 중국인이 획득해가고 있던 근대성에 대해서 깊이 성찰하고 있다. 『눌함』과 비교해 전체적으로 작품의 길이가 길어진 것도, 방황하면서도 비판적 성찰을 심화한 창작의 자세와 관련이 있을 것이다. 『방황』에서 루쉰은 곤경과 적막 속 깊은 사색이라는 고유의 기조를 바탕으로 『눌함』에서보다 더욱 원숙해진 문체로 사랑과 죽음 등 다양한 테마를 다루고 있다.

당시 중국어에는 3인칭 여성 대명사가 없었다. 따라서 루쉰도 『눌함』까지는 고전문학에서 사용하던 '이伊'를 썼지만, 『방황』의 권두작 「축복」부터는 1920년 6월에 ≪신청년≫의 동인同人 류반농劉半農이 만들어 제창한 '타她'를 과감하게 사용하기 시작했다.

아마 남녀 간의 애정을 묘사할 때 '타他'와 '타她'라는 한 쌍의 3인칭 남녀 대명사가 필요하다는 것을 인정해서였을 것이다. 그러나 아직 3인칭 대명사의 사용법에 익숙하지 않은 상황이어서 누구를 가리키는지 좀 헷갈리는 경우도 종종 나타났다.

「축복」: 원숙한 걸작

『방황』기 최초의 작품 「축복」에서의 '축복'은 섣달 그믐날 5경(날이 밝기 2시간쯤 전)에 선향線香이나 양초를 켜고 닭, 거위, 돼지고기 등으로 만든 상찬上饌을 복신福神들에게 공양하여 1년간의 평안에 감사하는 행사를 말한다. '나'는 연말에 고향인 루전魯鎭이라는 소읍을 방문해 지주인 숙부댁에 묵고 있었는데, 개울가를 걷다가 옛날 숙부댁 하녀였고 지금은 거지가 된 샹린사오祥林嫂를 만난다. 그녀는 '나'에게 죽고 난 뒤에 영혼이 있느냐, 지옥이란 것이 있느냐 하고 물었고 '나'는 답변이 막혀버린다. 이튿날, 즉 섣달 그믐날 '나'는 샹린사오가 길가에 쓰러져 급사했다는 소식을 듣고 기억을 더듬어 그녀의 일생을 조립해보는데…….

1912년의 중화민국 건국 이후에도 인신매매에 의한 결혼, 시댁의 돈 벌이를 위한 재혼 강요와 같은 전근대적이고 폭력적인 인습이 남아 있어 샹린사오 같은 선량하고 근면한 농촌 여성들을 고통에 빠뜨리고 있었다. 그뿐 아니라 당시는 여성의 재혼이 유교 도덕상 부정한 일로 간주되던 때여서, "재혼한 여자는 죽으면 지옥에 떨어지는데 염라대왕이 그 몸뚱이를 톱으로 썰어 전생의 두 남편에게 나누어준다"는 미신을 들먹이며 다른 하녀가 샹린사오에게 겁을 준다. 한편 지주계급에 속하는 '나'의 숙부와 그 처는 이기적으로 유교를 신앙하여 자기 일족의 번영만을 기구하며 구폐舊弊나 미신을 개혁하지 않으려 할 뿐만 아니라 오히려 그것을 편들기까지 하고 있었다.

"글을 아시고 또 대처에 나가 있는"(샹린사오의 말) 개혁파로서 대도시의 교육계에 몸담고 있는 사람으로 보이는 '나'는 고뇌 속에 물어본 샹린사오의 질문에 "잘 모르겠다"는 대답밖에 하지 못했고, 그녀를 벗어난 다음 "내일은 루전을 떠나 셴청縣城에 가서 옛 친구들과 즐기던 일품요리를 혼자서라도 시켜 먹어야지" 하며 즐거운 생각에 빠져든다. 그렇게 무기력한 신흥 중산계급의 '나'로 하여금 최하층 여성의 비참한 일생을 술회하게 함으로써 1920년대 중국의 촌·읍을 덮고 있던 폐색감閉塞感을 날카롭게 묘사하는 데 성공한 이 작품은 루쉰의 원숙한 걸작 가운데 하나라 할 수 있다. 그렇기는 하나, '나'란 누구이며 무엇을 찾아 고향 루전에 돌아온 것이었을까?

덧붙이자면, 「축복」은 샤얀夏衍(1900~1995)이 각색한 각본을 바탕으로 1956년에 중화민국 시기 이래의 명감독 상구桑弧(1916~2004)와 같은 명여배우 바이양白楊(1920~1996) 등이 출연한 가운데 베이징영화제작소가 건국 후 최초의 컬러 영화로 영화화했다.

「주루에서」: 귀향 체험 이야기

「주루에서在酒樓上」도 귀향한 '내'가 고향에서 재회한 옛 친구로부터 들은 그의 귀향 체험담을 옮긴 것이다. 화자인 '내'가 북방에서 귀향했다가 가까운 S시에 들른 것은 10년쯤 전에 그곳에서 1년 동안 교원 생활을 한 일이 있었기 때문이다. 그러나 옛 친구들을 찾으니 모두 타관으로 나가고 없었다. 그래서 옛날에 다니던 주루(요리점)의 2층에 홀로 앉아 아래로 내려다보이는 폐廢정원의 설경을 보면서 사오싱주紹興酒를 마시고 있었는데, 학생 시절의 친구였고 교원 시절에 같은 학교에서 근무했던 뤼웨이푸呂緯甫가 우연히 계단을 올라오는 것이었다. 그 역시 S시를 떠나 지난濟南을 거쳐 지금은 타이위안太原에서 동향 출신의 어느 고관댁 가정교사로서 『시경』이나 『맹자』 따위를 가르치고 있었다. 둘이서 술을 다섯 근(=약 3,000cc)이나 마시던 중 뤼웨이푸가 "답답하다"는 말을 되풀이하다 끄집어낸 이야기인즉슨, 이번에 S시를 찾은 목적 중 하나는 요절한 동생의 묘를 이전하는 것이고 다른 하나는 옛날 그의 옆집에 살던 소녀를 찾아 그가 지난에서 산 꽃비녀를 건네주기 위함이라는 것이었다…….

S시에서 "15킬로밖에 떨어져 있지 않은" '나'의 고향은 「축복」의 무대인 루전을 연상시키고, 「축복」의 화자인 '내'가 젊었을 때 맛있게 먹었던 상어 지느러미 수프가 나오는 주루가 있는 셴청은 S시를 연상시킨다. 이 작품에서 '나'와 옛 친구는 고향 S시를 "빙

한번 둘러보자 더 볼 것이 없다"는 것을 깨닫고 쓴웃음을 짓지만, 「주루에서」의 '뤼'의 귀향과 「축복」에서의 '나'의 귀향을 합하여 생각해보면 독자는 당시 전 중국을 덮고 있던 폐색감이 어떠했는지와 '내'가 고향의 청춘 시절에 대한 향수를 어떻게 절절히 느끼고 있었는지를 짐작하는 데 어려움이 없을 것이다.

「비누」: 중산계급 중년 부부의 생활

「비누肥皂」는 남편이 큰 거리에서 외국제 비누를 사 온 것 때문에 중년 부부 간에 작은 파란이 일어나는 모습을 그린 단편이다. 집에서 지전紙錢(망자나 유령 또는 신에게 제사 지낼 때 불사르는 금박을 입힌 종이)을 만들어 납품하는 아내 사이에 10대 중반의 장남과 8세와 4~5세의 두 딸을 둔 쓰밍四銘은 무술변법(1898) 시기에 양식 학당의 개설이나 여성 교육을 제창했던 개명파였으나, 20여 년이 흐른 지금은 여학생들의 단발에 대해 화를 내고 해방이니 자유니 하는 학생들의 주장에 곧잘 분노하는 사람이 되어 있었다. 그런 그가 하루는 아내에게 줄 비누를 사려고 큰 거리에 있는 양품점에 들어갔다. 그는 이 비누 저 비누를 놓고 오랫동안 비교하여 선택한 다음에도 점원에게 포장지를 풀어 내용물을 보여달라 요구했고, 그의 행동을 지켜보던 학생들은 그를 향해 'old fool'이라고 수근거렸다. 그것을 듣고 집에 돌아온 그는 아들에게 'old fool'이 무슨 말인지를 묻고는, 그것도 모르느냐, 사전을 찾아보라고 힐난한다. 한편 그가 비누를 산 것은, 큰 거리에서 구걸을 하는, 효녀로 이름 높은 젊은 여자 거지를 두고 거리의 불량배들이 "비누 두 개를 사서 몸을 이리저리 싹싹 씻어보란 말이야. 아주 멋쟁이가 될 거야"라고 놀린 것에 마음이 움직였던 것 같다. 그날 밤 쓰밍도 포함되는 독서클럽 회원들이 신문에 낼 시작품 모집 공고문의 제목을 정하기 위해 쓰밍의 집에 모였는데, 쓰밍은 제목을 '효녀'로 하자고 제안하면서 예의 효행 걸식녀 이야기를 들려준다. 그러자 회원들은 번갈아 '비누로 싹싹'이라는 말을 흉내 내며 폭소를 터뜨렸고, 그런 그들의 모습에 쓰밍의 아내는 "부끄러운 줄도 모르고!"라고 화를 내며 쓰밍을 향해 그 효녀인지 뭔지에게나 갖다 주라고 소중한 비누를 식탁 위에 던지는데…….

비누는 근대 동아시아에서 향기香氣 혁명의 선봉장이었다. 동아시아의 근대화, 서구화, 국민국가 건설을 위한 신체 행동의 개조를 위해서 남성에게 병역이나 스포츠가 한 역할을 여성에게는 향수나 양복에 앞서 비누가 했다고 말할 수 있는 것이다.

이 작품은 그러한 외국제 비누를 소도구로 하여, 변법운동기의 개명파가 시대의 급변에 뒤떨어져 5·4운동기에는 보수화·빈궁화하고 있는 모습 또는 당시 소박하게 살고 있었던 중산계급 중년부부의 은근히 에로틱한 분위기까지 풍기는 가정생활을 묘사해 자못 흥미를 끈다. 「축복」, 「주루에서」 두 편과는 달리 「비누」의 주인공은 화자가 아니라 3인칭으로 이야기된다. 그런데 주인공

'그'는 귀향의 길을 떠나는 것도 아닌데 밤중에 자택 중정을 '혼자'서 오랫동안 어슬렁거리고 있다. 그런 의미에서 역시 『방황』의 주인공에 합당한 인물이라 할 수 있을 것 같다.

「상서」: 좌절하는 자유연애

「상서」는 그 말미에 '1925년 10월 21일 완료'라고 쓰여 있으나, 신문·잡지 등에 발표되지 않은 상태로 있다가 바로 『방황』에 수록되었다. 『루쉰 일기』에도 이 작품의 집필에 관한 기술이 없다. 한 남자의 수기라는 형식으로 그 남자, 즉 주안성涓生이 그녀, 즉 쯔준子君에게 구애하고 이어 젊은 두 사람이 주변의 짓궂은 눈초리를 물리치고 육친의 반대도 무릅쓰고 과감히 동거에 들어갔으나 생활고와 남자의 변심 때문에 사랑이 파탄에 이르는 상황을 묘사한 단편소설이다. 남녀평등이나 자유연애 같은 새로운 가치관에 이끌려 돌진한 한 쌍의 남녀가 이내 경제적인 좌절을 겪게 되었고, 그뿐 아니라 남자 주안성이 다소 자기 멋대로 사랑 그 자체에 의문을 품더니 사랑이 식었노라 고백하기에 이르렀다. 여자인 쯔준은 결국 아버지에게 끌려갔고, 원인을 알 수 없는 그녀의 죽음이 소문으로 주안성에게 전해진다…….

이 작품에 대해서는 지금까지 젊은 연인들의 자유연애 실천이라는 용감한 행동을 좌절시킨 구태의연한 중국 사회에 대한 비판 또는 주안성의 경박한 행동이나 반성에 대한 비판이 그 주제라는 해석부터, 루쉰의 첫 결혼이나 막내아우 저우젠런의 결혼이 파탄 난 것 또는 루쉰과 저우쭤런 형제의 사이가 나빠진 것 등 루쉰 삼 형제의 사생활상의 여러 문제에 대한 고백이라는 해석에 이르기까지 여러 가지 해석이 시도되었다. 예를 들면 저우쭤런은 루쉰이 이 작품을 완성하기 9일 전에 똑같이 「상서」라는 제목의 에세이를 베이징의 일간지 ≪경보부간京報副刊≫에 발표했다. 이것은 고대 로마의 시인 카툴루스Gaius Valerius Catullus가 동생의 죽음을 애도하며 쓴 시를 번역해 소개한 것인데, 비어즐리Aubrey Beardsley의 삽화도 곁들여 소개하고 있다.•

최근에 저장사범대학의 연구자 차오시슈曹禧修는 "이 작품의 구조와 내용의 수준에 대해서는 (집필) 1년 반 전에 말끔하게 정리해 놓았다"라는 루쉰의 말을 단서로 삼아 이 작품이 3층 구조로 되어 있다고 분석했다. 첫 번째 층은 주안성과 쯔준의 연애결혼 공동체와 전통사회와의 대립 구조로, 두 사람은 전통사회를 부정하려 했으나 오히려 전통사회로부터 부정당하여 그 대가로 쯔준은 목숨을 내놓았고 주안성은 마음에 깊은 상처를 입는다. 주인공 이외의 등장인물이 모두 이름이 없는 것은 그들이 전통사회의 대변자들이기 때문이다.

두 번째 층은 연애결혼 공동체 내부의 주안성과 쯔준 간 부부

• 清水賢一郎, 「もう一つの'傷逝' — 周作人佚文の發見から」, ≪しにか≫, 1993年 5月号.

대립 구조로, 쯔준은 주안성의 계몽에 따라 "나는 나 자신의 것이에요. 저 사람들의 누구도 나에게 간섭할 권리는 없어요"라고 선언했으나, 사실 그녀는 자아의 의미를 알지 못했고(마치 아Q가 혁명에 무지했던 것처럼) 동거 이후로는 자아를 완전히 잃어버리고 있었다.

세 번째 층은 주안성이 실은 참회를 피하고 있는 참회자라는 구조로서, 그가 쯔준의 죽음을 애도하는 것이 아니라 그 자신의 죽은 영혼을 소설의 독자들로부터 애도받고 있다는 구조다. 차오시슈는 루쉰이 이 단편의 제목에 처의 죽음을 애도하는 '도망悼亡'을 쓰지 않고 친구의 죽음을 애도하는 '상서傷逝'를 썼다는 것에 유의해야 한다면서, 본문은 주안성에 의한 1인칭의 이야기로 되어 있지만 소설의 부제를 '주안성의 수기'라고 3인칭으로 붙임으로써 독자로 하여금 쯔준의 죽음의 직접적 책임자인 주안성의 '참회'에 대해 그 허실을 재단케 하고 제삼자로서 그의 영혼의 자멸에 대해 애도할 것을 요구하고 있다고 논했다. 그리고 진실, 즉 자신의 죄를 직시하지 않는다는 점에서는 주안성이나 아Q나 같다면서 "주안성의 영혼의 비극은 실은 사상계몽자의 비극이다. 계몽자에게 가장 어려운 일은 타인의 계몽이 아니라 자기해부, 자기반성이다"라는 결론에 이른다.•

• 曹禧修, 「論 '傷逝'的結構層次及其敍事策略」, ≪學術月刊≫, 2005年 1月.

시엔키에비치의 영향

「축복」이나 「주루에서」의 화자인 '나' 등이 신해혁명이 성공하지 못한 것에 실망하고 폐색閉塞 상태의 사회에 절망하여 고독과 무기력에 빠져 있었듯이, 그들보다 한 세대 뒤의 주안성도 연인 쯔준에 대한 계몽자 겸 내연의 남편으로서 범한 죄를 직시하지 못한 채 역시 고독하고 무기력한 중년을 향해 가고 있었던 것일까?

그러나 연애의 비극을 잊고 새로운 삶을 계속하겠다고 결심하는 주안성 이야기가 단순한 비판의 대상으로 그려진 것은 아니다. 주안성은 연인의 죽음에 관해 세 가지를 회상하면서 "어디로 간다는 말인가" 하고 세 번 자문한다. 이 물음은 예수를 세 번 부정한 후 순교자의 길을 걸어간 베드로의 '쿠오바디스(주여 어디로 가시나이까)' 전설과 중첩되는 것으로 보인다. 앞에서 이야기한 것처럼 일본 유학 시절에 폴란드의 노벨상 수상 작가 시엔키에비치의 대표작 『쿠오바디스』(1896)의 영향을 받은 것으로 보이는 루쉰은 본 작품 집필 시를 전후한 약 3년간에 걸쳐, '노라는 집을 나가 어떻게 되었는가?'(1923년 12월 강연)에서 예수를 매도한 죄로 영원히 유랑하는 운명에 처해진 아하수에로를 언급한 것에서부터 「아버지의 병」(1926년 10월 집필)에서 배신의 죄에 관해 이야기하는 것까지 일련의 문학 활동을 전개했다.

6. '속죄'의 철학을 추구하다

시극 「여행자」를 창작하다

1920년대 중엽에 루쉰은 「유랑하는 유대인」에 나타나는 '영원한 떠돎'이라는 주제를 바탕으로 시극詩劇 「여행자」를 창작하고, 일본 시인 이토 미키오의 시 「나는 홀로 걷지 않아」를 번역하는 한편, 소년기 동생의 영혼을 학살했다고 고백하는 「연」을 쓰는 등으로 죄라는 테마를 추구했다. '죄'와 '영원한 떠돎'이라는 테마가 쿠오바디스 전설을 매개로 하여 형상화된 것이 본 작품(「상서」를 말함 – 옮긴이)이 아니었을까? 그것은 죄를 깨달은 자에게 '영원히 안식하지 못하고 떠도는 것'이 속죄의 대가로 부과되었다는 철학으로서, 본 작품에 이르기까지 루쉰의 일련의 문학 활동은 속죄의 철학을 추구해가던 그의 사상적 갈등의 기록으로 읽을 수 있는 것이 아닐까 한다.

덧붙이자면 루쉰은 에세이 「나는 어떻게 하여 소설을 쓰기 시작했는가」(1933)에서 일본 유학 시절에 애독한 작가로 나쓰메 소세키와 함께 모리 오가이森鷗外를 들었는데, 「상서」와 『무희舞姬』의 영향 관계도 흥미를 자아낸다.• 그러나 귀국선의 정박지 '사이공(현재의 호치민 시)'에서 수기를 쓰고 있는 『무희』의 도요타로

• 杉野元子, 「悔恨と悲哀の手記: 魯迅「傷逝」と森鷗外「舞姬」」, ≪比較文學≫, 1994年 3月.

豊太郎에게는 독일로 돌아가 엘리스와 재회하는 선택지가 남아 있었지만,• 본 작품의 주안성에게는 그 스스로 이야기했듯이 지옥에 가지 않는 한 자신이 버린 연인과 재회하는 것은 불가능한 상황이다.

말이 나온 김에 덧붙이자면, 이 소설에 나오는 젊은 두 사람이 동거 생활을 시작한 길조호동吉兆胡同은 베이징 시 동서북대가東四北大街의 동쪽을 나란히 달리는 조양문북소가朝陽門北小街 오른편에 실제로 존재하는 짧은 골목길로, 루쉰이 「'공리'의 장난'公理'的把戲」(1925, 『화개집華蓋集』)에서 '여사대女師大 사건' 때의 논적 천위안陳源, 딩시린丁西林, 가오이한高一涵 등 현대평론現代評論파 베이징대학 교수들이 살고 있는 곳으로 지적했던 장소라는 점이 흥미를 끈다.

여사대 사건과 3·18사건

1925년에는 정국 혼란 탓에 교육비 지급이 자주 지체되었는데, 학교 운영에 지장이 초래된 베이징의 국립대학들에서 학원 분쟁이 일어났다. 그중 하나인 '여사대 사건'에서는 베이징여자사범대학(베이징여자고등사범학교가 1924년에 개조된 것)의 신임 여교장과 여학생 간에 대립이 격화된 결과 학생 6명이 퇴학 처분을 당했다. 그러자 이 대학에 비상근 강사로 있던 루쉰, 저우쭤런 등이 학생

• 西成彦, 『世界文學のなかの「舞姬」』(みすず書房, 2009).

측을 지지하여 교장 및 교육부와 격렬하게 대립했고, 루쉰은 교육총장에 의해 교육부 자리에서 한때 파면되기도 했는데, 최후로는 교장과 교육총장이 모두 사임하는 것으로 끝났다.

교장 양인위楊蔭榆는 일본의 도쿄여자고등사범학교(현재의 오차노미즈여자대학お茶の水女子大學)와 미국의 컬럼비아대학 대학원을 나온 여성 엘리트 교육자였다. 그러나 그녀가 신봉했던 국민국가 건설을 위한 현모양처주의 여성 교육관은 노라를 이상으로 삼았던 5·4운동기의 베이징 여학생들로부터 배격당했다. '여사대 사건'은 정계와 교육계뿐 아니라 — ≪현대평론≫의 천위안 등이 같은 학교 여학생과 루쉰 등을 비난하는 등 — 베이징의 문화계에서도 일대 논쟁을 불러일으켰는데, 그 배경에 국민혁명의 새로운 태동이 있었다고 이야기된다.

그리고 1926년 3월에는 일본의 내정간섭에 대한 정부의 미지근한 태도를 성토하는 학생과 시민의 시위대를 향해 군이 국무원 앞에서 발포하여 47명이 사망한 '3·18사건'이 일어났다. 루쉰은 그 사망자 가운데 여사대의 제자 2명이 포함된 것을 알고 「꽃 없는 장미 두 송이無花的薔薇之二」, 「류허전 군을 기념한다記念劉和珍君」 등의 에세이를 통해 정부 및 피해 학생들을 중상한 ≪현대평론≫과 문화인들을 준엄하게 비판했다. 그리고 50여 명에 달하는 군벌 정부의 지명수배자 리스트에 루쉰도 포함되었기 때문에 루쉰은 일본인 또는 독일인이 경영하는 병원에서 숨어 지냈다.

5월이 되자 피난 생활은 끝났다. 그러나 루쉰은 푸젠 성福建省 샤먼대학厦門大學 문학부로부터 2년간의 교수 초빙을 받고 베이징을 떠나게 된다. 15년간 관료 생활에 종지부를 찍기로 한 것이다. 그리고 이때 그는 여사대의 제자로 '여사대 사건'의 학생운동 지도자인 쉬광핑(1898~1968)을 사랑하고 있었다.

제5장

사랑과 영화와 가십과

상하이 시대 1

1. 북벌전쟁과 샤먼, 광저우로의 유랑

4 · 12 반공쿠데타

국민당의 지도자 쑨원은 공산당과의 제휴에 적극 나서 1924년 1월 소비에트 러시아의 원조하에 합작(국공합작)을 결정했다. 동시에 소련과의 제휴 및 농민·노동자에 대한 지원 등을 제창한 3대 정책(연소聯蘇·용공容共·농공원조農工援助)을 결정해 반제국주의·반군벌을 명확히 하고 삼민주의를 주창했다. '혁명의 아버지' 쑨원은 1년 후에 죽지만, 1926년 7월에 10만의 국민혁명군이 혁명의 본거지 광저우에서 북방을 향해 진군하여 각 지방 군벌과의 전투(북벌전쟁)를 개시했고, 반년여 만에 우한武漢·난징·상하이를 점령했다.

그러나 1927년 4월에 북벌군 총사령관 장제스蔣介石(1887~1975)가 상하이에서 4·12 반공쿠데타를 감행함으로써 국공합작이 무너지고 북벌전쟁은 중단되었다. 그렇지만 장제스의 강력한 리더십 하에 이듬해 북벌전쟁이 재개되어, 6월에는 베이징이 점령되었고 연말에는 동북 군벌 장쉐량張學良(베이징에서 봉천으로 철수하던 중 일본군에 폭살당한 장쭤린의 아들)이 국민당 정부에 합류함으로써 신해혁명기 이래 분열되어 있었던 중국이 통일되었다. 장쭤린은 장제스의 반공쿠데타에 호응해 자유주의 신문 ≪경보京報≫의 편집장과 리다자오 등을 체포해 처형한 사람이다.

베이징을 탈출해 샤먼으로

1926년 8월 26일 루쉰은 백색테러가 횡행하는 베이징을 탈출해 철도편으로 톈진, 난징, 상하이로 남하했다. 이 도피행에 동행한 것이 쉬광핑이다. 두 사람은 9월 초에 상하이에서 헤어졌는데, 루쉰은 9월 4일 샤먼에 도착해 샤먼대학 중문계中文系 주임교수 린위탕林語堂(1895~1976) 등의 영접을 받았다. 샤먼대학은 1920년에 싱가포르 화교 천자겅陳嘉庚(1874~1961)이 사재를 털어 설립한 대학으로, 그 캠퍼스가 바다에 면하여 밝고 아름답기로 유명한데, 베이징의 문화인들을 중문계 교수진으로 영입하는 데 열성을 내고 있었다. 쉬광핑은 광저우로 가 광저우성립여자사범학교廣州省立女子師範學校에서 근무하기 시작했다.

루쉰은 샤먼대학에서 고전문학을 연구하고 강의하는 한편, 일주일에 한 번 있는 광저우행 선편에 맞추어 쉬광핑에게 보내는 절

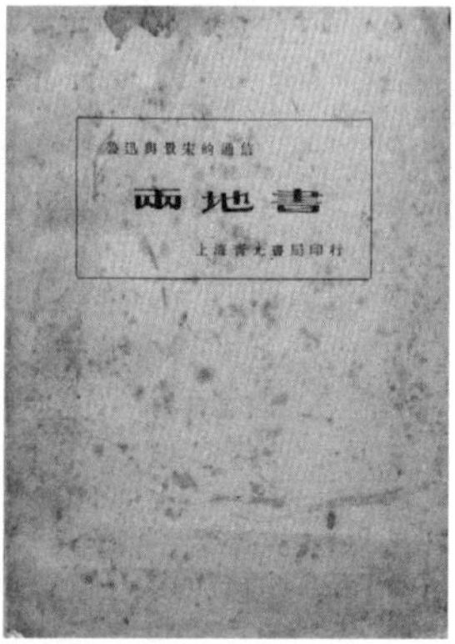

『양지서』 표지

절한 편지들을 썼다. 이 감미롭고 애절하면서도 국민혁명의 희망에 가득 찬 왕복 서간은 『양지서兩地書』(1933)의 제2부를 구성한다. 그러나 사랑하는 사람이 없는 샤먼의 적막감을 달래기 어려웠던 루쉰은 광저우의 중산대학中山大學으로부터 교수 초빙을 받자 불과 4개월 반 만에 샤먼대학 근무를 정리하고 1927년 1월 16일 쉬광핑이 기다리는 혁명의 도시를 향해 길을 떠났다.

2. 발매 금지를 면한 『양지서』

『양지서』: 사랑의 왕복 서간

『양지서』란 두 지역 사이를 왕래한 서간이라는 뜻인데, 이 서간집은 루쉰과 쉬광핑의 3번의 전거轉居에 대응하여 3집으로 구성되어 있다. 제1집은 베이징 시내에 있는 루쉰의 집(西城 西三條)과 베이징여자사범대학 기숙사(宣武門內 石駙馬大街) 간의 왕복 서간을 모은 것이다. 1925년 3월부터 7월까지 3개월 반 동안에 직선거리로 겨우 2킬로미터 떨어진 두 곳을 35통의 편지가 오갔다.

제2집은 푸젠 성 샤먼과 광둥 성 광저우 간 왕복 서간을 모은 것이다. 1926년 9월부터 27년 1월까지 5개월이 채 안 되는 기간에 해로로 700킬로미터 떨어진 남방의 두 항구 사이를 78통의 편지가 선편으로 오갔다. 제3집은 베이징 시산탸오西三條의 어머니를 찾아 북상한 루쉰과 상하이에서 집을 지키고 있는 임신한 쉬광핑 간에 오고 간 서간을 모은 것이다. 1929년 5월부터 6월까지 반 달 동안에 약 1,500킬로미터에 달하는 철로로 22통의 편지가 오갔다. 이 세 권은 각각 루쉰과 쉬광핑 두 사람의 사제 관계, 연인 관계, 부부 관계라는 세 단계에 대체로 대응한다.

여사대에서의 강의를 계기로

제1집 시기의 루쉰은 이미 44세. 교육부의 고급관료로 근무하고 있었고, 그가 집필한 소설은 이미 『눌함』으로 정리해, 1924년 5월까지 모두 3쇄 7,500부가 발간되어 당시 기준으로 보면 베스트셀러의 위치를 차지하고 있었다. 그뿐 아니라 중국소설사 연구의 1인자로서 베이징대학, 베이징사범대학, 베이징여자사범대학의 국문계 강사로 근무하는 등 관료 겸 작가 겸 학자로 이미 높은 명성을 얻고 있었다. 게다가 주안이라는 아내도 있었다. 당시 관습에 따라 어머니가 루쉰과 한마디 상의도 없이 결정해 결혼한 것이기는 했어도, 아내는 아내였다.

한편 쉬광핑은 당시 27세. 광저우의 고급관료의 집에서 태어나

딸이었지만 남자 형제들을 위해 마련된 가숙家塾에서 글을 배울 수 있었고, 아버지 사후 아버지가 생전에 맺어놓은 혼약을 파기하고 둘째 오빠의 도움으로 톈진으로 떠나 톈진여자사범학교를 나왔으며, 이듬해 1923년에 베이징여자고등사범학교(1924년 5월 1일에 베이징여자사범대학으로 개칭)에 입학했다. 루쉰은 그해 10월에 여사대에서 강의를 시작했다.

쉬광핑은 1925년 3월 11일에 루쉰 앞으로 첫 편지를 썼다. "지금 편지를 올리는 저는 선생님의 가르침을 받아 2학년이 되려 하는, 매주 '소설사략小說史略' 강의를 애타게 기다리는, 선생님의 수업 중에 언제나 집중하고 딱 부러진 말로 발언하기 잘하는 작은 학생입니다". 이 글을 읽은 루쉰은 쉬광핑이 강의실 어디쯤 앉아 있는 어떤 학생인지 바로 짐작했을 것이다.

첫 편지에서 쉬광핑은 교육계의 혼탁한 공기를 한탄했고, 자신도 강인한 인간이고 선생님은 자신보다 12만 배나 강인한 분이라 해도 모두 같은 기질의 소유자인 만큼 시간과 장소를 가리지 말고 자신을 지도해주십시오, 운운하면서 다분히 일반론적인 몇 가지 질문을 던졌다. 이 이른바 팬레터에 대해 루쉰은 거의 두 배에 달하는 장문의 답장을 쓰면서 길게 자신의 인생관을 이야기했다. 이 장문의 답장을 어떻게 봐야 할까? 교사로서 열의가 작동한 것일까, 아니면 여학생의 유혹에 무심코 편승해버린 것일까?

그날 이후 평균 3일에 한 통씩, 1통에 2,600~4,400자, 즉 400자

원고지로 6매 반 내지 11매의 긴 편지가 2킬로미터의 거리를 왕래하게 된다. 이 왕복 서간들에서는 때로 루쉰의 작품이나 번역이 화제가 되었고, 때로는 『논어』 등 고전이 인용되거나 수사修辭로 가득한 문장이 이어지기도 했다. 서간 원고들을 복각해놓은 『양지서 진적兩地書眞迹』(上海古籍出版社, 1996)이라는 책을 보면 두 사람의 편지지에는 고쳐 쓴 부분이 거의 없다. 아마 초고를 작성한 다음 정서했던 것으로, 두 사람은 한 통의 편지를 완성하는 데 한나절씩을 썼던 것 같다.

'여사대 사건'에서 행동을 같이하다

두 사람이 연락하기 시작한 때를 전후해 베이징여자사범대학에서는 여교장 양인위가 강행하던 단발 금지, 엄격한 기숙사 폐문 등 현모양처주의 교육에 대해 학생회 간사들의 비판이 시작되고 있었다. 그리하여 5월 9일에 교장은 학생 6명을 퇴학 처분한다고 공표했다. 공표문에서 교장은 그 6명을 '해군지마害群之馬'의 고사를 사용하여 질책했는데, 다름 아닌 쉬광핑이 그중 하나였기 때문에 두 사람의 편지에서 '해마'가 쉬광핑의 별칭이 되기도 했다. 전술한 대로 루쉰은 이 '여사대 사건'에서 한결같이 학생회 간사 측에 서 있었다. 교육부가 8월에 대학 폐교 처분을 단행해 30명 정도의 교내 농성조를 밖으로 몰아내자 루쉰 등 학생 지지파 강사들과 학생들은 함께 '교무유지회校務維持會'를 구성해 임시 교사校舍를 마련하여 여사대를 유지해나갔고, 11월의 정변 이후 결국 본교사로의 복귀를 쟁취해냈다.

이 8월 이전에 『양지서』 제1집이 끝났는데, 이듬해 1월 새 교육총장 이페이지易培基가 여사대 교장을 겸직하게 되어 새 교장 환영대회가 열렸을 때에는 루쉰이 교무유지회를 대표하고 쉬광핑이 학생회를 대표하여 인사말을 했듯이, 두 사람은 이제 편지도 필요 없을 정도로 자주 함께 활동했다. 1925년 10월에는 두 사람이 서로의 사랑을 확인했다. 쉬광핑은 제1집이 끝날 무렵에 루쉰이 주재하던 잡지 ≪망원莽原≫에 에세이를 쓰기도 했다.

정치의 계절, 연애의 계절

그런데 1922년 당시 전국의 고등교육기관에 적을 둔 여대생은 불과 665명으로, 대학생 총수의 2%에 지나지 않았다고 한다. 베이징에는 1919년 당시 고등교육기관으로 국립 19개교와 사립 6개교가 집중되어 있었다. 그 학생 수가 1만 3,000명에 이르러 전국 모든 대학과 전문학교 학생 수의 4할 이상을 차지했다는 점에서 중국 최대의 학생 도시이기는 했으나, 그럼에도 여학생 수는 500명이 채 못 되었을 것이다.

5·4운동 시기의 청년들에게 국민국가 건설과 자유연애에 의한 핵가족제도의 수립은 불가분의 양대 테마였다. 그리하여 당시는 정치의 계절인 동시에 연애의 계절이기도 했다. 그러나 남학생 1

만 2,000여 명에 여학생이 불과 500명도 안 되는 극단적인 성비 불균형은 전족으로 대표되는 전통적 가치관으로부터 자유롭고 독서를 통해 구미와 일본의 근대적 가치관을 수용했으며 그것을 자신의 언어로 이야기할 수 있었던 여학생들의 가치를 최대한 드높였고, 그것은 결과적으로 남학생 간의 연애 경쟁을 과열로 치닫게 했다. 쉬광핑은 구식 결혼을 거절하고 고향 광저우를 뛰쳐나온 여성이었고 지성도 훌륭하고 행동력도 높았던 신여성의 대표였다. 구식 결혼의 경우 남녀 모두 10대 후반에 결혼했다는 것을 생각하면 27세의 그녀는 아무래도 구식 결혼으로 돌아갈 수 없는 확신범적 신여성이었다.

그런 그녀가 루쉰처럼 스무 살 가까이 나이가 많은 기혼 남성의 연애와 동거 파트너가 되었다면, 두 사람에 대한 비난은 단지 사제 관계의 선을 넘었다거나 중혼重婚 또는 간통의 죄(중화민국 형법 제17장의 간통죄에 관해서는 145쪽 참조)를 범했다는 등의 범주에 머물 일이 아니었다. 다름 아니라 자유연애주의를 실천하는 청년 남자들로부터도 강한 반발을 샀던 것이다. 『양지서』 제2집 제112 통목通目에 나와 있듯이, 신진 작가 가오창홍高長虹(1898~1949)이 심히 질투하여 음험한 공격을 가하고 있다는 소문을 루쉰이 쉽게 믿어버린 것은 아마 그와 같은 젊은 세대의 반감을 루쉰 자신이 잘 알고 있었기 때문일 것이다.

창작된 『양지서』

루쉰은 『양지서』 서문에서 공간에 즈음하여 인명들을 바꿔 쓴 것에 대해 양해를 구하고 있는데, 이제는 (그 정도가 아니라 — 옮긴이) 원래의 편지를 많이 수정해 『양지서』가 제작되었다는 것이 대체로 밝혀져 있다. 관계 서적으로서 공개된 것으로는 『루쉰 수고전집魯迅手稿全集』 서신편書信篇 전 8책(文物出版社, 1979~1980) 및 같은 책에서 쉬광핑 앞으로 보낸 편지들을 뽑아내 활자화한 『루쉰 - 쉬광핑 서간魯迅致許廣平書簡』(魯迅博物館 魯迅研究室 編, 河北人民出版社, 1979), 쉬광핑의 편지 원본 가운데 일부를 인용한 왕더허우王得后 저 『양지서 연구兩地書研究』(天津人民出版社, 1982), 『양지서』의 편지 원본을 활자화한 『루쉰 경송통신집: 「양지서」의 원신魯迅景宋通信集 —『兩地書』的原信)』(湖南人民出版社, 1984), 『양지서』의 편지 원본 및 출판을 위해 루쉰이 그것들을 편집·정서한 것 두 가지를 그대로 복각한 『양지서 진적兩地書眞迹)』(루쉰·쉬광핑 지음, 上海古籍出版社, 1996) 등이 있다.

원래 편지를 루쉰이 어떻게 고쳐 써서 『양지서』를 이른바 '창작'했는지는 전역판 『루쉰 전집』(學習研究社, 1984~1986)의 『양지서』 편 번역을 담당한 나카시마 오사후미中島長文가 역주로 상세히 설명했으니 참고하기 바란다. 『양지서』는 루쉰과 쉬광핑의 연애와 동거를 '모욕하고 조소한' 자 또는 그럴 수 있는 자들에 대해 주도면밀한 계산에 따른 반격으로 간행한 것이라 할 수 있다.

러브레터로부터의 수입

그런데 루쉰과 쉬광핑이 당시 상하이에서도 전형적인 중산계급의 생활을 유지하려면 그만큼의 수입이 필요했다는 점도 무시할 수 없을 것이다. 1927년 10월 국민정부는 난징에 대학원을 설립하고 차이위안페이를 원장으로 임명했는데, 그는 대학원의 제1차 특약 저작자의 한 사람에 루쉰을 임명하고 12월부터 매월 300위안이나 되는 '보조금'을 지급했다. 그러나 이것도 1932년 12월에는 중단되었다.

『양지서』는 대문학자 루쉰의 러브레터라는 스캔들의 도움을 받았는지, 1933년 4월에 간행되고 2개월 후에 2쇄를, 1937년 3월에 5쇄를 냈다. 『루쉰 일기』에 기재된 검인지 매수를 합하면 1934년 6월 6일까지 9번에 걸쳐 총 7,500매에 달했다고 한다. 신문과 잡지에도 서평이나 소개가 많이 실렸다. 우치야마內山서점의 경리 담당으로 루쉰가의 수도나 전기 요금, 집세 등의 지불을 대행했던 가마타 히사시鎌田壽(1899~1975)는 이렇게 회상했다.

> 러브레터를 팔아 돈을 벌었으니 한턱내겠다고 루쉰 씨로부터 연락이 왔다. 그것은 쉬광핑 부인과 주고받은 편지들을 정리한 『양지서』가 출판되었던 때(1933년 4월)였다. 장소는 자택大陸新邨이었고, 손님은 우치야마 부부와 우리 가족(부부와 자녀 3명), 그 밖에 막내아우 저우젠런 씨가 참석했는데, 광핑 부인이 손수 만든 요리

를 빙 둘러앉아 먹은 즐거운 하루 저녁이었다. 루쉰 씨의 사랑하는 아들 하이잉海嬰은 당시 네 살로, 나의 막내딸과 같은 나이였다.

샤먼에서 광저우로

『양지서』가 간행된 뒤인 1933년 5월부터 신문에 대한 검열이 강화되어 루쉰의 에세이가 게재 불허되는 일이 잦아졌다. 1934년 2월에는 그의 저서 『이심집二心集』 발매가 금지되었고, 1935년 3월에는 『이이집而已集』, 『삼한집三閑集』, 『위자유서爲自由書』 등 네 권의 저서와 그 밖에 7권의 번역서의 발매가 금지되었다. 그런 가운데 『양지서』는 발매 금지를 면한 몇 안 되는 루쉰의 작품 가운데 하나였다.

그런데 영국 스코틀랜드의 에딘버러대학 교수인 보니 맥도걸Bonnie MacDougal은 그녀의 저서 『근대 중국의 러브레터들과 프라이버시: 루쉰과 쉬광핑의 사생활Love-Letters and Privacy in Modern China: The Intimate Lives of Lu Xun and Xu Guangping』(2002)에서 루쉰이 쉬광핑과 주고받은 서간을 가필·수정해 작품 『양지서』를 작성해가는 과정을 쉬광핑이 당시 쓴 산문시 등도 참고하면서 상세히 분석했다. 그녀의 설에 따르면 루쉰과 쉬광핑은 1925년 여름 또는 초가을에 연인 관계에 들어갔고, 원래는 어머니나 아내가 있는 베이징을 떠나 상하이나 광저우에서 쉬광핑과 동거 생활을 시작하고 싶었는데, 샤먼대학으로부터 초빙을 받아 차선책으로 샤먼으로 옮겨갔다고 한다.

샤먼 섬은 아편전쟁에 따른 난징조약에 의해 개항한 다섯 개항 가운데 하나로, 1902년에는 샤먼 시 남서쪽에 있는 작은 섬 구랑위鼓浪嶼에 일본과 구미 제국의 공동조계가 설정되어 약 2,000명의 외국인이 거류하고 있었다. 그러나 1956년에 잉샤鷹厦 철도와 해저터널(폭 19미터, 길이 2,200미터)이 건설됨으로써 대륙과 연결될 때까지는 이른바 고도孤島였고, 인구도 1927년에 11만 7,000명에 지나지 않았다. 도쿄나 베이징의 도시 문화에 익숙한 루쉰에게 철도도 없고 노면전차도 없는, 고향 사오싱과 같은 크기의 소도시 샤먼은 마음에 드는 곳이 아니었을 것이다. 20년 전에도 샤먼과 같은 크기의 도시 센다이를 불과 1년 반 만에 떠났던 것을 생각하면, 루쉰은 성격적으로 시티 보이city boy였던 것 같다.

그와 달리 광저우는 광둥 성의 성도로서, 인구 81만 명(1928년 기준)에 상하이, 톈진, 베이징, 한커우漢口에 이어 전국에서 다섯 번째, 화난華南에서는 가장 큰 도시였다. 성벽을 허물고 1920년 완공을 목표로 폭 15미터의 도로를 그물눈처럼 건설하는 중이었고, 1919년부터는 트롤리버스가 달렸다. 오래전부터 남해무역•으로 번성했고, 1862년부터 영국과 프랑스의 조계가 설정되어 있었다.

• 옮긴이 ― 남해무역이란 중국이 인도차이나, 말레이, 필리핀을 비롯해 인도양과 페르시아 만 등의 연안에 위치한 지역을 포함한 남방의 여러 나라 사이에서 행한 무역을 가리킨다.

광저우 바이윈러우의 루쉰 저택

홍콩을 거쳐 1월 18일 광저우에 도착한 루쉰은 열광적인 환영을 받았다. 그리고 3월에는 신축 맨션인 바이윈러우白雲樓에서 중산대학의 조수로 있는 쉬광핑과 — 별실이기는 하나 — 같은 동棟에서 살았다. 혁명의 열기로 뜨거운 광저우에서는 청년 남녀가 전국으로부터 속속 모여들어 북벌전쟁에 참여하는 한편으로 자유연애를 누리고 있었다.

불온한 움직임에 항의해 대학을 사직하다

그렇지만 얼마 가지 않아 루쉰은 이 거리가 실은 '군인과 상인'이 지배하는 거리라는 것을 알아차렸고, 북벌군이 큰 희생을 치르면서도 계속해서 빠르게 진군하는 것에 취해 있는 광저우의 일각에서 어떤 불온한 움직임이 진행되는 것을 감지하고 그것을 경고하는 에세이를 쓰기 시작했다. 그 예감은 반공쿠데타로 현실화되었다. 많은 학생이 체포되고 학살되는 상황에서 루쉰이 중산대학에 사직서를 낸 것은 나름대로 항의의 표시였다. 광저우 하계 학술강연회에 초청된 루쉰은 '위진魏晉의 풍토·문장과 약藥과 술酒의 관계'라는 주제로 위진의 고대사회를 종횡무진하는 현학적인 강연을 하면서, 불효를 이유로 공융孔融을 살해한 조조曹操 자신도 그다지 효자가 아니었고 예교禮教는 구실에 지나지 않았다 하면서, 혁명의 이름을 빌려 좌익 청년들을 학살한 국민당을 은근히 풍자했다. 그리고 독재체제하의 문학자의 운명에 관한 페이소스 넘치는 이야기를 곁들였다.

광저우에서 상하이로

1927년 9월 27일 쉬광핑과 함께 비밀리에 기선을 타고 광저우를 탈출한 루쉰이 상하이에 도착한 것은 10월 3일, 여기서 두 사람은 완전한 동거 생활에 들어갔다. 1929년 9월에는 쉬광핑이 사내아이를 출산했고, "상하이에서 태어난 갓난아기嬰兒"라는 의미로 아기에게 '하이잉海嬰'이라는 이름을 붙여주었다.

상하이 시대의 쉬광핑은 루쉰의 비서 역할도 하면서 루쉰의 저작을 정리·출판하고 회상록을 집필하는 등 '문호 루쉰'의 형성에 큰 역할을 했다. 『루쉰 전집』 전 20권(1938년 8월)은 그 성과의 하나다. 1941년 12월 8일 태평양전쟁이 발발하자 일본군이 상하이 조계를 접수했고 1주일 후 미명에 헌병대가 쉬광핑의 자택을 급습해 루쉰의 일기와 편지를 압수하고 그녀를 본부로 연행했다. 다행히 2개월 후에 그녀는 석방되었고 압수물도 모두 반환되었는데, 다만 무슨 일인지 1922년의 일기만 반환되지 않았다. 이후 오늘날까지 루쉰의 일기 중 이 1년분이 없다. 전쟁이 끝나고 얼마

루쉰 일가. 왼쪽이 아들 저우하이잉, 가운데가 쉬광핑

되지 않았을 때 쉬광핑이 쓴 『어두운 밤의 기록暗夜之記錄』은 그 시절의 가혹한 체험을 담은 것이다.

전후의 쉬광핑

전후 국공내전 중이던 1948년 10월에 쉬광핑은 공산당의 초청을 받고 비밀리에 상하이에서 홍콩을 거쳐 동북지방(옛 만주)으로 탈출했고, 인민공화국 건국 전후로는 전국민주부녀연합회 준비위원, 중국인민정치협상회의(정협) 위원, 중국문학예술계연합회(문련) 위원 등의 요직에 선임되었다. 건국 후에는 이 단체들의 대표로 소련과 유럽을 방문했고, 1961년 3월에는 일본을 방문해 센다이에서 루쉰 기념비 제막식에 참석했다. 문화혁명 중이던 1968년 2월에는 장칭江青 파가 루쉰박물관에서 루쉰의 서간문 원고와 「쉬마오용에게 답하여, 덧붙여 항일통일전선의 문제에 대하여答徐懋庸並關於抗日統一戰線問題」의 원고를 가져가는 사건이 일어났는데, 그 후 선후책이 강구되던 3월 3일에 심장병 발작으로 급사했다.

3. 공화국의 발전과 옛 상하이의 번영

국민당에 의한 급속한 발전

북벌 중 국민당에 합류한 군벌들은 북벌 후에도 그 세력을 유지해 번번이 장제스에 반발하는 전쟁을 걸어 왔으며, 괴멸 상태에 있던 공산당도 마오쩌둥과 주더朱德(1886~1976)가 이끄는 홍군을 중심으로 장시 성의 농촌 지역에 혁명 근거지를 건설했고, 1931년 11월에는 루이진瑞金을 수도로 중화소비에트공화국을 세웠다.

이러한 반대세력에게 괴롭힘을 당하면서도 국민당은 중화민국을 급속히 발전시켜갔다. 장제스는 '훈정기訓政期(군정에서 헌정으로의 이행기)'라 칭하며 국민당 일당독재체제를 굳혀가는 한편, 자동차도로를 건설하고 전신과 우편제도를 비약적으로 발전시키고 근대적인 통일 화폐제도를 확립하는 등 중앙집권과 국내시장의 통일을 착실히 진행해나갔던 것이다. 북벌 후 약 10년 만에 철도의 총연장이 1만 3,174킬로미터에서 2만 1,761킬로미터로, 여객 수송량도 100만 명당 2,663킬로미터에서 4,349킬로미터로 늘어났다. 후자는 1912년을 100으로 한다면 1927년에 164로, 1936년에 268로 신장되어, 연평균 신장률이 통일 전의 3배에 달했다.

눈부신 교육 보급

교육 보급도 눈부실 정도였는데, 취학률이 1919년 11%, 1929

	초등교육		중등교육 (사범 · 직업학교 포함)		고등교육	
	학교 수	학생 수	학교 수	학생 수	학교 수	학생 수
1929년	212,385	8,882,077	1,339	234,811	74	25,198
1936년	320,080	18,364,956	3,264	627,246	108	41,922

학생 수와 학교 수의 급증

자료: 多賀秋五郎, 『近代中國教育史資料 民國編(中)』(日本學術振興會, 1974).

년 17.1%에 불과했으나, 1935년에는 30.7%에 달했다. 일본에서는 메이지유신 후 8년이 지난 1875년에 35.43%였고, 42년 후(1909)에야 98%에 달했다는 점을 생각할 때 통일 중화민국의 걸음걸이는 이것에 뒤떨어지지 않는 것이었다. 당연하지만 학생 수도 비약적으로 증가했다. 불과 7년 만에 학생 수가 초등교육에서는 2배 넘게, 중등교육에서는 3배 가까이, 그리고 고등교육에서는 2배 가까이 급증했고(표 참조), 이러한 재학생 및 졸업생이 신문·잡지와 소설 등 문학작품의 독자층을 더욱 두텁게 형성해갔다.

상하이에서는 고등교육기관이 증가해 일찍이 5·4운동 시기에 '문화의 성'을 과시했던 베이징과 어깨를 나란히 하기에 이르렀다. 대학·전문학교 재학생 수가 베이징이 1만 1,767명이었는 데 비해, 상하이는 1만 2,952명으로, 1,000여 명이 더 많았다(1931년 통계).• 또한 상하이의 양대 신문인 ≪신보≫와 ≪신문보≫의 발

• J. H. Cole, *Shaohsing: Competition and Cooperation in Nineteenth-Century China*.

행 부수는 각각 4만 5,000 부, 5만 부(1921)에서 거의 3배 증가해 14만 부에 이르렀고(1926), 나중에는 15만 부 내외를 기록했다(1935).

번영의 절정에

다만 명목상으로 국민당이 전국을 통일하기는 했으나, 완전히 제어한 지역은 장수와 저장 두 성뿐이었고 재정 수입의 대부분을 상하이에 의존했다. 상하이 금융계의 일시 대출, 차관 및 공채 인수도 재정의 주요 기둥이 되었다. 수도를 1928년 6월에 베이징에서 난징으로 옮겼고, 상하이는 이 새 수도 가까이에 위치해 번영이 절정에 달했다.

공동조계의 행정기관인 상하이 시 참사회參事會는 고액 납세자들의 선거로 구성되었는데, 조계 세입의 55%를 중국인이 부담했다. 중국인 납세자회는 참정권 운동을 맹렬히 전개해 1928년에는 참사회(정원 9명) 내 세 자리를 중국인 몫으로 받아냈고, '개와 중국인은 출입금지'라는 규칙으로 악명 높았던 공동조계와 프랑스조계 내 공원들을 중국인에게도 개방하게 했다. 2년 후에는 중국인 참사가 5명으로 늘어났다.

상하이의 경우 1850년대 이래 구미 세력이, 19세기 말부터는 일본도 참여하여, 그리고 마침내는 통일 중국이 등장하여 정치, 경제, 문화의 모든 분야를 활성화했다. '모던 도시', '마魔의 도시'

같은, 오늘날에도 퍼져 있는 상하이의 상은 이 시기에 형성된 것이다. 그리고 사오싱에서 태어나 난징을 거쳐 도쿄, 베이징, 샤먼, 광저우, 홍콩을 순력한 루쉰의 동아시아 여러 도시 편력은 1930년대의 난숙한 근대 도시 상하이에서 그 최종 막을 맞이했다.

4. 문화시장의 급성장

문화센터가 된 상하이

1930년대의 루쉰은 그의 작품이 국민당 정부에 의해 누차 발행금지된 반체제 문학자였다. 그러나 루쉰은 교외의 세련된 맨션에서 쉬광핑과 동거하고 있었고, 아이가 태어나자 매주 택시를 불러 도심으로 할리우드 영화들을 보러 다녔다. '반체제 작가' 루쉰이 그러한 생활을 할 수 있었던 것은 1930년대의 상하이에 근대적 시민사회가 형성되고 있었다는 것을 보여준다. 젊은 독자층의 대량 증가와 출판 저널리즘의 팽창, 그리고 신극新劇의 성숙과 영화의 개혁이 상하이를 문화의 일대 센터로 부상시키고 있었던 것이다. 상하이에는 루쉰뿐만 아니라 작가·번역가·비평가 및 편집자·기자, 그리고 영화인·예술인에 이르기까지 온갖 분야의 문화 '생산자'들이 중국 전역에서 모여들었다.

상하이는 이때 — 신문 발행 부수의 급증을 보아 알 수 있듯이 — 대중문화가 싹트고 있었다. 상하이의 미디어들은 더 많은 독자를 확보하고자 문화정보뿐 아니라 선정적인 화제까지 제공하면서 서로 경쟁했다. 그 때문에 루쉰의 사생활도 가십으로 보도되었다. 국민당계 미디어들은 처를 베이징의 어머니 밑에 남겨놓고 17세 연하의 제자와 동거하고 있는 루쉰을 스캔들의 주인공으로 삼아 공격해댔다. 덧붙이자면 1935년에 공포된 형법 제17장 '혼인 및 가정방해의 죄' 제239조에는 "배우자가 있으면서 타인과 간통한 경우 1년 이하의 실형에 처한다. 간통의 상대방도 같은 벌에 처한다"라고 규정되어 있었다. 이 규정에 의하면 루쉰이나 쉬광핑 모두 범죄자가 될 수 있었다.

사실 간통죄의 가십이 한 유명 여성을 자살로 몰아넣기도 했다. 당시 중국 무성영화의 여왕이라 불린 루안링위阮玲玉(1910~1935)가 그 비극의 주인공이다. 원래 그녀의 어머니가 광둥의 한 자산가 집의 하녀로 있었는데, 그 집의 4남 장다민張達民이 루안링위와 동거하기 시작했고, 그 때문에 그는 아버지로부터 의절을 당했다. 그래서 루안링위는 여학교를 중퇴하고 여배우를 지망했고, 여배우가 되어서는 성차별을 당하면서 직장인으로 살아가는 신여성을 연기해 젊은 지식층으로부터 압도적인 지지를 받았고 대스타가 되었다. 데뷔 4년 후에는 수입이 연 1만 위안에 달했고, 자가 용에 전용 기사를 둔 상류층 인사로 살아가고 있었다. 당시는 상하이에서 제일 큰 백화점 영안공사永安公司의 남자 직원 월급이 50위안이던 시대였다. 그러나 남편이 도박에 빠져 빚을 지기를 되풀이했기 때문에 루안링위는 정나미가 떨어졌고, 결국 별거하다가 차茶 비즈니스로 재산을 모은 광둥인 자산가와 동거를 시작했다. 그러자 장다민이 가정방해죄와 간통죄로 그녀를 지방재판소에 고소했고, 언론은 이것을 스캔들로 삼아 크게 떠들어댔다. 루안링위는 재판 전날 밤 다량의 수면제를 먹고 자살했다. 그녀는 다음과 같은 유서를 남겼다.

> (장다민은) 은혜를 원수로 갚다니, 원망스럽습니다. 그뿐 아니라 세상은 사정을 잘 알지도 못하면서 저를 나쁘다고 생각하고 있습니다. 아, 도대체 어떻게 하면 좋나요? 이것저것 생각해보았습니다만, 죽는 것밖에 없네요. 아, 나의 죽음 따위는 애석해할 것 없으나, 그러나 정말 사람들의 말이 무섭습니다. 정말 사람들의 말이 무서워요.

매스컴의 먹이가 되다

"사람들의 말이 무섭다"라는 말은 『시경詩經』에 나온다. 루쉰은 에세이 「"사람들의 말이 무섭다"에 대해서論『人言可畏』」에서 그녀의 자살 원인이 신문기사에 있다고 보는 의견과 신문에는 책임이 없다는 기자 측 변명을 모두 용인하면서도, 신문이 특히 여성에 대해서 지나친 말들을 동원해 루안링위와 같은 힘없는 여성을 괴롭혔다고 썼다. 다만 삼각관계 해소를 위해 변호사 제도나 신문광고까지 활용했던 루안링위를 일반 '힘없는 여성'과 동렬로 취급한 것은 마땅치 않을 것이다. 오히려 루쉰에게는 드물게 온건한 필치를 구사한 것이 그 자신의 곤혹과 체관을 엿볼 수 있게 한다. 구식 결혼에서 이탈해 국민국가와 근대문학의 가장 중요한 과제였던 자유연애를 실천함으로써 루쉰도 매스컴의 먹이가 되었다.

그런 한편으로 루쉰은 여배우 또는 작가 같은 직업은 광고와 비평을 통해 관객이나 독자를 동원해주는 매스미디어에 의해서 지탱된다는 것을 숙지하게 되었을 것이다. 저서가 잇달아 발매 금지당하는 가운데 — 루쉰 자신이 "러브레터를 팔았다"라고 표현했던 것처럼 — 쉬광핑과의 왕복 서간집 『양지서』(1933)의 인세로 살았던 시기도 있었다. 상하이의 문화인들은, 정치적 언설이든 문학이든 영화든 또는 거기서 파생되는 가십이든 미디어 사회에서는 모두 동질의 정보로 소비된다고 하는 대중문화의 현실에 직면하게 되었던 것이다.

외국 미술의 왕성한 소개

유년기부터 미술에 깊은 관심을 기울였던 루쉰은 상하이 시대에는 우치야마 서점 등을 통해 일본이나 구미의 미술 서적을 쉽게 입수할 수 있어서 외국 미술에 관한 번역이나 복각, 평론 활동 등을 왕성하게 전개했다. 일본의 이타가키 다카호板垣鷹穗의 『근대미술사조론近代美術史潮論』을 번역해 정통 서양미술사를 소개하는 한편, 영국의 세기말 화가 비어즐리나 일본의 소녀잡지 삽화가 후키야 고지蕗谷虹兒(1898~1979)의 화집을 복각한 것은 매스미디어와 미술의 상관관계, 특히 서적의 장정이나 신문·잡지의 삽화에 깊은 관심을 지녔기 때문일 것이다. 후키야 고지는 다이쇼 내지 쇼와 시기에 소녀잡지의 삽화가 겸 시인으로 활약한 인물인데, 루쉰은 후키야 고지의 고아古雅함과 천진함에 탄복해 『고지 시화집』을 바탕으로 번역·편찬한 『후키야 고지 화선蕗谷虹兒畵選』이라는 책을 내기도 했다. 예를 들면 「탬버린의 노래坦波林之歌」를 루쉰은 다음과 같이 번역했다.

坦波林之歌

(탬버린의 노래)

敲起來罷 坦波林/ 還是還是 春天呀

(두드려라 탬버린/ 봄이 다시 왔다)

跳舞的 跳舞兒/ 還是還是 春天呀

(깡충깡충 뛰는 아이/ 봄이 다시 왔다)

拋掉了的 坦波林/ 怎麽一下 踏破了

(던져놓은 탬버린/ 누가 밟아버렸나)

跳舞的 跳舞兒/ 怎麽一下 踏破了

(깡충깡충 뛰는 아이/ 누가 밟아버렸나)

破掉罷 坦波林/ 泪珠兒的 跳舞呀

(부서진 탬버린/ 울면서 뛰는구나)

拋掉了的 坦波林/ 泪珠兒的 跳舞呀

(탬버린 버려놓고/ 울면서 뛰는구나)

拾起來罷 坦波林/ 還是還是 春天呀

(주워라 탬버린/ 봄이 다시 왔다)

跳舞的 跳舞兒/ 還是還是 春天呀

(깡충깡충 뛰는 아이/ 봄이 다시 왔다)

판화 운동에 열성을 내다

루쉰은 또 목판 예술의 복수성複數性과 민중성에 주목했다. 판화는 한 매의 판목으로 100매 이상의 그림을 찍어낼 수 있는 만큼 민중의 현실을 솜씨 있게 표현해낼 수만 있다면 저렴하고 효과적인 혁명의 무기가 될 수 있다고 루쉰은 생각했다. 1931년 8월 세이조 학원成城學院의 미술교사 우치야마 가기치內山嘉吉가 하계휴가차 형인 우치야마 간조內山完造를 찾아 상하이에 왔는데, 루쉰은 그에게 부탁해 상하이의 젊은 예술가들을 위한 목각(목판화를 중국어로는 '목각木刻'이라 함) 강습회를 개최했다. 그 뒤에는 우치야마 간조의 협력을 받아 외국 판화전도 열었다. 또한 독일의 케테 콜

비츠Kathe Kollwitz나 소련의 예술가 등 많은 외국 프롤레타리아 판화집을 간행해 루쉰은 중국 현대 판화 부흥의 아버지라고 일컬어지게 되었다.

루쉰은 일본의 판화가 료치 초메이料治朝鳴가 이끌던 두 잡지, 즉 손으로 찍은 판화가 첨부된 월간지 ≪백과 흑白と黒≫과 기계로 인쇄되는 판화 잡지 ≪판예술版藝術≫을 열심히 수집했고, 그 동인이었던 다니나카 야스노리谷中安規를 높이 평가하기도 했다.

할리우드 영화에 열중하다

루쉰은 이처럼 판화 운동을 전개하는 한편, 일본 프롤레타리아 영화 운동의 이론가 이와사키 아키라岩崎昶의 논문 「선전·선동수단으로서의 영화宣伝煽動手段としての映畫」를 번역해 소개했는데, 이것은 — 제6장에서 소개하겠지만 — 그가 독재체제와 전면적 투쟁을 전개하고 있었기 때문이다. 다만 영화는 오직 할리우드 영화만을 보고 있었고, 중국 영화사에서 첫 번째 황금기를 맞고 있었던 상하이의 영화들은 웬일인지 거의 묵살했다. 그의 상하이 시대 일기를 보면 중국 영화는 한 편도 등장하지 않는다. 상하이 시대 자신의 이러한 영화 체험을 루쉰은 "영화의 교훈"이라는 신문 칼럼에서 이렇게 말했다.

> 상하이에서 영화를 보러 가면 나는 벌써 '하등 화인華人'이 되어

있었다. 2층석을 올려다보면 백인과 부자들이 앉아 있었고, 아래층에는 중등이나 하등의 '중화 후예'들이 앉아 있었다. 스크린에서는 백인 병사들의 전쟁 이야기나 백인 나리들의 돈벌이 이야기 또는 백인 아가씨의 결혼이나 백인 영웅의 탐험담이 펼쳐져 관객을 감복시키거나 선망케 하거나 또는 공포에 빠뜨렸고, 종내 나는 어찌할 수 없는 사람이라는 생각에 빠지게 했다. 그 반면 백인 영웅이 아메리카 대륙을 탐험할 때에는 항상 흑인 충복이 앞장서거나 무거운 짐을 지고 따라갔고, 때로는 목숨을 거는 역할을 하다가 대신 죽었으며, 때로는 주인님을 무사히 귀국시켰다……(1933년 9월 7일 서명 루뉴孺牛•).

이렇게 비꼬면서도 루쉰은 동시대 중국 영화는 무시했고, 오로지 외국 영화, 특히 할리우드 영화를 좋아해서 상하이 시대에 모두 124편의 미국 영화를 보았다. 당시 검소하게 살고 있던 루쉰이 일과 일 사이에 짬을 내서 택시를 불러 타고 영화관으로 달려가던 모습을 애인 쉬광핑은 "마치 적진을 향해 돌격하는 것 같았다"라고 묘사했다. 루쉰은 애제자 샤오훙蕭紅(1911~1942)에게도 영화 감상을 권했는데, 그녀는 다음과 같이 회상했다.

• 옮긴이 — 루뉴는 루쉰이 사용한 여러 필명 중 하나다.

루쉰 선생님이 사람들에게 보라고 권한 영화로는 「붉은 친위대」, 「두브로프스키」(푸쉬킨 원작)…… 그 밖에 「유인원 타잔」…… 또는 미국의 괴수 이야기 등등이 있었다. 루쉰 선생님은 "영화는 별로 재미가 없더라도 조수鳥獸류를 보고 있으면 동물에 대한 지식이 늘어나지"라는 말씀을 하셨다.

특히 타잔 영화를 좋아하다

루쉰은 타잔 영화를 좋아하여 뎀프시 테이블러Dempsey Tabler 주연의 무성영화 〈타잔 2세The Son of Tarzan〉부터 버스터 크래브Buster Crabbe 주연의 유성영화 〈타잔의 만용Tarzan the Fearless〉에 이르기까지 계속 관람했고, 1934년에 제작된 지 얼마 안 되어 상하이에서도 개봉한 존 와이즈뮬러Johnny Weissmuller 주연의 〈타잔의 복수Tarzan and His Mate〉 등은 가족이나 우치야마 간조 부부 등을 꾀어 세 번이나 보러 갔다. 반 다이크W. S. Van Dyke 감독, 와이즈뮬러 주연의 첫 번째 작품 〈유인원 타잔Tarzan the Ape Man〉에 한하여 말한다면, 이 영화는 다이크 감독이 미국 로케를 통해 제작한 〈트레이더 혼Trader Horn〉이라는 맹수 영화의 미사용 필름을 이용해 그 부산물로 제작한 것이었기 때문에 "동물에 대한 지식이 늘어나"게 하는 영화일는지 모르겠다. 그러나 〈타잔의 복수〉 등은 할리우드 세트에서 촬영된 것인 만큼 "동물에 대한 지식" 운운한 말에 대해서는 에누리해서 생각해야 할 것이다. 어쩌면 루쉰이 타잔과 그의 연인

제인의 로맨스에 마음이 끌렸는지도 모른다. 덧붙이자면 〈타잔의 복수〉 원제는 'Tarzan and His Mate'였고 중국어 타이틀도 바로 〈타이산의 애인泰山情侶〉이었다.

중국의 영화 연구자 간에는 루쉰이 상하이 시대에 관람한 〈두브로프스키〉 등 소련 영화 여섯 작품에 주목해 "루쉰이 가장 칭찬한 것은 당연히 리얼리즘 창작 방법으로 촬영한 소련의 초기 혁명 영화들이다"라고 주장하는 연구자가 많다. 그러나 루쉰이 관람한 소련 영화의 수는 할리우드 영화의 20분의 1에 지나지 않았다는 점을 생각하면 이것은 다소 궁색한 의론일 것이다.

국산 영화에 대한 평가

그리고 앞의 "영화의 교훈"이라는 칼럼에서 루쉰이 국산 영화에 관해 언급한 것도 흥미를 끈다.

> 다행히 국산 영화도 많이 노력했다. 그런데 어쩌다 뛰어올라 높은 벽을 잡았지만 두 손이 위로 올라가는 바람에 그만 칼을 떨어뜨리고 말아, 이들은 19로군(상하이사변 때 일본군과 격렬히 맞서 싸운 중국군)과 함께 상하이에서 퇴장하여 이제 투르게네프의 〈봄물결〉과 마오둔의 〈춘잠〉을 상연할 준비나 하고 있다. 물론 이것도 진보이기는 하다.

〈봄물결〉과 〈춘잠〉은 상하이사변(1932) 후의 항일 여론에 눌려 좌경화한 중국 영화계가 샤얀夏衍, 첸싱춘錢杏邨(필명은 아잉阿英) 같은 공산당원을 영입해 제작한 것이다. 특히 〈춘잠〉의 원작자 마오둔茅盾(본명은 선더훙沈德鴻, 자는 얀빙雁冰, 1896~1981)은 루쉰의 베이징 시대 이래 친구였고, 소설이나 영화 모두 대공황과 상하이사변 때문에 중국 농촌이 무너져가는 과정을 양잠가養蠶家 일가를 통해 묘사한 리얼리즘 작품이었다. 루쉰이 국산 영화를 무시했지만 〈춘잠〉의 시사회에는 참석했다는 이야기도 있다.

흥미를 끄는 것은 루쉰이 이 좌익 영화 〈춘잠〉은 칭찬하면서도 중국의 오락 대작은 비판했다는 점이다. 칼럼 "영화의 교훈"에서 그는 계속해서 다음과 같이 말한다.

> 물론 이것도 진보이기는 하다. 그런데 이때 한 발 앞서 홍보를 개시한 〈요산염사瑤山艶史〉가 나타났다.
>
> 이 영화는 '야오족(광시 성의 소수민족)의 개화'를 테마로 하고 그 포인트가 '왕가에 사위로 들어간다'는 것인데, 「쐉양双陽 공주, 오랑캐를 따라가다」 등의 각본을 연상시킨다. 세상에 으뜸가는 중국의 정신문명이라는 고설高說을 최근에는 그다지 들을 수 없게 되었고, 개화의 깃발을 흔들고 싶더라도 먀오족苗族이나 야오족瑤族 속으로까지 후퇴하지 않으면 안 되게 되었다. 그리고 그러한 큰 사업을 성취하려면 먼저 '결혼'을 해야 하는데, 황제의 자손이라도 혹

인과 마찬가지로 유럽이나 아시아 대국의 황녀와는 결혼할 수가 없고 정신문명을 전파할 방법도 없다. 이 모든 것이 여러분에게도 분명할 것이다.

〈요산염사瑤山艷史〉의 정확한 제명은 '猺山艷史'인데, 야오瑤족 지구의 '개화' 공작에 종사하는 남자 주인공이 야오족 왕녀에게 구애해 다시는 그곳에서 나가지 않는다는 조건으로 승낙을 받는다는 이야기다. 〈요산염사〉는 류나어우劉吶鷗(1905~1940)가 설립한 운연영업공사芸聯影業公司가 광시 성 로케를 감행하는 등 의욕적으로 제작한 영화였다. 류나어우는 타이완 타이난台南 대지주의 장남으로 태어나 도쿄의 아오야마학원青山學院 고등부 영문과를 졸업한 사람으로, 1928년에 상하이에서 자신의 출판사를 세워 중국의 신감각파新感覺派 형성을 도왔고, 이어 영화계에도 진출해 1932년에 위 영화사를 설립했다. 그는 출판 활동을 시작할 때 일본의 신감각파라는 당시 최첨단 문예를 소개하는 단편소설집 『색정문화色情文化』를 발간하고, 소련 문예정책 논문집 『문예정책文芸政策』 등 루쉰의 번역서를 발간하기도 했다. 그러나 1931년에 국민당으로부터 좌익 출판계 탄압을 받았고, 이듬해에는 상하이사변으로 사옥이 파괴된 일이 있었는데, 그가 영화 사업을 시작한 무렵에는 이미 그와 좌익 문화인들 간에 모순이 첨예해지고 있었다. 이러한 저간의 경위는 미사와 마미에三澤眞美惠의 『「제국」과 「조국」 사이:

식민지기 타이완 영화인의 교섭과 월경「帝國」と「祖國」のはざま ― 植民地期台湾映畵人の交渉と越境』(岩波書店, 2010)에 상세히 나와 있다.

'경성 · 연성 영화 논쟁'과 류나어우의 죽음

류나어우는 "낡은 권위에 반항하는 아방가르드 영화의 (중국에 아직 알려져 있지 않은) 혁신적인 표현 기법을 소개"하는 동시에 "그러한 표현 기법을 부정하는 아방가르드 작가의 '이야기성性'에 그러한 표현 기법을 결합한 영화를 만들"고자 했다. 그리고 영화의 형식 면에 주의를 기울일 것을 촉구하면서 "예술작품에서는 때로 '어떻게 묘사할까'가 '무엇을 묘사할까'보다 더 중요하다"라고 주장했다. 이처럼 예술성 또는 오락성을 중시하는 류나어우 같은 영화인에 대해 좌익 영화인들은 "영화의 예술적 가치는 사회적 가치와 같고, 그 가치는 표현된 사상에 있다"라고 주장하면서 그들의 영화를 '연성 영화'라 비판했고, 그 결과 1930년대 최대의 영화 이론 논쟁, 즉 '경성·연성 영화 논쟁'이 일어났다.

미사와 마미에는 더 나아가 "류(류나어우 — 옮긴이)의 영화이론에 현장 제작자들을 끌어당기는 요소가 있다는 것을 간파한 좌익계는 그들이 좌익 영화평론가들로부터 멀어지는 것을 막기 위해서라도 류의 이론을…… 총력을 기울여 공격하지 않을 수 없었고…… 류는 그의 영화이론에서 일관되게 영화의 사상 편중 내지 영화의 정치화라 할 경향과 거리를 두려고" 했는데, 1930년대 전반기 상하이의 중국 영화를 둘러싼 정치학 속에서는 "그러한 '비정치적'인 태도 자체가 좌익 영화인들이 비판해야 할 '정치적 선택'이었다"라고 했다. 그러면서 미사와 마미에는 루쉰의 칼럼 "영화의 교훈"에 나타난 〈요산염사〉 비판에 대해서도 "영화를 보고 난 다음의 비판이 아니라 줄거리 등 활자 자료에만 의거한 '사상성' 비판이었을 가능성이 높다"라고 덧붙였다.

현재 영화 〈춘잠〉은 DVD로도 볼 수 있지만, 〈요산염사〉는 소재 불명이기 때문에 루쉰의 '경성 영화론'이 얼마나 타당한 것이었는지를 놓고 무어라 말할 수는 없다. 아마 친구인 마오둔의 리얼리즘 명작 〈춘잠〉의 상연에 한 발 앞서 류나어우의 예술적·오락적 대작이 화제를 부르고 있었기 때문에, 기왕의 국산 영화 무시 태도의 연장선상에서 〈요산염사〉를 보지도 않고 비아냥거리는 발언을 해버린 것이 아닌가 싶다.

그렇기는 하나 경극 〈사랑탐모四郎探母〉처럼 영웅이 이민족의 포로가 되었다가 아름답고 용맹한 왕녀의 남편이 된다고 하는 중국인들에게 친숙한 주제와 〈요산염사〉를 병치함으로써 〈요산염사〉의 통속성을 강조하거나 "세계에 으뜸가는 중국의 정신문명"이라고 자부하지만, 그런 '정신문명'을 전파할 대상은 국내 소수민족들밖에 있느냐, 구미나 일본 같은 열강이 그 대상이 될 수 있느냐고 힐문하면서 류나어우 등을 정신승리법의 아Q와 동일한 인물로 요리해버리는 것은 루쉰 이외의 다른 사람에게서는 보기 어려운 수법이었다 할 것이다.

다만 변경의 소수민족에 대한 루쉰의 다소 차가운 태도가 마음에 걸리는데, 거기에는 일본의 식민지 타이완에서 건너온 대자산가의 도련님인 류나어우에 대한 냉소가 잠복해 있었던 것이 아닐까? 덧붙이자면, 류나어우는 그 후 난징의 국민당 영화 스튜디오인 중앙전영中央電影 촬영장에 근무했고, 일중전쟁 후에는 일본 점령하의 상하이에서 중화전영공사中華電影公司의 설립에 협력함으로써 그의 '순수예술의 세계'나 '자유로운 영화 제작'의 꿈은 점차 현실과 멀어졌다. 그러다가 1940년 9월 상하이 복주로福州路에 있는 요리점 경화주가京華酒家를 나오다가 저격당해 사망했다. 그가 경화주가를 나와서 가려고 했던 파크호텔Park Hotel(지금의 국경반점國際飯店)에서는 리샹란李香蘭이 류를 기다리고 있었다고 한다. 미사와 마미에는 류의 암살이 "항일과 대일 협력이라는 단순한 양자 관계의 결과가 아니라 상술한 여러 행위자 간에 이해가 맞아떨어진 가운데 어떤 자가 암시하고 어떤 자가 묵인하고 어떤 자가 직접 행동에 옮긴 결과로 일어났다고 생각된다"라는 흥미로운 언급을 하고 있다.

제6장

좌익 문단의 기수로서

상하이 시대 2

1. 목숨을 건 독재 비판

국민당 독재를 준엄하게 비판하다

상하이 시대의 루쉰은 개인적으로는 연인 쉬광핑이나 아들 저우하이잉周海嬰과 함께 넉넉한 중산계급의 삶을 살고 있었지만, 문학자로서는 국민당 독재체제를 계속해서 비판했다. 우선 루쉰은 국민혁명 중이던 1927년 4월에 장제스가 감행한 4·12 반공쿠데타를 중국혁명(= 국민국가 건설)에 대한 배신행위로 규탄했다. 저간의 과정을 루쉰은 1935년 10월 상하이의 우치야마서점에서 일본 사회학자 쓰무라야 히로시円谷弘와 대담하는 자리에서 다음과 같이 말했다.

처음에 그들은 공산당은 기관차요 국민당은 열차다, 혁명은 공산당이 국민당을 견인함으로써 성공한다고 말했었다. 보로딘은 혁명의 은인이라 하면서 학생들에게 최대한의 경의를 표하게 했고 그래서 청년들은 누구나 감격하여 공산당이 되었다. 그랬던 그들이 갑자기 변하여 공산당이라는 이유로 사람들을 닥치는 대로 살육한 것이다. 구 군벌들은 처음부터 공산당을 용인하지 않았고 마지막까지 그런 주의를 지켰는데, 국민당의 행동 방식은 마치 페탱Henri Philippe Pétain 원수 같았다.

미하일 보로딘Mikhail Markovich Borodin(1884~1951)은 소련의 정치가, 코민테른의 활동가로서 1923년에 쑨원의 초대를 받아 국민당의 국공합작과 북벌전쟁을 지도했다. 루쉰은 이리하여 농촌부에 근거지를 형성하고 저항하는 공산당에 공감을 갖게 되었고, 소련의 프롤레타리아 문학이론을 스스로 공부해 국내에 소개하는 등 좌익 문단의 기수가 되어갔다.

문예 논전의 중심지

국민혁명 후 1930년대까지의 상하이는 문예 논전論戰의 중심지였다. 논전은 혁명문학 논전에서 시작되었다. 이것은 4·12 반공쿠데타에 의해 국민혁명으로부터 추방된 좌파 내부에서의 논쟁이었다. 제3기 창조사創造社의 젊은이들과 우한 정부에서 돌아온 첸싱춘(1900~1977) 등의 태양사太陽社를 한편으로 하고, 루쉰과 마오둔 등 기성 좌파계 작가들을 다른 편으로 한 논쟁이 1928년에 시작되어 이듬해까지 이어졌다.

그러다가 국민당의 언론 통제가 한층 강화되면서 문학과 정치가 결부되는 것에 의문을 제기하는 신월파新月派 잡지 ≪신월≫이 창간되었고, 이 잡지의 창간을 계기로 좌파 대동단결의 기운이 높아졌다. 그 결과 1930년 3월에 '무산계급혁명문학'의 깃발을 내세운 중국좌익작가연맹(약칭 좌련左聯)이 결성되었다. 좌련 가입자는 창립 당시 50여 명이었으나 이후 150명으로 늘어났는데, 이들은 반대파를 향해 격렬한 비판을 쏟아부으며 적극적으로 논전을 일으켜나갔다.

끊임없이 계속된 논쟁

국민당계 문예지들을 파쇼적 어용문학이라고 비판한 민족주의 문학 논쟁(1931), 문학의 정치성·계급성을 부정하거나 경시하는 문학자를 비판한 자유인自由人 논쟁과 제3종인第三種人 논쟁, 그리고 문어문이 부활하자 구어문을 옹호하고 더 나아가 대중어를 창조하자는 주장을 둘러싼 대중어 논쟁(1934) 등으로, 논쟁은 끊임없이 이어졌다.

당시 공산당은 비합법화되어 멀리 장시 성 농촌 지역의 혁명근거지에 틀어박혀 있었다. 1934년에는 100만 명의 국민당군에 포위되어 근거지를 포기하고 장정長征을 개시, 2년에 걸쳐 1만 2,000

킬로미터를 답파하고 산시 성陝西省 북부에 이르러 얀안延安을 수도로 새 근거지를 세웠다. 상하이의 공산당 지하조직은 당 본부로부터 더욱 격리되었고 정치활동을 활발히 할 수 없게 되었다. 그런 가운데 문학은 발매 금지, 검열 등의 통제를 받으면서도 합법적으로 활동할 수 있었던 몇 안 되는 분야 중 하나였다. 당시 계속 이어진 문예 논전은 공산당의 정치적 주장을 대변하는 성격도 띠고 있었다. 그리고 대중문화의 입구에 도달해 항상적으로 선정적인 화제를 구하고 있던 상하이의 매스미디어들도 더 많은 독자를 얻기 위해 문예 논전 때마다 앞다투어 지면을 제공했다.

반독재 좌익 문단의 기수로서

이러한 문예 논전 와중에 루쉰은 반독재 좌익 문단의 기수가 되어갔다. 그 때문에 여러 도시를 편력한 후 상하이에서 겨우 손에 넣은 루쉰의 중산계급으로서의 안정된 삶은 항상 붕괴의 위험에 노출되어 있었다. 1930년대의 루쉰은 정치적 이유로 네 번이나 피난 생활을 하지 않으면 안 되었다. 첫 번째 피난은 지하 공산당 주도의 자유운동대동맹自由運動大同盟과 좌익작가연맹에 연달아 참여해 각 대학을 돌아다니며 강연 활동을 했기 때문에 국민당계 매스미디어로부터 공산당의 '나팔수'로 비판받았던 때에 발생했다(1930년 3월). 두 번째 피난은 루쉰의 제자인 러우스柔石(1902~1931) 등 젊은 작가들이 체포되어 처형된 좌련 오열사五烈士 사건

직후인 1931년 1월에 있었다. 세 번째 피난은 만주사변과 연동해 일본군이 상하이를 침략했던 1932년 1월에 있었다. 그리고 마지막은 루쉰과 특별한 사이였던 우치야마서점의 점원이 체포되었던 1934년 8월의 피난이다. 위험이 박두할 때마다 루쉰은 자택을 떠나 우치야마서점의 주인 우치야마 간조의 집이나 그의 지인이 경영하는 여관 등에서 수주씩 숨어 있곤 했다.

2. 우치야마 간조와의 만남

우치야마 간조와 중국

우치야마 간조(1885~1959)는 오카야마 현岡山縣 시쓰기 군後月郡 요시이 촌芳井村의 촌장 아들로 태어나 고등소학교를 4년에 중퇴하고 교토와 오사카의 상가에서 십여 년간 점원으로 일했다. 그러다가 1913년에 '다이가쿠大學 안약'으로 유명한 제약회사 산텐도參天堂의 직원으로 중국에 파견되었고, 중국 각지를 돌아다니며 영업하던 중 조의조식粗衣粗食을 감내하는 근면한 쿠리苦力(쿨리coolie — 옮긴이)나 신용을 중시하는 상인 등 중국의 서민에게 깊은 공감을 느끼게 되었다.

기독교인이던 간조는 3년 후 교토의 목사 미키노 도라지牧野虎次의 권유를 받아, 집안 사정 탓에 일시 유흥가에 몸담았던 이노우에 미키코井上美喜子와 결혼했다. 여성이 자립하려면 경제적으로 독립해야 한다는 지론을 갖고 있었던 간조는 아내가 집안에서 돈벌이를 할 수 있도록 상하이 시 북서천로北四川路에 있는 자택의 마루방을 약간 개조해 기독교 관련 서적을 판매하는 매장으로 만들어주었다. 그런데 이 매장이 차차 일반 서적까지 취급하게 되었고, 수년 후에는 상하이 시에서 제일가는 일본서 서점으로 성장했다. 1930년에는 우치야마 간조 자신도 산덴도를 사직하고 직접 서점 경영에 나섰다.

상하이의 일본인 사회

1930년대 중엽 상하이에 거주하던 일본인은 약 2만 6,000명이었는데, 그 대다수가 훙커우 구虹口區에 살고 있었다. 우치야마 간조는 1929년에 훙커우를 남북으로 달리는 북서천로의 공동조계에서 북쪽으로 2킬로미터쯤 떨어진 곳에 대형 서점을 열었다. 그의 서점이 급성장한 원인으로는 일본 기업의 상하이 진출, 당시 일본 본국에서 일어난 '엔본円本 붐'이라 일컬어진 출판 호황, 그리고 일본인, 중국인, 조선인 구별 없이 외상 판매를 허용하면서 애서가에 대한 봉사에 철저했던 영업 방침 등을 들 수 있겠다. 특히 리런제李人傑, 위다푸郁達夫, 톈한田漢, 궈모뤄郭沫若 등 일본에서 유학한 지식인들이 우치야마서점을 자주 드나들었다. 1923에 작가 다니자키 준이치로谷崎潤一郎가 『상하이 유랑기上海游記』에서 소개한 바도 있듯이 일본에서 온 문화인들은 우치야마서점을 창구로 삼아 중국의 문화인과 교류하는 것이 관습처럼 되어서, 우치야마서점에 '상하이 세관稅關'이라는 별칭까지 붙게 되었다.

두 사람의 만남

루쉰은 상하이에 도착한 지 이틀째 되던 1927년 10월 5일에 우치야마서점에 들렀는데, 당시 간조는 자리에 없었고 루쉰은 몇 권의 책을 사서 그대로 집에 돌아갔다. 우치야마 간조는 잡지 ≪개조改造≫에 발표한 「루쉰 선생의 추억魯迅先生追憶」이라는 회상기에서 두 사람의 만남과 관련해 다음과 같이 썼다.

> 언제였는지 모르지만 어느 날 전술한 선생이 혼자 들어와서 이런저런 책들을 선택한 다음 장의자에 앉아 나의 아내가 권한 차를 마시고 담배에 불을 붙이며 유창한 일본말로 "주인장, (내가 고른) 이 책들을 낙안로樂安路 경운리景雲理 ㅇㅇ호로 보내주십시오"라 했고, 나는 바로 "선생님의 성함은요?"라고 물어본즉, "저우수런이라 합니다"라고 대답하는 것이었다.
>
> "아, 선생님이 루쉰 선생님입니까. 성함은 잘 알고 있습니다. 그리고 광둥에서 오신 것도 알고 있고요. 얼굴을 몰라 뵈어 실례했습니다."
>
> 나와 선생의 교제가 그때부터 시작되었다.

루쉰과 우치야마 간조

그 후로는 루쉰이 사흘이 멀다 하고 서점에 모습을 드러내 "주인장!" 하고 불렀고, 우치야마는 "오, 루쉰 씨! 어서 오세요. 이리 앉으세요"라며 친절하게 의자를 권하곤 했다. 그러면 미치코 부인이 부랴부랴 우지宇治 차를 끓여 내왔다. 상술했듯이 우치야마서점은 1929년에 북서천로 아래 시고탑로施高塔路(현재의 산음로山陰路)에 진출했고 루쉰도 상하이 시대의 10년 동안 북서천로에서 살았다. 루쉰의 자택 2층 창으로 내려다보면 백수십 미터밖에 안 되는 가까운 거리에 우치야마서점이 있었다. 루쉰과 우치야마서점, 그리고 간조 일가와 루쉰 가족 간의 깊은 관계는 루쉰이 죽은 뒤에도 계속되었다.

우치야마 간조에 대한 깊은 신뢰

상하이를 찾아 루쉰을 만난 일본의 문화인으로는 가네코 미쓰하루金子光晴, 무샤노코지 사네아쓰武者小路實篤, 요코미쓰 리이치橫光利一, 하야시 후미코林芳美子, 노구치 요네지로野口米次郎, 나가요 요시로長與善郎 등 작가 및 시인, 하세가와 뇨제칸長谷川如是閑, 무로

후시 다카노부室伏高信, 야마모토 사네히고山本實彥 등 저널리스트, 시오노야 온鹽谷溫, 마스다 와타루增田涉 등 중국문학자가 있었고, 스즈키 다이세츠鈴木大拙 같은 선禪의 대가도 있었다. 이러한 '상하이의 루쉰을 찾은 사람들'은 모두 간조를 통해 루쉰을 만났다.

일본이 만주사변(1931)과 상하이사변(1932)을 일으킨 후로는 상하이에서도 반일 여론이 높아졌고, 1933년에는 국민당계의 ≪사회신문社會新聞≫이 "우치야마 간조는 스파이"라는 기사를 싣기도 했다. 이에 대해 루쉰은 다음과 같이 말했다.

> 우치야마서점으로 말하면 최근 3년간 내가 자주 들러 책을 찾거나 앉아 잡담을 나누었던 것이 맞다. 그리고 그곳은 나로서는 [illegible] 이의 일부 이른바 문인들에 비해 훨씬 [illegible] 되는 곳이다. 왜냐하면 그는 [illegible] 위해 상사하는 것이고 스파이가 아니며, 그 [illegible] 책을 파는 것은 돈을 벌기 위한 것이지 사람의 피 따위를 파는 것이 아님을 내가 잘 알고 있기 때문이다. 이 한 가지는, 스스로 인간이라 생각하지만 실은 개에도 못 미치는 이른바 문인이란 사람들이 극력 배워야 할 일이다!

루쉰이 우치야마 간조를 얼마나 깊이 신뢰했는지 알 수 있게 하는 문장이다.

3. '자유로운 이야기': 검열과의 싸움

자주 바뀐 필명

해마다 되풀이되는 피난 생활에 더해 국민당의 검열도 더욱 엄격해져 루쉰은 신문이나 잡지에 에세이를 발표할 때 필명을 계속 바꿨는데, 그 수가 생애 전체로 보면 140개나 되었다. 예를 들면 루쉰이 1933년 1월부터 5월까지 상하이의 신문 ≪신보≫의 문예·학술판 "자유로운 이야기自由談"에 에세이를 집필할 때에는 주로 "누구일까요 필자는"이라는 뜻의 '허자간何家幹'을 필명으로 사용했다.

'자유로운 이야기'

이 '자유로운 이야기' 코너에서 루쉰은 일본의 침략에 저항하지 않을 뿐만 아니라 항일 여론을 탄압하기까지 하는 국민당을 준엄하게 비판했다. "도주를 변호함"(1월 24일)에서는, 항일을 요구하는 시위행진에 참가해 군경에게 살해당한 학생들에 대해서는 그들의 머리들이 제멋대로 총검에 부딪쳤다거나 발을 헛디뎌 강물에 떨어졌다는 식으로 묘사해 독자들에게 전달하는 한편, 일본군의 침공에 위험을 느껴 베이징을 떠난 학생들에 대해 추태를 보였다고 비난하는 국민당에게는 야유를 퍼부었다. "구국 항공을 위한 세 가지 희망"(2월 3일)에서는, 일본과의 전투에 쓸모가 없음을 보여준 국민당의 항공 부대에 대해, 첫째로 길을 확실하게 외워둘 것, 둘째로 좀 더 빨리 비행할 것, 그리고 셋째로 (몸을 흠칫 떨며) 인민을 죽이지 말 것 등 세 가지를 단호하게 요구했다.

국민당 정부는 이러한 에세이도 강하게 검열했는데, 루쉰은 주로 '자유로운 이야기'에 실린 에세이 60여 편을 수록한 단행본 『준풍월담准豊月談』(1934)의 서문에 쓰기를, 당국에 의해 삭제된 대목이 많고 그 글자 수가 총 223자에 달한다고 하면서 다음과 같이 풍자했다.

> 일본의 출판에도 금기가 있지만, 삭제당한 대목은 공란으로 남겨두거나 점선을 쳐서 독자가 그것을 알 수 있게 한다. 그런데 중국의 검열관들은 공란으로 남겨두는 것조차 허용하지 않고 반드시 이어 써버리기 때문에 독자들은 검열·삭제의 흔적을 읽어낼 수가 없다. 그래서 의미 불명인 대목은 모두 작자의 책임으로 되어버린다. 이런 방식은 일본과 비교하여 크게 진보한 것이기 때문에, 나는 여기에 중국 필화筆禍 사상 대단히 가치 있는 사실史實 한 가지를 기록해두는 것이다.

「벼린 검」의 세계

주로 상하이 시대의 소설을 모은 작품집에 『고사신편故事新編』(1936)이 있다. 그 가운데 한 편인 「벼린 검鑄劍」은 광저우 시대인

1927년, 4·12 반공쿠데타 직전에 최종 원고가 완성된 것으로 추정된다. 이 작품은 위진魏晉의 『열이전列異傳』, 『수신기搜神記』 등에 나오는 미간척眉間尺의 복수담에서 제재를 따온 것이고, 그것보다 직접적으로는 작품 완성 2년 전에 입수한 이케다 다이고池田大伍 편저 『지나동화집支那童話集』(富山房)

「미간척」의 삽화

에 수록된 「미간척」에서 힌트를 얻은 것으로 보인다. "내가 대신 (너의) 복수를 해주겠다"라고 제안한 검은 옷의 남자에 대해 미간척 소년이 자신의 목을 잘라 두 손으로 바치자 검은 옷의 남자가 소년의 살아 있는 목에 입맞춤하는 장면은 오스카 와일드Oscar Wilde의 단막극 〈살로메Salome〉에서 살로메가 성자 요한의 목에 입맞춤하는 장면과 상통한다. 루쉰은 「벼린 검」의 집필 후 바로 『비어즐리 화선畵選』을 편집했는데, 비어즐리가 그린 살로메 삽화가 와일드와 루쉰을 매개했던 것일까? 「벼린 검」 속에서 검은 옷을 입은 남자는 기묘한 노래를 반복해 불렀는데, 이것에 대해 루쉰 자신은 마스다 와타루 앞으로 보낸 편지(1936년 3월 28일, 일본어로 작성)에서 이렇게 술회했다.

「벼린 검」에 그리 난해한 대목은 없다고 생각합니다. 다만 언급해두고 싶은 것은 그 작품에 나오는 노래는 모두 확실한 의미를 갖고 있지 않다는 것입니다. 기묘한 인간과 '목'이 노래하는 것이니 우리 같은 보통 사람에게는 이해하기 어려워야겠지요.

작품 속 검은 옷의 남자가 반복해서 부르는 노래의 불가해성은 심연과 같은 사랑과 증오의 정념을 안고 살아갔던 루쉰의 문학을 측량하기 어려운 것과 서로 통하는 것이 아닌가 생각된다.

4. 일본의 침략에 대한 저항과 마오쩌둥의 그림자

만주국의 독립과 일본군의 침략

북벌 후 동북지방은 상하이 공업의 유력한 시장이 되었다. 장쉐량도 개발에 전념하여, 1920년대 말에는 만철포위선滿鐵包圍線 건설에 착수했다. 그러자 일본은 1931년에 만주사변을 일으켰고, 이듬해에는 청조의 마지막 황제 푸이溥儀를 수반으로 하는 괴뢰국가 만주국을 수립함으로써 동북 3성과 내몽골의 일부를 포함하는 면적 130제곱킬로미터(일본의 3배 반)를 지배하게 되었다. 만주국 내 각 민족의 인구는 일본인 14만 명, 조선인 59만 명, 만주인 223만 명, 기타 7만 명이었다(1932). 이 중 '만주인'의 9할 이상이 한족이었다.

그런데 장제스 정권은 '안내양외安內攘外(내정을 안정시킨 다음 외국의 모욕을 퇴치한다)' 정책을 내세워 공산당 절멸에 초점을 맞춘 군사행동을 계속해나갔다. 그러나 상하이의 산업계에서는 동북 시장을 상실한 데다 화베이에서 일본 제품의 밀수입이 늘어나 고통을 겪고 있었고, 특히 상하이의 민족 부르주아 계층은 항일로 기울고 있었다.

일본은 만주사변에 이어 이듬해에 상하이 조계 밖에서도 군사행동을 일으켰다(상하이사변). 중국 측은 차이팅제蔡廷鍇가 지휘한 제19로군이 완강하게 저항하여 격렬한 시가전이 1개월 남짓 이어졌다. 현대 중국의 연구자 류후이우劉惠吾에 따르면, 상하이사변 후 공동조계 북쪽까지 확대된 일본인 거주구 훙커우는 "사실상 이미 '일본 조계'가 되어 있었다. 일본군은 도처에 보루를 쌓았고 북서천로 남단에 있는 해군 육전대 사령부에도 진지망을 구축했다"라고 했다. 상하이사변은 열국의 눈을 돌리기 위한 일본군의 모략이었지만, 눈앞에서 전개된 일본군의 침략 행위와 중국군이 분전하는 모습은 상하이 사람들 사이에 항일 의식을 고조시켰고 동북의 상실을 한층 더 절실한 것으로 느끼게 만들었다.

국방문학 논전

루쉰의 최만년인 1936년에는 국방문학 논전이 일어났다. 1935

년 후반부에 중국공산당이 항일민족통일전선을 결성키로 결정했고, 상하이의 공산당 문화 부문 지도자 저우양周揚, 샤얀夏衍 등은 코민테른 대표단 왕밍王明(본명은 천사오위陳紹禹, 1907~1974)과 캉성康生(1898~1975)의 지령을 받아 연말에 좌련을 해산하고 항일구망抗日求亡을 취지로 하는 문학예술가협회를 결성했다. 더 나아가 저우양 등은 국방문학의 슬로건을 주창하여 모든 작가에게 항일민족통일전선에 참여하고 항일구망의 국방문학을 창작하도록 호소했다.

루쉰은 가까운 제자 후펑胡風이 국민당 정부와의 관계에 관한 의혹 때문에 좌련 서기에서 해직된 1934년 가을 이후로는 좌련과 소원해져 있었다. 그리고 좌련이 뒤에서 자신을 공격하고 있다는 불신감마저 갖고 있었다. 좌련 해산 방침에 대해서는 루쉰도 동의했지만, 항일민족통일전선 정책을 위해 국방문학이라는 주제와 제재題材를 강요하는 공산당의 저우양 그룹 문학자들과 특히 좌익 작가들의 주체성을 무시한 문예정책에 반대하는 입장에 섰고, 후펑이 제출한 '민족혁명전쟁의 대중문학'이라는 슬로건을 지지했다. 저우양은 루쉰의 그러한 비판을 "'좌익 분파주의자'의 대大허풍"이라며 비판했고, 루쉰은 1936년 6월 아나키스트였던 바진巴金 등 좌익 작가 그룹과 함께 '문예공작자 선언'을 발표해 저우양 등 중국공산당 문예공작자들과 전면으로 대결했다.

루쉰의 생각은, 중국의 혁명적 정당(공산당을 가리킴)이 제출한 항일통일전선을 무조건 지지하고 모든 문학자가 항일 슬로건하에 통일하는 것에 찬성하지만 문학예술가협회는 분파 색이 짙어 거기에 참가하는 것은 유보하겠다는 것, 그리고 모든 작가가 항일의 '국방'을 위해 무조건 연합하는 것에도 찬성하지만 '국방문학'의 슬로건하에 연합하라고 해서는 안 된다는 것, 왜냐하면 국방을 주제로 한 작품을 쓰지 않더라도 다양한 측면에서 항일연합전선에 참가할 수 있기 때문이라는 것이었다.

더 나아가 루쉰은 '민족혁명전쟁의 대중문학'이라는 슬로건은 주로 좌익 작가들을 향해 주창한 것으로 '국방문학'의 문학사상이 지닌 불명료성을 보완하는 것이지 그것과 대립하는 것이 아니라고 주장했고, 후펑이나 바진 등에 대한 저우양 그룹의 비난에 맞서 그들은 신뢰할 수 있는 사람들이라고 옹호하면서 저우양 그룹의 흑색선전을 준엄하게 질책했다. 이러한 루쉰의 언동은 공산당 내에서 마오쩌둥과 대립하던 왕밍王明파에 대한 비판의 성격도 띠고 있었을 것이다. 그러나 마오쩌둥의 문예정책도 나중의 『문예강화文藝講話』(1942)에서 볼 수 있듯이 문학을 공산당의 정책 수단으로 간주하는 것이었고, 문학자의 주체성을 중시하는 루쉰 그룹의 사고방식과는 대립하고 저우양 등의 문학론과 상통하는 것이었다.

'국방문학'과 '민족혁명전쟁의 대중문학'의 양 슬로건의 대립 및 저우양 그룹의 중국문학예술가협회와 루쉰 등의 '중국문예공작자 선언' 그룹 간의 대립은 그 후 궈모뤄와 마오둔 등의 조정을 거쳐 1936년 10월 루쉰, 궈모뤄, 마오둔 등을 중심으로 루쉰의 주장을 받아들여 작성한 '문학예술계 동인들의 단결과 언론자유를 위한 선언'이 발표됨으로써 일단 해소되었다.

제7장

일본과 루쉰

1. 루쉰과 오에 겐자부로

시고쿠의 산촌에서 루쉰을 읽다

1994년 오에 겐자부로大江健三郎가 노벨 문학상을 수상했을 때 그의 어머니 고이시小石는 아들에게 이렇게 말했다고 한다. "아시아 작가 중에서 노벨 문학상을 받기에 가장 적합한 사람은 타고르와 루쉰이에요. 겐자부로는 그들에 비해 한참 떨어집니다." 오에 겐자부로에 따르면 그의 어머니는 중국 문학에 깊이 경도되어 있었고, 루쉰을 경애하여 남편 요시타로好太郎와 함께 시고쿠四國의 산촌에서 상하이로 긴 여행을 한 적도 있으며, 루쉰이 창간한 ≪역문譯文≫이라는 잡지를 오랫동안 구독했다고 한다. ≪역문≫은 1934년 9월에 루쉰이 마오둔 등과 함께 상하이에서 창간한 외국 문학 번역 전문잡지로, 오에 겐자부로의 어머니는 중국어를 읽을 수 있었다.

오에 겐자부로는 1947년에 시고쿠의 고향에 설립된 신식 중학교에 진학했는데, 그때 어머니로부터 사토 하루오佐藤春夫, 마스다 와타루增田涉가 옮긴 『루쉰 선집魯迅選集』(이와나미문고판)을 선물로 받았고, 그때 이후로 루쉰을 애독했다고 한다.•

2007년 5월 18일 '지식인이 되려면'이라는 제목의 도쿄대학 강연 때 필자가 오에 겐자부로에게 "루쉰에게서 어떤 영향을 받았습니까" 하고 묻자 그는 대략 다음과 같이 대답했다.

> 루쉰은 자유롭게 단편소설을 쓰면서 소설의 형식을 만들고 있었습니다. 한 사람의 지식인이 세계를 향해 절실한 그 무엇을 호소한다는 그런 스타일을 가지고 있었고, 몸을 던져 시대를 고발했습니다. 나도 단편소설을 쓸 때 종종 루쉰을 생각했습니다.

루쉰 독서사

오에 겐자부로는 데뷔작 「기묘한 일奇妙な仕事」(1957)을 집필하기 전에 쓴 시에 나오는 '큰 희망을 품은 공포의 비명'이라는 행에 대해 "루쉰으로부터 인용한 것일 텐데 확실히는 모르겠습니다"라는 말을 한 바 있다.•• 이 행은 과거科擧 만년 낙방생의 이상심리를

• 大江健三郎, "定義集", ≪朝日新聞≫, 2006. 10. 17 朝刊.

•• 大江健三郎, "定義集", ≪朝日新聞≫, 2008. 8. 19 朝刊.

안드레예프의 수법으로 묘사한 「공을기」의 형제 작품이라 할 수 있는 「백광白光」 말미에 나오는 말이다. 후자는 사토 하루오와 마스다 와타루가 옮긴 『루쉰 선집』에는 수록되지 않았고 1955년에 간행된 다케우치 요시미의 『아Q정전·광인일기』에 수록되었다. 오에 겐자부로는 「기묘한 일」을 쓰기 시작하기 전에 다케우치 역의 이와나미문고본으로 루쉰을 다시 읽었던 것이다.

그리고 그 인용구의 출전이 「백광」이라고 내가 알려드리자 오에 겐자부로로부터 "『들풀』 이후였다고 생각했기 때문에 다른 작품들만 조사했고 그래서 찾아낼 수 없었던 것이네요"라는 답장을 받았다.

오에 겐자부로의 루쉰 독서사史 관련 에피소드가 이야기해주듯이 루쉰은 전전戰前부터 일본에 친숙한 인물이었고, 그의 문학은 외국문학이면서도 현재 일본에서 국민문학적 취급을 받고 있다. 본 장에서는 루쉰이 일본에 수용된 역사를 더듬어보기로 한다.

2. 세계 최초의 소개

『일본 및 일본인』에서

루쉰이 일본의 저널리즘에 최초로 소개된 것은 일본 유학의 마지막 해인 1909년으로, 메이지 중기의 대표적 언론인인 미야케

세쓰레이三宅雪嶺(1860~1945)가 주필을 맡고 있던 반半월간지 ≪일본 및 일본인日本及日本人≫의 5월 1일호를 통해서였다. 같은 호는 '문예잡사文藝雜事' 코너에 "우리나라에 거주하는 저우 모라 불리는 아직 이십오륙 세밖에 안 되는 중국인 형제가 영어나 독일어로 된 서양 작품들을 왕성하게 읽고 『역외소설집』이라는 30전錢밖에 안 되는 책을 도쿄에서 제작하여……"라는 기사를 실어 루쉰과 저우쭤런 형제의 세계문학전집(『역외소설집』) 제1권의 간행을 전했다. 덧붙이자면 루쉰의 본명은 저우수런이고, 이것은 중국을 포함해 세계에서 최초로 루쉰을 소개한 문장이다.

'루쉰'이라는 필명이 처음 소개되다

1920년대 들어 고전 중국문학자 아오키 마사루青木正兒(1887~1964)가 「후스를 중심으로 소용돌이치는 문학혁명胡適を中心に渦いてゐる文學革命」이라는 논문을 썼고, 또 "소설에서 루쉰은 장래가 있는 작가다. 그의 『광인일기』 같은 작품은 한 박해광狂의 공포스러운 환각을 묘사함으로써 중국 소설계가 지금까지 도달하지 못했던 경지에 발을 디뎌놓았다"라고 소개했다.• 이것이 '저우 모'가 아니라 '루쉰'이라는 필명이 일본에 소개된 최초의 기록이다. 아오키는 이때 문학혁명이 중국의 지식계층과 제도에 미친 임팩트가

• 青木正兒, 「胡適を中心に渦いてゐる文學革命」, ≪支那學≫, 1券 1~3号(1920年 9~11月).

얼마나 큰지를 충분히 알면서 루쉰을 소개했을 것이다.

루쉰 형제의 첫 일본어 번역

루쉰 문학의 첫 일본어 번역을 실은 것은 베이징의 일본어 주간지 ≪북경주보北京週報≫(1922년 6월 4일, 제19호)인데, 역자는 저우쭤런이고 작품은 「공을기」였다. ≪북경주보≫는 그 후로도 루쉰 자신이 번역한 동화 「토끼와 고양이兎和猫」를 싣거나 루쉰과의 인터뷰 기사를 싣는 등 루쉰을 소개하는 데 많은 노력을 기울였다. 루쉰은 자작 동화를 어떻게 일본어로 번역했을까? 작품 앞머리의 1절을 인용해보겠다. 참고로 전문은 필자가 옮긴 『고향·아Q정전』(光文社 古典新譯文庫)에 수록되어 있다.

> 自分の家の後に住んで居た三郎君の奥さんは、夏頃子供達に見せるのだと云って、二匹の白い兎を買ひ込んだ。
>
> 其の二匹の白い兎は親を離れたばかりらしかった、異類とは云ないがら矢張り無邪氣な所がよく見えた、併し小い桃色の耳を立たして鼻の穴を動かしながら、目には頗る警いた様な又疑ふ様な様子をも表はして居た、多分周圍の有様が變に成ったから、怎しても元の家に居たときの様に安心して遊ぶことが出來なかったのだろう。若し縁日に自分で買ひに行くと、こんなものは大抵一匹二十錢で澤山だけれど、奥さんは一円程出

したさうだ、其は小使に店で買はしたからである．

小供達は云ふまでもなく大に悅んで騷ぎながら集って見に來たが、大人までも見物に幾人の集った。又エスと云ふ犬が一匹居たから其も飛んで來た、併し近づいてちよっと白を嗅ぐとくしやみを一つして少し退いた。奥さんは手を擧げて「エス、覺えておいで、咬み付いちやいけなぞ」と叱りながらぴちやんとエスの頭の上に一擊を加へた。エスは行って仕舞った、それから後には本當に一度も咬み付いたことがなかった。

여름 무렵 우리 뒷집에 살고 있는 미치로 씨의 부인이 자기 아이들을 위해 흰 토끼 한 쌍을 샀다.

그 흰 토끼 한 쌍은 어미와 떨어진 지 얼마 안 되어 보였는데, 짐승이라 할 수 없을 정도로 여러모로 천진난만함을 드러내고 있었다. 그러나 복사 빛의 작은 귀를 쫑긋 세우고 코를 벌름거리며 눈에 자못 놀란 기색을 나타내고 있는 것이, 아마 전에 있던 집에서처럼 마음 놓고 놀 수는 없는 모양이었다. 이런 것들은 연일緣日에 내가 나가면 한 마리당 20전이면 충분히 살 수 있는데 부인은 1엔씩이나 준 것 같았다. 사환을 시켜 사오게 했기 때문이다.

아이들은 물론 너무 좋아 토끼를 둘러싸고 떠들어댔고, 어른들도 몇 사람 모여들었다. 그 집에는 S라는 이름의 개가 한 마리 있었는데 그 녀석도 뛰어와 코로 한번 냄새를 맡아보더니 재채기를 하고 뒤로 물러섰다. 부인은 S를 향해 "너, 물면 안 돼, 알았어?" 하며 꾸짖고는 그의 머리를 한 대 때렸다. 그러자 S는 모습을 감추었는데, 그 후로 진짜 한 번도 물지 않았다.

이 작품은 루쉰의 뒷집을 무대로 하여 토끼 한 쌍과 그 새끼들, 그리고 그 토끼들에게 애정을 쏟는 젊은 부인과 그 아이들을 따뜻하고 흐뭇한 필치로 묘사하는 한편, 부조리한 자연에 대해 결연한 반항의 목소리를 곁들인 이색적인 '동화'다. 루쉰은 도쿄 시대에 중국 최초로 안데르센을 번역할 계획을 세운 일도 있고, 또 실제로 에로셴코의 일본어 동화 두 권을 번역하기도 했거니와, 상당히 리드미컬한 문체의 소유자였다고 할 수 있다.

일본인 커뮤니티가 한 역할

루쉰은 7년간, 그리고 저우쭤런은 5년간 일본에서 유학 생활을 했고, 게다가 저우쭤런과 막내아우 저우젠런의 처 하부토 노부코, 하부토 요시코는 자매였다. 저우 삼형제와 어머니가 함께 살았던 베이징의 루쉰 집에서는 도쿄로부터 우송된 ≪요미우리신문≫을 읽고 ≪신조新潮≫ 등 일본의 문예지들을 정기 구독했다. 그리고 5·4운동기 베이징에는 ≪북경주보≫의 기자 마루야마 곤메이丸山昏迷(본명은 마루야마 고이치로丸山幸一郎, 1895~1924) 등 약 1,500명의 일본인이 살고 있었는데, 이 일본인 커뮤니티가 일본과 중국

양국의 문화 교류에 큰 역할을 하고 있었다. 루쉰 문학을 저우쭤런이 일본어로 처음 번역했고, 그것이 베이징의 일본어 주간지를 통해 공개된 배경에는 근대사에서 일본과 중국 간에 그처럼 친밀하고도 복잡한 관계가 가로놓여 있었던 것이다.

시미즈 야스조의 루쉰 소개

「공을기」를 실은 지 5개월 후 ≪북경주보≫의 기고자로서 루쉰과도 교류하던 선교사 겸 사회사업가 시미즈 야스조清水安三(1891~1988)가 ≪요미우리신문≫에 「주삼인周三人」이라는 에세이를 연재해 일본 국내에 루쉰을 소개했다. 시미즈는 그 밖의 에세이를 합해서 1924년에 『지나 당대의 신인물支那當代新人物』과 『지나의 신인들과 여명운동支那新人と黎明運動』(이상 大阪屋號商店)이라는 두 권의 저서를 냈다. 다이쇼 시기에도 아오키 마사루에서 시미즈 야스조로, 루쉰에 대한 소개자가 착실히 이어지고 있었던 것이다.

3. 문고판 『루쉰 선집』과 『대루신 전집』

일본인에 의한 최초의 번역 작품 「고향」

루쉰은 1919년에 무샤노코지 사네아쓰의 반전反戰 희극 『어느

청년의 꿈或る青年の夢』을 중국어로 번역했고, 역으로 1927년에는 무샤노코지가 주재하던 월간지 ≪대조화大調和≫ 10월호가 루쉰의 단편 「고향」을 번역해 실었다. 역자는 불명인데 이것이 일본 국내에서 루쉰을 번역한 최초의 일이다.

중국에서는 그 전해부터 북벌전쟁이 개시되었고, 국민혁명이 진행되고 있었다. 일본의 프롤레타리아문학운동은 중국의 좌익 작가들을 주목하여 몇 차례 루쉰의 이름을 언급하기도 했으나, 그 이해 수준이 낮았고 또 부정확했다. 그런 가운데 모 통신사의 광둥 특파원이었던 야마가미 마사요시山上正義가 문예지 ≪신조≫ 1928년 3월호에 「루쉰을 이야기한다魯迅を語る」라는 에세이를 발표했다. 이 에세이는 광둥 시대의 루쉰의 모습을 선명하게 묘사해 루쉰론으로서도 뛰어난 작품이다.

독서계에서 잊을 수 없는 이름이 되다

1928년 이후 루쉰의 번역 작품이 늘어나 1937년에는 가이조샤改造社에서 『대루신 전집』 전 7권을 발간했다. 그리하여 루쉰은 일본 독서계에서도 잊을 수 없는 이름이 되었다.

가이조샤판 『대루신 전집』과 함께 영향력을 행사한 것이 이와나미문고판 『루쉰 선집』(1935)이었다. 그 편집자 사토 하루오(1892~1964)는 와카야마 현和歌山縣 신구 정新宮町에서 선조 대대로 한학을 애호하던 의사 집안에서 태어나 1918년에 「전원의 우울田

園の憂鬱」이 포함된 『병든 장미病める薔薇』로 다이쇼 문단에 화려하게 데뷔했고, 소설 「죠카이센 기담女誡扇綺譚」(1926) 등을 통해 일본의 식민지 지배에 대한 비판과 타이완의 민족주의에 대한 공감을 토로했으며, 톈한, 위다푸 등의 중국인 유학생들을 자택에 초대해 가깝게 교제했다. 한편 베이징에서는 1923년에 루쉰과 저우쭤런이 사토 하루오의 작품을 번역해 소개했다.

마스다 와타루의 『루신전』

사토 하루오는 도쿄제국대학 중국문학과(현 도쿄대학 문학부 중국문학 전수과정)의 제자 마스다 와타루가 1931년에 상하이로 떠나게 되자 우치야마 간조 앞으로 소개장을 써주었고, 우치야마 간조는 마스다 와타루를 루쉰에게 인도했다. 그 직후부터 마스다 와타루는 매일 루쉰의 아파트로 가서 『눌함』, 『방황』, 『중국소설사략』 등에 대해 하루에 세 시간씩 개인 교수를 받는 행운을 누릴 수 있었다. 마스다가 소장하다가 기증하여 현재 간사이대학關西大學 도서관의 마스다 와타루 문고增田涉文庫에 보관되어 있는 루쉰의 소설집 『눌함』이나 『방황』을 펴 보면 루쉰이 쓴 주석이나 마스다가 적어 넣은 메모가 도처에 있다.

그렇게 루쉰의 "강렬한 인격에 압도당한" 마스다가 "지금의 중국에 이러한 인물이 있다는 것을, 이러한 인물을 배출한 중국의 현실과 함께 일본에 알리고 싶다"라는 마음으로 저술한 것이 『루신전魯迅傳』이다. 그리고 사토 하루오도 "빠른 속도로 일독했는데, 대단히 재미있었음. 아니, 재미있었다기보다 루쉰 선생의 위대함에 감동했다고 말하는 편이 적절함"이라고 답신했고, 직접 가이조샤 사장 야마모토 사네히코山本實彦와 담판하여 무명 신인의 원고가 종합잡지 ≪개조≫에 실리는 일을 성사시켰다.

보급에 기여한 『루쉰 선집』

마스다 와타루와 함께 번역해 발간한 『루쉰 선집』(岩波文庫)은 약 10만 부가 판매되어 루쉰을 일본 및 일본의 식민지 통치하에 있었던 타이완과 한국에 보급하는 데 크게 기여했다. 이 『루쉰 선집』과 관련해 필자도 이런 체험을 한 바 있다. 2000년 12월에 한국현대중국문학학회의 초청으로 서울대학교에 머물 때 일인데, 하루는 낮에 심포지엄 일정이 없어 도서관 견학에 나섰다. 그런데 도서관에서 뜻밖에도 이 이와나미문고판을 만난 것이다. 서가에서 살짝 빼서 펴 보니 한국인 기증자의 사인이 적혀 있었다. 아마 전전의 애독서를 전후에 모교에 기증했던 것인 듯했다. 1910년부터 1945년까지 일본의 식민지 지배는 동아시아에 커다란 불행이었다. 그러나 식민지 체제에 굴복하지 않은 한국인들은 강요받은 '국어'인 일본어를 활용해 루쉰을 읽으며 저항정신을 길렀던 것이다. 세련되고 총명해 보이는 현대 한국의 젊은이들이 오가는 대학 도서관에서 나는 깊은 감개를 느꼈다.

사토 하루오의 진지한 노력

사토 하루오는 이와나미문고판 발간 이전에도 건강이 좋지 않은 루쉰을 일본에 초청해 요양시키려고 뛰어 다니기도 했고, 루쉰도 "나는 실로 뭐라 감사의 뜻을 표해야 할지 모를 정도로 감사해하고 있습니다"•라고 썼다. 루쉰이 친구 정전쩌鄭振澤와 함께 엮어 1933년에 간행한 『북평전보北平箋譜』는 명청 시대부터 베이징에 전해져 내려온 목판수인대형편전木版水印大型便箋의 한정 목각본인데, 루쉰은 그 한 부를 사토 하루오에게 기증하기도 했다. 현재 신구 시新宮市에 있는 사토 하루오 기념관에는 루쉰이 증정한 그 책이 문아文雅한 모습으로 펼쳐져 있는데, 표지 안쪽에 "사토 하루오 선생께 보여드립니다. 루쉰 1934년 3월 27일, 상하이佐藤春夫先生雅鑒 魯迅 一九三四年 三月 二十七日, 上海"라는 헌사가 적혀 있다.

중국문학연구회에 의한 소개

다케우치 요시미, 다케다 다이준武田泰淳, 오카자키 도시오岡崎俊夫 등의 노력으로, 주로 도쿄제국대학 중국문학과의 학생 및 OB들을 중심으로 한 중국문학연구회가 발족한 것이 1934년의 일이었다. 이 단체는 1935년부터 1943년까지 월간 기관지 ≪중국문학中國文學≫ 전 92호를 발행하면서 루쉰과 그 밖에 저우쭤런, 궈모

• 우치야마 간조 앞으로 보낸 일본어 편지, 1932년 4월 13일 자.

뤄, 위다푸, 마오둔, 라오서老舍, 바진巴金, 선총원沈從文 등 근대 중국문학의 대표적 작가들을 소개하고 번역했다.

4. 중국어교과서로서

다나카 게이타로의 『루쉰 창작선집』

중국어 교실에서 루쉰의 작품들이 교과서로 읽혔다는 것도 빠뜨려서는 안 될 듯싶다. 1920년대 전반기에 도쿄외국어학교 중국어부(현 도쿄외국어대학 중국어과)의 교원 OB들로 구성된 '도쿄외국어그룹'이 루쉰을 비롯한 5·4의 신문학 작품들을 중국어 교실의 중급 교과서로 채택했고, 1929년에는 가미야 고헤이神谷衡平가 엮은 『현대중화국어문독본現代中華國語文讀本 전·후』 및 미야코시 겐타로宮越健太郎가 엮은 『지나현대단편소설집支那現代短篇小說集』이 간행되었는데, 각각 「연」, 「토끼와 고양이」, 「궁지거宮芝居」 및 「고향」이 실렸다.

그러한 교과서 중에도 도쿄외국어학교 중국어부의 OB이면서 서점 겸 출판사인 분큐도文求堂의 주인인 다나카 게이타로田中慶太郎가 직접 엮은 『루쉰 창작선집』(1932)이 특히 주목을 끈다. 이 책은 루쉰의 정식 허락을 받아 출판된 것으로, 1932년 6월 『루쉰 일기』에 이 책 5권의 인세로 50엔을 받았다는 것이 기재되어 있는

데, 정가 50전에 인세율 5~10%를 적용하면 초판 인쇄가 1,000~2,000부였던 것으로 추정할 수 있다. 쇼와 45년(1970년 — 옮긴이) 1월에 제4쇄가 나왔다. 중국어 원문을 인쇄한 것으로서는 당시로서도 상당한 매출이었다고 할 수 있을 것이다.

문화 교류를 위한 대구상

루쉰은 중국소설사 연구를 위해 1926년에 분큐도에서 간행한 『고본 삼국지연의古本三國志演義』와 관련해 다나카 게이타로와 서신을 주고받은 바 있고, 그 후로 분큐도에서 낸 『요재지이열전聊齋志異列傳』 등을 구입했으며, 『루쉰 창작선집』 발간 때에는 루쉰 스스로 40개 항목에 달하는 정오표를 작성해서 분큐도로 하여금 그것을 인쇄해 판매할 책에 넣게 하기도 했다. 더욱 흥미로운 것은 다나카 게이타로가 그의 사위이자 후에 가나자와대학金澤大學 교수로서 중

魯迅創作選集正誤表

頁	行	誤	正
三	6	「有的叫	有的叫
八	5	仲出	伸出
八	6	還缺	還欠
一〇	2	獨抱	獨托
一四	9	剌得	刺得
一五	9	古口亭口	古口亭口
二四	5	搜斃	痪斃
三三	2	你怎	「你怎
三六	8	他想；	他想：
三六	11	同上	同上
三七	1	未而	而未
四〇	5	汗流面	汗流滿面
四〇	7	咳	「咳
四三	6	擊起	擎起
四三	7	氣和氣	氣和
四八	10	抽筋骨	抽緊筋骨
五〇	1	依了頭	低了頭
五〇	2	說；	說：
五六	9	且跑	且跑
六七	10	罪過阿	罪過呵
六八	10	還里	「還里
七七	12	姑在	站在
八一	2	伊便	他便
八四	7	酒醉了	酒醉
八七	4	赤給	交給
八八	1	一驚	一驚
八九	6	他敢	也敢
八九	6	塵咳	塵該
九五	5	走走	便走
九五	9	不分明	不很分明，
九七	8	錢搡	銑搡
九八	10	而爲	而然
一〇〇	8	性形	情形
一〇三	4	他想；	他想：
一〇三	12	瞳	睡
一〇五	5	唱呆	喝呆
一一三	1	剌去	刺去
一一六	5	閃電似	閃電似的
一一七	11	抱你	抱過你
一二四	11	傍我們	傍晚我們

右の外　六頁8行、二一頁6行、二二頁6行・7行、二五頁12行、二六頁6行、二七頁5行、一二〇頁5行の眼睛は眼睛の誤りなりとす。

『루쉰 창작선집』 정오표

국사를 강의한 마스이 츠네오增井經夫를 상하이로 파견해 루쉰에게 일본에 와서 요양하도록 권하기도 했다는 사실이다.

다나카 게이타로는 루쉰의 일본 요양을 성사시키기 위해 뛰어다녔을 뿐만 아니라 그에 앞서 1928년에는 실제 일본에 망명해 온 궈모뤄를 돌봐주기도 했다. 다나카 게이타로의 극히 따뜻한 태도로 볼 때 그에게는 중국어교과서 출판에서 시작해 일본과 중국 간 문화계의 교류로 발전해가는 커다란 문화 구상이 있었던 것으로 필자는 생각한다.

그리고 '도쿄외국어그룹'을 중심으로 1930년대에 간행한 『지나어支那語』 등의 어학 학습지에서도 대역對譯 형식 등으로 루쉰의 작품을 다루었다. 도쿄외국어학교 중국어부의 OB인 오다 다케오小田嶽夫는 항저우 영사관 근무 시절의 체험을 바탕으로 지은 소설인 「성외城外」로 1936년에 제3회 아쿠타가와상을 수상한 후 1941년에 평전 『루신전』을 썼다.

5. 다자이 오사무의 『석별』과 다케우치 요시미의 『루쉰』

『석별』: 루쉰을 모델로 한 청춘소설

다자이 오사무(1909~1948)에게는 일본 유학 시절의 루쉰을 모델로 한 청춘소설이 있다. 『석별惜別』이라는 작품이 그것인데,

"동북 지방의 한 구석에 있는 작은 읍" 출신으로 후에 그 지방의 어느 촌에서 개업의로 살아온 한 노의사가 "40년도 더 되는 그 옛날" 센다이의학전문학교의 동급생 루쉰과 교유했던 것과 담임 교수 후지노藤野 선생님과 교류했던 것을 회상하는 형식의 청춘 이야기다.

다자이 오사무는 「달려라 메로스走れメロス」(1940) 같은 우정을 둘러싼 동화를 몇 편 썼는데, 『석별』도 국경을 뛰어넘은 우애에 관한 이야기라 할 수 있다. 이 『석별』에 센다이의학전문학교의 동급생들이 명승지 마쓰시마松島에 놀러 갔던 때의 이야기가 나오는데, 화자인 '내'가 우연히 동급생 루쉰이 소학교 때의 창가 「구름의 노래」를 부르는 것을 듣는다. 루쉰의 노래 소리를 들은 '나'는 "장단도 안 맞고, 뭐라고 해야 하나, 진짜 형편없는 솜씨"라고 평했다. 이미 말한 대로 루쉰은 유소년 시절부터 미술에 관심이 많았고 상하이 시대에는 영화 쪽에도 깊은 관심을 기울였으나 이상하게도 음악에는 아무런 흥미를 보이지 않았다. 다자이 오사무의 루쉰 음치설은 상당히 예리한 통찰이라 할 수 있을 것이다.

이 마쓰시마에서 음치라는 것을 드러낸 루쉰이 동급생 '나'와 여관에서 하룻밤을 보내게 되는데, "저우 군이 도테라褞袍 잠옷(보통의 기모노보다 좀 더 넉넉하게 만든 솜옷 — 옮긴이)으로 갈아입으니 그 차림새가 마치 상가商家의 도련님처럼 맵시가 있었다"라고 '나'는 묘사했다. 루쉰이 도쿄의 하숙집에서 와후쿠和服(일본옷 — 옮긴

와후쿠 차림의 루쉰
(오른쪽 끝)

이)를 늘어뜨린 채 다다미에 단정히 앉아 있는 사진을 우리는 지금 각종 도록이나 『루쉰 전집』 등을 통해 쉽게 볼 수 있지만, 『석별』 집필 당시 다자이 오사무는 그와 같은 유학생 시절의 사진을 접할 기회가 없었을 것이다. 그런 다자이가 "상가의 도련님처럼 맵시가 있었다"라는 식으로 루쉰의 모습을 그려낸 것은 그야말로 뛰어난 상상력이 사실에 육박한 것이었다고 하겠다.

『석별』에 대한 평가는 왜 낮을까

이처럼 『석별』은 음치이지만 맵시 있는 루쉰, 곧잘 웃는 청년 루쉰을 솜씨 있게 잘 그려냈는데도 「달려라 메로스」 등과 비교해 보더라도 작품에 대한 평가가 낮다. 그 이유는 무엇일까? 다자이와 동시대의 루쉰 연구자로 카리스마 넘치는 비평가였던 다케우치 요시미(1910~1977)가 "루쉰의 문장들을 마음대로 무시해버리고 오직 작자의 주관에 의해 꾸며낸 루쉰상, 아니 작자의 자화상이다"(『花鳥風月』, 1956)라고 혹평한 것도 그 이유의 하나가 되었을 것이다.

다케우치는 전시인 1943년 11월에 평론 『루쉰魯迅』을 썼고, 그 다음 달에 소집영장을 받아 입대해 중국 전선에 보내졌다. 그런 가운데 그의 맹우盟友 다케다 다이준武田泰淳의 교정을 거쳐 1944년 12월에 『루쉰』이 간행되었고, 다케우치의 희망에 따라 한 부가 다자이에게 헌정되었다. 한편 다자이는 동료 작가 오다 다케오가 쓴 『루신전』과 일본어판 『대루신 전집』 전 7권(改造社, 1937)을 다 읽고 나서 "센다이의전의 역사…… 센다이 시의 역사를 알기 위하여" 현지조사까지 실시했고 또 다케우치의 『루쉰』을 숙독했으며, 그런 다음 『석별』의 집필에 들어갔다. 그런 경위에 대해 다자이 자신이 '『석별』 후기'에 다음과 같이 썼다.

> 오다小田 씨에게도 『루신전』이라는 봄날의 꽃처럼 감미로운 명저가 있지만, 내가 이 소설을 쓰기 시작하기 직전에 뜻밖에도 다케우치 요시미 씨가 최근 출판된 그의, 역시 추상같이 준엄한 명저 『루쉰』을 내게 보내 왔다. …… 그 책 말미에 이 중국문학의 준재가 나의 볼품없는 소설들을 진작부터 좋아했다는 뜻밖의 사실이 기재되어 있어 나는 낭패감에 얼굴이 빨개졌고 그 기연奇緣에 감분하여 소년처럼 크게 힘이 나서 이 책을 시작했던 것이다.

다자이가 여기서 오다의 『루신전』을 "봄날의 꽃처럼 감미로운"이라고 평한 것은 그 책이 처음부터 끝까지 감동적인 위인전이었기 때문일 것이다. 그에 비해 다케우치의 『루쉰』은 그 어떤 비평이나 해설도 없이 단도직입적으로 "루쉰의 소설들은 별로다"라고 단정했고, "「비누」는 우작愚作이고 「약」은 실패작이다", "「상서」를 나는 악작惡作이라 생각한다"는 등으로 루쉰의 작품을 평가절하했다. 다자이가 다케우치의 『루쉰』을 "추상같이 준엄한"이라고 평한 것은 다분히 루쉰에 대한 작가로서의 동정을 나눈 것이었으리라.

신화화된 다케우치 요시미의 『루쉰』

다케우치는 또 정치와 문학의 대립 구도 속에서 루쉰론을 전개했다. 그런데 전시하에 살아가던 다케우치에게 '정치와 문학'이 대단히 심각한 의미를 지녔기는 하나, 루쉰이 살았던 1900년대부터 1930년대에 이르는 중국에서 정치와 문학은 다케우치가 직면했던 전시 일본의 상황과는 상당히 달랐다. 다시 말해 루쉰에 대한 다케우치의 의론은 불모의 관념론이었다고 할 수 있다. 다케우치의 『루쉰』과 비교해 다자이는 "소년처럼 크게 힘을 내어", "중국인을 경멸하지 않고 또 경박하게 치켜세우는 일도 없이 소위 담백하고 독립친화적인 태도로 젊은 저우수런을 올바로 존중하여" 묘사했을 것이다. 다자이가 만약 저승에서 다케우치의 "오직 작자의 주관으로 꾸며낸 루쉰상 — 아니 작자의 자화상"이라는 비판을 읽었다면 아마 그 비판을 그대로 다케우치에게 돌렸을 것이다.

그러나 다자이가 "추상같이 준엄한 다케우치의 명저 『루쉰』"이라는 표현을 쓴 것 때문에 "다자이가 다케우치의 『루쉰』으로부터 깊은 충격을 받았다"는 신화가 형성되었다. 예컨대 오쿠노 다케오奧野健男(1926~1997)는 신초문고新潮文庫판 『석별』의 해설(1973)에서 다음과 같이 기술했다.

> (다자이는 — 옮긴이) 루쉰상이 자신과 다르다는 것을, 다시 말해 자신에게 끌어당기기 어려운 상이라는 것을 알았고, 오다 다케오의 『루신전』을 토대로 형성한 자신의 소설 세계가 파탄 나는 것을 느꼈다. 그러나 전쟁의 최말기 상황에서 누가 뭐라 해도 소설을 쓰겠다는 백성의 똥고집이 발동되었다. (그는 — 옮긴이) 다케우치 요시미의 루쉰까지를 자신에게 끌어당겨, 루쉰을 빌렸으되 그 내용은 루쉰이 아닌 다자이 자신의 자기 고백을 썼다.

루쉰 콤플렉스에 빠져 있는 다케우치의 『루쉰』

앞에서 인용한 대로 다자이 오사무 자신은 다케우치 요시미의 『루쉰』을 받고는 "그 기연에 감분하여 소년처럼 크게 힘이 나서" 『석별』을 쓰기 시작했다고 말했다. 도대체 『석별』의 어디에서 '파탄 나는' 것을 찾을 수 있다는 말일까? "자신에게 끌어당기기 어려운 루쉰상"과 싸우고 있었던 것은 다자이 오사무가 아니라 다케우치 요시미 자신이었다. 그런 의미에서 오쿠노 다케오의 『석별』 해설은 다케우치의 루쉰 콤플렉스를 오쿠노 자신이 계승하고 있음을 드러낸 것이었고, 루쉰 콤플렉스를 지닌 사람들 속에 다자이를 억지로 끌고 들어간 문장이었다고 할 수 있을 것이다. 덧붙이자면, "백성의 똥고집"이라는 말은 다자이가 『15년간十五年間』(1946)이라는 회상기에서 "비국민으로 취급"당하고 "발표 직후 40매의 소설을 처음부터 끝까지 전문 삭제"당하던 태평양전쟁기의 "엄혹한 시대"를 되돌아보면서 "이제 최후까지 버티며 소설을 써 나가지 않는다면 잘못이라 생각했다. 거기에 이유는 없었다. 백성의 똥고집이었다"라고 쓴 것을 오쿠노가 인용한 것이다.

전쟁협력문학이었던 『석별』

원래 『석별』이 전쟁협력문학이었다는 점도 작품 평가에 영향을 미쳤을 것이다. 이 작품이 발간된 것은 일본이 패전한 다음 달인 1945년 9월이지만, 오자키 호쓰키尾崎秀樹가 지적했듯이 이 작품은 대동아회의大東亞會議(1943년 11월)에서 발표된 "대동아 각국은 상호 자유독립을 존중하고…… 대동아의 친화를 확립한다"라는 공동선언에 따른 내각 정보국과 일본문학보고회日本文學報告會의 위촉 및 조성금을 받아서 쓴 것이었다. 일본이 1941년 12월에 태평양전쟁을 일으킨 목적은 미국과 영국의 경제 봉쇄에 대응해 자원과 시장을 확보하기 위한 이른바 '자존자위自存自衛'에 있었는데, 개전 후에는 동아시아에서 영국과 미국, 네덜란드 등 제국주의 국가들을 대신한 새로운 침략자로 군림하고 있었다. 그러나 1943년 4월 주중 대사로 있다가 외상에 임명된 시게미쓰 마모루重光葵는 일본의 패전을 예측하고 (아시아 제국에 독립을 부여하는) 아시아 해방의 이념을 전쟁의 제일 목적으로 설정하려 했다. 일본이 1943년 1월 난징 정권에 외국 조계를 되돌려주고 치외법권을 철폐한 것을 계기로 아시아 제국에 차차 독립을 부여했던 것은 이러한 대동아 외교의 실천이었고, 도쿄에서의 대동아회의는 그것의 총정리였다.

전후의 다자이 오사무와 다케우치 요시미

다자이 오사무는 전후 『사양斜陽』, 『인간실격人間失格』 등을 쓰다가 1948년에 마음속으로 자살心中自殺을 했는 데 비해 다케우치 요시미는 루쉰 및 근현대 중국문학을 소개하는 데 진력하여, 『세계문학 핸드북·루쉰』(1948), 『루쉰 잡기魯迅雜記』(1949) 등 루쉰론 또는 이와나미문고의 『루쉰 평론집』(1953), 지쿠마서방의 『루쉰 작품집』(1953) 등의 번역서를 잇달아 발간했다. 그리하여 다케우치의 루쉰 해석을 사람들이 '다케우치의 루쉰'이라 칭할 정도가 되었다. 그런데 그 사이에 다케우치의 루쉰론에 큰 변화가 일어났다. 예를 들면 루쉰의 대표작 「광인일기」에 대해 전시에는 이 작품의 가치가 구어에 의한 창작이라든가 반봉건의 테마에 있다고 보지 않고 "이 치졸한 작품에 의해 어떤 근본적인 태도가 (루쉰의 심중에 – 옮긴이) 들어섰다는 데"에 있다는 식의 말을 했었으나, 1966년의 『루쉰 작품집』 해설에서는 "중국의 낡은 사회제도, 특히 가족제도와 그것을 떠받치는 정신적 지주인 유교 윤리의 허위성을 폭로한다는, 루쉰의 근본적이고 가장 큰 모티브에 의해 쓴 작품"이라고 크게 달라진 평을 내놓았다.

이처럼 다케우치의 루쉰론이 질적으로 변화한 데에는 1949년의 중화인민공화국 건국 내지 인민혁명의 성공이 큰 영향을 미친 것으로 생각된다. 막부 말기 이래 100년 가까운 역사에서 일본과 중국 양국은 모두 구미로부터 배우며 국민국가 건설에 매진하는 라이벌 관계에 있었는데, 일본이 일청전쟁(1894~1895)을 통해 근대화 경쟁에서 우위를 차지하게 되자 (일본은) 구미의 식민지주의를 따라 중국 진출에 나섰고 끝내 만주사변(1931)을 거쳐 일중전쟁이라는 전면 침략을 개시했다. 그러나 전후 패전국이 된 일본은 1952년의 독립 회복 시까지 미국의 점령하에 두어졌는 데 비해 중국에서는 국공내전을 거쳐 공산당이 국민당을 구축하고 '분홍빛'의 사회주의국가를 건설했다. 전전의 '선진 일본, 후진 중국'이라는 구도는 역전되었고, 많은 일본인의 눈에는 사회주의 신新중국이 빛나 보였다. 다케우치 등 중국문학자들을 비롯한 많은 일본인이 인민공화국에 지나친 기대를 품고 사회주의 중국을 찬미했다. 그것은 멸시와 피침략의 반세기에 대한 반동反動이기도 했다.

그 후로도 다케우치는 최만년까지 『현대중국론』, 『국민문학론』 등을 상재했고, 중국을 거울로 삼아 근대 일본을 비판하는 평론가로 활약했다. 전후 루쉰 연구자로서의 그러한 명성에 힘입어 다케우치가 그의 『루쉰』(1944)에서 묘사한, 정치와 문학의 대립으로 고뇌하던 루쉰상이 일본 독서계에 널리 퍼졌고, 다자이가 『석별』에서 묘사한 상냥하게 웃고 인간미 넘치며 개성적인 루쉰상은 뒤로 밀려났다.

6. 다양한 루쉰 연구

보급에 큰 역할을 한 다케우치 요시미

패전 후 미군 점령하의 일본에서는 중국인들의 인민혁명에 대한 관심이 커졌다. 그 무렵에 루쉰 및 근현대 중국문학의 소개에 중요한 역할을 한 것이 다케우치 요시미, 마쓰에다 시게오松枝茂夫, 오노 시노부小野忍, 마스다 와타루 등 중국문학연구회 구 멤버들이었다. 다케우치 요시미는 전시인 1944년에 평론 『루쉰』을 발간했고 1953년에는 이와나미서점의 『루쉰 평론집』과 지쿠마서방의 『루쉰 작품집』을 발간했다. 이 세 권의 평론집과 번역서를 바탕으로 다케우치는 1970년대에 이르기까지 일본에서 루쉰 소개의 일인자가 되었고, 연구회의 다른 멤버들도 각각 근현대 중국문학 소개자로서 중요한 위치를 차지했다. '다케우치의 루쉰'이라는 별칭까지 붙게 된 다케우치 요시미의 루쉰론은 루쉰 내지 동시대 중국을 실마리 삼아 일본의 근대화와 일본의 현재를 비판하려 했던 특이한 외국문학 겸 일본문화 비평이있다. 다케우치가 마스다 와타루, 마쓰에다 시게오와 함께 엮은 『루쉰 선집』 전 13권(岩波書店, 1956. 1964년에 증보개정판 발간)은 전후 일본의 독서계에서 루쉰 보급에 큰 역할을 수행했다.

마루야마 노보루 『루쉰: 그 문학과 혁명』

1952년에 도쿄대학 문학부 중국문학과의 원생 및 학생을 중심으로 발족한 루쉰연구회는 오노에 가네히데尾上兼英, 다카다 아츠시高田淳, 이토 도라마루伊藤虎丸, 마루야마 노보루丸山昇, 기야마 히데오木山英雄 등 많은 루쉰 연구자를 배출했다. 그 가운데서도 마루야마의 『루쉰: 그 문학과 혁명魯迅―その文學と革命』(平凡社 東洋文庫, 1965)은 다케우치, 마스다 등 선행 세대의 비평이나 전기 연구 성과를 토대로 하고, 1950년대부터 1960년대에 걸쳐 인민공화국 건설 후 중국에서 속속 간행된 저우쭤런, 쉬광핑의 회상록 등 새로운 자료를 구사하여 저술된 것이다. 이 책은 외국문학 연구로서 루쉰을 논한 가장 초기의 대표적 연구서였고, 일본뿐만 아니라 중국, 타이완, 한국에서도 '마루야마의 루쉰'으로 알려졌다.

또한 루쉰의 애독자들이 '센다이에서의 루쉰의 기록을 조사하는 모임', '루쉰의 벗들의 모임', '루쉰회魯迅會' 같은 시민 모임을 조직했고, 『센다이에서의 루쉰의 기록』(1978), ≪루쉰의 벗들의 모임 회보≫(제1~69호, 1954~1979), ≪루쉰회 회보≫(제1~8호, 1980~1984) 등을 간행하여 뛰어난 실증적 연구와 자료 수집 및 광범위한 비평 활동을 해왔는데, 이것은 루쉰 문학이 일본에서 얼마나 깊고 넓게 수용되었는지를 보여주는 것이라 할 것이다.

가쿠슈겐큐샤판 『루신 전집』

1980년대 중엽에 간행된 가쿠슈겐큐샤學習研究社판 『루신 전집』 전 20권(1984~1986)은 일본에서의 루쉰 수용, 루쉰 연구의 총결산의 하나라고 평가할 수 있다. 이것은 루쉰 탄생 100년을 기념해 중국의 국가적 사업으로 간행된 베이징의 인민문학출판사판 전집을 아이우라 다카시相浦杲, 이쿠라 쇼헤이飯倉照平, 이토 도라마루伊藤虎丸, 이마무라 요시오今村与志雄, 다케우치 미노루竹內實, 다쓰마 쇼스케立間祥介, 마루야마 노보루丸山昇 등 일본의 대표적 연구자들이 편집위원을 맡아 전국 루쉰 연구자들의 총력을 동원해 완역한 것이다. 중국 연구자들이 붙인 주를 번역한 것은 물론이고, 일본 측에서도 새로운 자료들을 추가했으며, 일본 독자들의 편의를 생각해 많은 역주를 붙였는데, 후자는 중국에서도 높게 평가받는다.

또한 1980년대부터 1990년대까지 많은 연구서가 간행되었고,

그 일부는 중국에서도 번역·출판되었으며, 일본과 중국 연구자 간의 교류도 활발하게 이루어졌다. 나에게 특히 인상 깊었던 것으로 두세 가지를 들어보겠다.

근년의 대표적 연구

마루오 쓰네기丸尾常喜의 『루쉰: '사람'과 '귀신'의 갈등魯迅—'人''鬼'の葛藤』(岩波書店, 1993)은 작자가 중국의 민속과 종교의 깊은 곳까지 파고 들어가 루쉰이 고독하고 적막한 사람들을 표현하기 위해 자기 내면의 '귀신(망령)'에 시달리면서도 전통적인 '귀신'의 형상을 교묘하게 빌려 아Q나 공을기 같은 주인공들을 형상화해간 것을 분석해냄으로써, '다케우치의 루쉰'과 '마루야마의 루쉰'에 이어지는 '마루오의 루쉰'의 탄생을 고한 획기적 저작이라 할 수 있을 것이다. 또한 기타오카 마사코北岡正子의 『루쉰: 일본이라는 이문화 속에서魯迅 — 日本という異文化のなかで』(關西大學 出版部, 2001)는 히로후미학원 관계 문서나 일본 외교문서, 메이지의 신문·잡지기사 등 대량으로 발굴해낸 새로운 자료들을 토대로, 루쉰이 일본에 건너온 연월일과 그 경로, 배의 이름 등에 대한 고증에서부터 시작해 교육 구국의 사명을 짊어진 루쉰 등 유학생들 사이에서의 '국민성'을 둘러싼 의론이나 가노 지고로嘉納治五郎 등 학원 측의 성실한 노력에도 중국인 유학생들과 사이가 멀어지는 모습 등을 소개한 노작이다.

나카시마 오사후미의 『올빼미 소리: 루쉰의 근대ふくろうの聲 ― 魯迅の近代』(平凡社, 2001)는 루쉰의 유학 체험과 아내 주안과의 결혼, 동생 저우쭤런과의 불화, 고향 사오싱의 친구 판아이농范愛農과의 만남과 이별 등 루쉰 문학의 형성을 생각할 때 그 열쇠가 되는 사람들을 둘러싼 고증과 비평을 수록했다. 「마라시역설」 등 초기의 낭만파 시인론에 큰 영향을 미친 메이지의 문학자 사이토 노노히토齊藤野の人에 주목하여, 사이토의 개인주의론에 깊이 공명하면서도 어머니를 위해 주안과 애정 없는 구식 결혼을 했기 때문에 사이토의 입센론에 나오는 "자유의지와 자신의 동의에 의해 맺어진 연애가 있어야 진실하고 신성한 결혼이 있다"는 말에 루쉰이 압도되었다고 논한 「외로운 별과 한 가닥의 현孤星と獨絃」의 장章은 특히 흥미를 끈다.

7. 루쉰의 일본어 번역을 둘러싸고

문체나 사고가 충분히 전달되고 있었는가

일본에서 사상 처음으로 ― 이것은 중국을 포함하는 세계 최초의 일인데 ― 루쉰이 매스컴에 보도된 것이 100년 전의 일이었다. 그리고 루쉰의 동생 저우쭤런이 1922년 6월에 처음으로 루쉰의 작품(「공을기」)을 베이징의 일본어 주간지에 번역해 실은 이래(이것은 루쉰을 외국어로 번역한 최초의 일이다) 많은 번역서가 발간되었다. 현재는 이와나미문고부터 고분샤光文社 고전신역문고에 이르기까지 모든 주요 문고에 루쉰 작품집이 들어 있고, 전 20권의 완역판 『루신 전집』(學習硏究社)도 간행되어 있다. 일본인들은 일세기에 걸친 루쉰 읽기의 전통을 쌓아온 것이다.

그러나 지금까지 이뤄진 루쉰의 일본어 역이 반드시 루쉰의 문체나 사고를 충분히 전달하고 있는 것은 아니었다. 미국의 번역 이론가 로런스 베누티Lawrence Venuti는 외국어 번역이라고 하는 문화 활동을 'domestication'과 'foreignization'의 두 측면에서 분석하고 있다. 'domestication'은 외국어·외래문화의 토착화·본토화를, 'foreignization'은 토착문화·본토문화의 외국화를 뜻하는데, 중국에서는 이것들을 각각 '귀화歸化'와 '이화異化'로 번역한다. 루쉰 문학의 일본어 역에 대입해 말한다면 각각 루쉰 문체 및 현대 중국문화를 일본에 토착화하는 것과 일본어·일본문화를 루쉰화·중국화하는 것으로 바꿔 말할 수 있을 것이다. 그런데 지금까지 이뤄진 루쉰의 일본어 역은 종합하건대 domestication의 경향이 매우 짙어 보이며, 그중에서도 특히 다케우치 요시미의 번역은 토착화의 정점이라 할 수 있다.

다케우치 요시미 번역의 문제점

다케우치 요시미의 루쉰 번역으로는 이와나미문고의 『아Q정전·광인일기』 1955년 11월 1쇄의 구역舊譯과, 같은 문고의 1981년 2월 개역 발간본의 두 가지가 가장 널리 보급되었을 것이다. 나아가 다케우치 개인 번역의 『루쉰 문집』(筑摩書房) 전 6권이 1976년부터 1978년까지 간행되었고, 이와나미문고는 그 제1권으로 개역판 『아Q정전·광인일기』를 내놓은 바 있다. 후자의 개역판은 구역판의 쇄 수를 잇는데, 이 책의 쇄 수는 개역판 간행 시에 32쇄, 2007년 11월에는 80쇄에 달했는바, 가히 롱셀러long seller라 할 수 있다. 덧붙이자면 『루쉰 문집』은 1991년에 지쿠마문고에도 들어갔다.

이와나미문고의 개역판은 구역판을 '발본적'으로 뜯어고친 것이지만, 다음 두 가지 토착화 경향은 여전히 살아남아 있다. 첫 번째 경향은, 루쉰의 원문과 비교할 때 다케우치 번역은 구두점(。)을 여러 배 사용해 본래 수행에 이르는 장문을 다수의 단문으로 절단하고 있는 점이다. 원래 루쉰 문체의 특징 가운데 하나로, '굴절된 장문에 의한 미로와 같은 사고의 표현'을 들 수 있을 것이다. 그런데 다케우치 번역은 하나의 장문을 다수의 단문으로 치환함으로써 이리저리 헤매며 번민하는 루쉰의 사고 과정을 명쾌한 사고 과정으로 바꿔놓았다. 예를 들어 「아Q정전」 모두의 1절을 택해 원문과 다케우치 번역을 비교해보자.

我要給阿Q做正傳, 已經不止一兩年了。但一面又往回想, 這足見我不是一个"立言"的人, 因爲從來不朽之筆, 須傳不朽之人, 于是人以文傳, 文以人傳—究境誰靠誰傳, 漸漸的不甚了然起來, 而終于歸結到傳阿Q, 彷佛思想裏有鬼似的。

이와 같은 루쉰의 원문 2문장 111자를 문체를 존중하여 번역한다면 다음과 같이 된다.

내가 아Q를 위해 정전正傳을 쓰려 한 것은 2년이 넘는다. 그러나 써야겠다 하면서도 자꾸 망설여지니, 이것을 보더라도 내가 '불후의 말'을 수립할 수 있는 그런 종류의 인간이 아니라는 것은 분명한데, 왜냐하면 고래로 불후의 사람은 불후의 붓이 전해야 하기 때문으로, 이리하여 사람은 글에 의해 전해지고 글은 사람에 의해 전해진다. ― 이렇게 되는 것인데, 그렇다면 도대체 누가 누구에 의해 전해지는 것인지 점차 알 수 없게 되거니와, 결국 아Q를 전하기로 내가 마음을 먹었으니 내 머리 속에 무슨 도깨비라도 들어 있는 것인지 모르겠다(2문장 231자, 『고향·아Q정전』, 후지 쇼조 옮김, 70쪽).

그런데 구역판 다케우치 번역은 다음과 같았다.

내가 아Q를 위해 정전을 쓰겠다고 생각하게 된 것은 벌써 1, 2

> 년의 일이 아니다. 그러나 써야겠다 써야겠다고 생각하면서도 그냥 마음이 흩어져 버린다. 그것은 내가 '누구의 말을 후세에 전할 만한 사람'이 못 되기 때문이다. 왜냐하면 예로부터 불후의 사람을 전하는 것은 불후의 붓이어야 한다고 정해져 있기 때문이다. 바로 그렇다면, 사람은 글에 의해 전해지고 글은 사람에 의해 전해진다 — 라는 말이 되는데, 그렇게 되면 도대체 누가 누구에 의해 전해지는 것인지 점점 알 수 없게 되어버린다. 내가 결국 아Q의 전기를 쓰기로 결심하기에 이르자 어쩐지 어떤 귀신에 씐 것 같은 느낌이 드는 것이었다(1969년 4월, 20쇄, 97쪽).

다케우치는 본래 두 문장이던 루쉰의 원문을 여섯 문장으로 나눠서 번역하여, 이리저리 헤매며 나아가는 화자의 생각을 논리적이고 명쾌한 종류의 것으로 바꿔놓았다. 그런 한편으로 267자였던 원문을 2.4배로 늘려놓았는데, 이는 루쉰의 요설체를 남겨놓으려는 노력의 흔적이었을까? 그런데 개역판에는 다음과 같이 고쳐져 있다.

> 내가 아Q의 정전을 쓰기로 작정한 지 1, 2년이 지난 것이 아니다. 그러나 쓰고 싶기는 하나 늘 망설여졌다. 아무래도 나 같은 사람은 '언론으로 후세에 불후의 이름을 남기는 인물'이 아닌 것 같다. 그것은 예로부터 불후의 붓이 불후의 인물에 대해 쓰는 것으로

정해져 있기 때문이다. 그리하여 사람은 글에 의해 전해지고 글은 사람에 의해 전해진다. — 이런 말이 되는데, 그렇다면 도대체 누가 누구에 의해 전해지는 것인지 점점 알 수 없게 된다. 그렇지만 결국 아Q의 전기를 쓰기로 했는데, 뭔가 귀신에 씌워진 것인지 모르겠다(1981년 2월, 32쇄, 100쪽).

개역판은 구역판과 마찬가지로 원문의 두 문장을 여섯 문장으로 나눴고, 자수를 219자로 20% 줄였기 때문에 루쉰의 요설체가 거의 사라져버렸다. 그 때문에 공포감에 사로잡힌 아Q에 대하여 화자가 "귀신에 씐 것처럼" 공감한다는 것도 크게 약화되어버리는 것이 아닐까 싶다. 왜 아Q와 같은 일견 어리석은 인간 때문에 굳이 '정전'을 쓰는가 하는 독자의 의문도 이로써 뒤로 물러나버리는 것이 아닐까?

단편 「고향」의 결말부에 나오는 "희망이란 본래 있다고도 말할 수 없고 없다고도 말할 수 없다. 그것은 마치 지상의 길과 같아서, 지상에는 본래 길이 없지만 다니는 사람이 많아지면 길이 된다"라는 말은 널리 알려져 있는데, 루쉰은 이 대목 바로 앞부분에서 화자의 입을 빌려 다음과 같이 그 조카인 훙알宏兒 소년과 룬투의 아들 간에 새로 시작되는 우정에 대한 복잡한 심사를 이야기한다.

서로 친구가 되고 싶은 것인 만큼 나는 그들이 나처럼 고통스러운 나머지 몸부림치며 살아가기를 바라지 않고, 그들이 룬투처럼 고통스러운 나머지 무감각한 사람이 되어 살아가는 것도 바라지 않으며, 그리고 그들이 다른 사람들처럼 고통스러운 나머지 제멋대로 살아가는 것도 바라지 않는다(『고향·아Q정전』, 후지 쇼조 옮김, 68쪽).

루쉰의 원문에서는 3행 반, 75자나 되는 장문이 이어지는데 다케우치의 개역판에서는 다음과 같이 명쾌하게 정리되어 있다.

그들이 한 마음이 되고 싶어 하는 만큼 나는 그들이 나처럼 쓸데없는 일들 때문에 심신을 소모하는 생활을 하는 것을 바라지 않는다. 또한 룬투처럼 세파에 찌들어 마음이 마비된 생활을 하는 것도 바라지 않는다. 또한 다른 사람들처럼 자포자기하여 제멋대로 살아가는 것도 바라지 않는다(1981년 2월, 32쇄, 98쪽).

"…… 바라지 않는다. …… 바라지 않는다. …… 바라지 않는다"고 세 개의 구두점으로 3분할한 짧은 번역문체는 한문 훈독처럼 읽어나가기 시원스러워 기분 좋기는 하나, 화자의 번민과 고뇌를 충분히 전달하고 있는 것일까? 루쉰의 문체는 '굴절된 장문에 의한 미로와 같은 사고의 표현'을 특징으로 하는데, 다케우치 번역은 하나의 장문을 다수의 단문으로 분절화함으로써 명쾌한 일본어로 바꿔놓았다. 전통과 근대 간의 균열로 고뇌하던 루쉰은 굴절된 문체를 사용했는데, 다케우치 요시미는 전후 민주화를 거쳐 고도로 경제를 성장시켜가던 일본인들의 기호에 맞추어 토착화·일본화하는 데 치우쳐 있었던 것은 아닐까?

대담한 의역

다케우치에게서 볼 수 있는 토착화의 두 번째 경향은 대담한 의역이다. 주옥같은 명저 「고향」에 나오는, 화자 '나'와 그 소년 시절의 친구이며 농민인 룬투의 재회 장면을 예로 들어보자. "야아, 룬투형!" 하는 '나'의 반가운 목소리에, 룬투는 한순간 망설이더니 "나으리!" 하고 대답함으로써 나를 놀라게 했고 동행한 5남에게도 '나으리'께 최대한의 경의를 표하게 하는데, 그 아들은 바로 '20년 전의 룬투'였다. 그리고 그때 나타난 '나'의 어머니는 룬투를 향해 "아니, 왜 그렇게 서로 스스러워하니? 두 사람은 전에 형제나 다름없었잖니? 전처럼 '쉰迅'이라고 부르게" 하고 말씀하셨다.

다케우치 요시미는 구역판에서는 "그는 바로 20년 전의 룬투였다"라고 번역했지만, 개역판에서는 "그는 바로 30년 전의 룬투였다"라고 바꿔 썼는데, "원문에는 20년으로 되어 있지만 전에 30년 전에 룬투를 만났었다는 말이 있어서 정정했다. 어쨌든 어림잡아 한 말이기 때문에 30년이라 해도 틀린 것은 아닐 것이다"라는 역주를 붙였다.

이어서 룬투가 자식을 소개하는 장면은 다음과 같이 장문이다.

그의 등 뒤에 숨어 있던 아이가 앞으로 내세워졌는데 그것은 바로 20년 전의 룬투였고, 다만 얼굴색이 조금 누리끼리했고 목에 은목걸이가 걸려 있지 않았다.

루쉰은 '내'가 20년 전까지 잘 기억하고 있었던 룬투의 이미지를 10년 또는 30년 전의 첫 만남으로까지 거슬러 올라가 그 세세한 것들까지 떠올려가는 기억 회생의 경위를 아주 훌륭한 솜씨로 묘사해낸다.

그의 등 뒤에 숨어 있던 아이가 앞에 내세워졌다. 그것은 바로 30년 전의 룬투였다. 몸이 많이 야위어 있었고 안색도 나빴으며 틀림없이 은목걸이를 하고 있지 않았지만—.

이처럼 본래는 한 문장이었지만 두 개의 구두점을 사용해 3분절화한 다케우치의 번역을 보면 룬투를 둘러싼 10년간의 회상과 성년 이후 20년 동안의 망각, 그리고 지금의 재회로 이어지는 '나'의 기억 속의 굴절이 적지 않게 감소하고 있는 것이다.

「고향」에서 화자는 연상의 룬투를 '閏土哥(룬투거)'라고 불렀는데 '哥'는 형이라는 뜻이므로 '룬투 형아'라 번역해야 할 것이다. 한편 '두붓집 서시' 양씨 아주머니나 소년 시절 룬투는 화자를 '迅哥儿(쉰기얼)'이라 불렀다. 루쉰이 나쓰메 소세키의 『坊っちゃん(봇장)』을 중국어로 『哥兒(도련님)』로 번역했듯이 '哥儿'이라 부르는 측과 그렇게 불리는 측 간에는 친근감과 신분차가 함께 존재하는 것인 만큼, '迅哥儿'은 '쉰 도련님'으로 번역할 수 있을 것이다.

루쉰은 「고향」에서 '哥'이라는 말로 화자 '나'와 룬투 간의 연령차를 나타내는 한편, '哥儿'이라는 말로 두 사람의 신분차를 나타냈다. 양씨 아주머니는 화자를 '쉰 도련님'이라고 부름으로써 종래의 신분차를 드러내면서 마치 '부잣집이니 덕 좀 봐도 돼'라고 마음먹은 듯 이유 없이, 그러나 당당히 루쉰 집의 물건들을 가져간다. 그리고 화자와 룬투의 관계는 소년시절에도 이미 평등한 친구 관계가 아니었다. 룬투가 어린 루쉰을 '쉰 도련님'이라고 불렀던 것이 그것을 말해주고, 그러한 관계가 20년 만의 재회 시 룬투의 입에서 나온 '나으리'라는 말로 현재화했던 것이다.

그리고 화자가 '쉰 도련님'이라고 불리게 함으로써, 나쓰메 소세키의 『도련님』에 나오는 주인공처럼 화자가 아직 성숙하지 못했다는 것을 루쉰이 암시하는 것은 아닐까? 실제로 그에게는 처자식의 그림자가 어른거리지 않아 동정童貞의 독신자라는 인상을 주고, 게다가 고향을 떠나기 직전까지 계속 방황한다. 그는 말하자면 미성숙한 어른인 것이다. 생각건대 국민국가 건설이 난항을 보이던 1920년대 중국의 상황을 그러한 화자의 몸에 투영했던 것이 아닐까? 그런 화자가 「축복」, 「주루에서」 등 루쉰의 많은 작품에 등장한다.

다케우치는 이처럼 '형哥'과 '도련님哥儿'을 구별하지 않고 구역판에서나 개역판에서나 모두 '룬짱', '쉰짱'으로 번역했다. 이것을, 예를 들어 농지개혁으로 지주제도가 소멸하고 신분차가 축소된 전후 일본 사회에 맞추어 루쉰 문학을 토착화한 것으로 보아야 할까? 다케우치의 그러한 의역은 원작자 루쉰에 대한 존중을 결한 것이 아닐까?

다케우치는 대담한 의역과 분절화된 번역 문체를 통해 루쉰 문학을 전후 일본 사회에 토착화하는 데 성공했고, 그 결과 일본 중학교 국어교과서들이 루쉰을 마치 국민문학처럼 취급하게 되었다. 이는 다케우치 번역의 큰 공적이라 할 수 있을 것이나, 한편으로 그것은 전통을 부정하면서 현대에 대해서도 깊은 의념을 품고 방황하고 모색하기를 계속한 루쉰 문학의 원점을 시야에서 놓치게 했다.

광범위한 독자를 가진 작가

단편 「고향」은 일본 중학교 국어교과서계에서 1953년 교이쿠

출판教育出版이 처음 채택했고, 1966년에 미쓰무라도서光村圖書가, 1969년에는 산세이도三省堂와 지쿠마서방이, 그리고 일본과 중국 간 국교가 회복된 1972년에는 가쿠고도서學校圖書와 도쿄도서東京書籍가 교과서에서 채택해 현재에 이르고 있다. 일본의 중학교 국어교과서계는 이 다섯 개 대형 출판사의 과점 상태에 있어서(지쿠마서방은 수년 후 교과서 출판계에서 철수) 지난 30년 동안에 일본의 거의 모든 국민이 중학교 때 「고향」을 읽었다는 말이 된다. 그러한 작가는 일본 내외를 통틀어 실로 드물다. 루쉰은 일본에서 거의 국민작가에 가까운 존재가 되었다고 말할 수 있다.

그건 그렇고, 앞에서 소개한 것처럼 소년 시절에 어머니로부터 루쉰을 배운 오에 겐자부로는 도쿄대학 문학부에서 불문학을 전공하게 되었지만, 루쉰에 대한 관심을 계속해서 키워가고 있었다. 오에 겐자부로는 2000년 9월에 베이징에서 행한 강연에서 다음과 같이 말했다.

> 나는 대학에서 사르트르를 중심으로 프랑스 문학을 공부했고 소설을 쓰기 시작했는데, 대학 시절의 나에게는 루쉰이 큰 존재였습니다. 나는 루쉰과 사르트르를 대비해봄으로써 세계문학 속의 아시아문학에 대해 확신을 품게 되었습니다. 게다가 루쉰은 나 자신을 포함한 일본의 문학자들을 상대화하여 비판의 대상으로 삼는 데 사용된 좋은 규준이었습니다. 비판의 규준으로서의 루쉰이라는

생각은 오늘의 나에게도 여전히 살아 있습니다.

1930년대에 '시고쿠의 작은 마을'에 살던 젊은 아내가 애독했던 루쉰은 전후 노벨상 수상 작가가 되는 그녀의 아들도 읽었다. 그리고 21세기가 된 오늘의 일본에서도 그 애독자는 광범위하게 존재한다. 루쉰을 읽는 것은 오늘의 일본을 읽는 것이기도 하다.

제8장

동아시아와 루쉰

1. 동아시아 공통의 모던클래식으로서

중층적인 역사를 배경으로

루쉰은 전전·전후를 통해 중국 본토에서뿐 아니라 홍콩, 타이완, 싱가포르, 한국 등에서도 계속 읽혔다. 생각건대 동아시아의 20세기는, 혹은 일본처럼 제국주의 국가 형성으로부터 패전과 피점령을 거쳐 민주국가로의 재생, 혹은 타이완과 한국처럼 식민지 및 군사독재의 역사를 거쳐 민주공화국의 실현, 혹은 홍콩처럼 식민지로부터 중국 대륙으로의 반환, 혹은 싱가포르처럼 1965년의 독립 이후 도시국가의 건설 등 다양한 경험으로 구성된다.

이러한 중층적인 역사를 배경으로 하면서 동아시아인들은 각각 여러 각도에서 루쉰을 읽어왔다. 예를 들면 홍콩에서는 루쉰 자신이 YMCA에서 강연하는 등의 족적을 남겼고, 전후에는 홍콩

영화인들이 「아Q정전」 등을 영화화하기도 했다. 전전기 타이완과 한국의 독립운동가들은 중국에 망명하여 베이징, 상하이 등의 여러 도시에서 베이징어로 루쉰을 읽었고, 또 직접 루쉰을 만나 가르침을 받기도 했으며, 또한 그 고향들에서는 이와나미문고의 『루신 전집』이나 가이조샤판 『대루신 전집』 등의 일본어 역이 루쉰 문학의 전파에 큰 역할을 하고 있었다.

우리는 루쉰이 어떻게 수용되었는지를 비교해봄으로써 동아시아의 다양성과 공통성을 한층 더 분명하게 밝힐 수 있을 것이다. 루쉰은 동아시아 공통의 모던클래식이다.

2. 창조적 개편: 홍콩과 루쉰

세 번의 방문

루쉰은 영국의 식민지 지배하에 있었던 홍콩에 1927년 2월의 YMCA 강연을 포함해 수일씩 세 번 방문했다. 홍콩 관련 에세이들에서는 홍콩에서 영국인과 중국인 지배층이 중국 본토에서의 국민혁명을 두려워해 유교 등 중국의 국수國粹를 고취하는 모습이나 또는 중국인 세관원들에게 뇌물을 주지 않은 까닭에 루쉰의 하물이 함부로 다루어진 일 등 자신이 보고 들은 것들을 이야기했고, 중국의 장래를 다음과 같이 우려했다.

홍콩은 하나의 섬에 지나지 않지만 중국의 많은 지역의 현재와 미래를 그려 보여주는 작은 집합사진이다. — 중앙에 외국인 상전들이 몇 명 있고 그 발치에 그들의 덕을 찬양하는 한 그룹의 '고등 중국인'과 또 그들의 앞잡이 노릇을 하는 노예근성을 가진 일단의 동포들이 있다. 그들 외에는 모두 고된 노역을 감내하고 있는 '토인'들인데, 그들 중 인내심 강한 자들은 낯선 땅에서 살다가 죽고, 그렇지 못한 자들은 깊은 산속으로 도망쳐 들어가는 까닭에 먀오족苗族이나 야오족瑤族은 우리의 선배들인 것이다.

상하이의 번영을 계승하여

홍콩은 1941년 12월 태평양전쟁이 개전하고 얼마 지나지 않아 일본군에 점령되었고, 일본이 항복한 후에는 국민당 정권이 아닌 영국에 재점령당하여 식민지 지배가 복구되었다. 그 후 홍콩은 경이적인 부흥을 이뤄 일본군 점령하에서 60만 명으로 줄었던 인구가 1947년에는 180만 명으로 늘어났다. 그리고 국공내전을 거쳐 1949년에 공산당이 대륙을 통일하자 다시 대량의 난민이 밀려들어 2년여 만에 50만 명 이상의 인구가 더 늘어났다. 이 난민 중에는 상하이에서 이주해 온 많은 자본가, 기술자, 숙련공, 그리고 문화인 및 지하조직원이 포함되었다고 한다. 그리하여 1950년대에 홍콩은 지금까지의 중계무역항이라는 얼굴에 더하여 공업도시, 금융도시라는 얼굴을 갖게 되면서 옛 상하이의 번영을 계승했다.

중국과 타이완 사이에 존재하는 홍콩은 비록 영국의 식민지 지배하에 있었기는 하나 1949년의 인민공화국 건국 이후 1988년에 타이완이 전면 민주화할 때까지 40년 동안 이 근역近域에서 국가 기구의 통제를 받지 않고 살아갈 수 있는 유일한 '공공 공간'이었다. 그리하여 전통문화 옹호파에서 좌익 반대파 또는 중국공산당파에 이르기까지 이곳에 거주하는 다양한 사람들이 중국이나 타이완을 향해 자신의 할 말을 해왔다. 그리고 중국이나 타이완에서 발매 금지된 문학들이 이곳에서는 발간되었고, 양쪽의 영화가 모두 수입되어 상연됨으로써 좌우 이데올로기 항쟁의 무대 노릇을 하기도 했다.

근대적인 자유로운 인간관

상하이로부터 '영화의 도시'라는 지위를 이어받은 홍콩에서는 루쉰의 소설 두 편이 영화화되었는데, 그것들이 어떻게 개편되었는지를 보면 전후 홍콩에서의 루쉰 수용의 특징을 엿볼 수 있다. 「아Q정전」은 홍콩에서는 1957년에 위안양안袁仰安 감독이, 그리고 중국에서는 1981년에 천판岑範 감독이 각각 영화로 만들었다. 그중 중국판 영화에서는 아Q와 우마吳媽 사이에 특별한 애정은 존재하지 않았고, 아Q가 그녀에게 같이 자고 싶다고 하자 겁먹은 우마가 울면서 도망가 버린다. 우마는 전통적인 중국 여성으로 묘사된 것이다.

그에 비해 홍콩판에서는 아Q가 '나, 너와 자고 싶어'라고 속으로만 말할 뿐 입 밖으로 내놓지 못하고, 그가 갑자기 무릎을 꿇자 그 모습에 우마는 잠깐 생각에 잠기는 표정을 짓는다. 그러나 그때 뒤뜰에 있는 젊은 나리의 모습을 목격한 그녀는 큰 소리를 지른다. 홍콩판에서의 우마는 아Q의 애성을 받아들일 마음이 없는 것은 아니었으나 사람들에게 소문이 나는 것이 두려워 엉겁결에 아Q에게 놀림당한 모습을 연출해버리는 것이다. 홍콩 사람들은 원작을 창조적으로 개편해 아Q의 욕망뿐만 아니라 중년 과부의 연애 원망까지를 영상으로 표현해냈다. 그것은 홍콩 사람들의 근대적이고 자유로운 인간관을 이야기해주는 것이라 할 수 있을 것이다.

1994년에는 베이징영화제작소와 홍콩필름워크숍의 합작으로 「벼린 검」이 영화화되었다. 제작자는 홍콩의 감독 쉬커徐克(1951~)였고, 감독은 대륙의 장화쉰張華勛(1936~)이 맡았다. 쉬커는 홍콩 뉴웨이브 감독 가운데서도 뉴테크놀로지를 가장 능란하게 구사한 사람으로, 『백사전白蛇傳』이나 『양산박과 축영대梁山泊與祝英臺』 같은 고전을 영화화하기 좋아하는 감독이기도 하다. 루쉰은 위진의 지괴서인 『열이전』이나 『수신기』 등에 나오는 미간척의 복수 전설을 소설로 개편해서 썼는데, 쉬커는 그것을 다시 영화화했다.

영화에서는 본래 정체성이 불분명했던 '검은 옷의 남자'를 대장간의 책임자 얀즈아오宴之敖로 그렸다. 그는 일찍이 초왕의 명에 따라 대장간 사람들을 참살한 적이 있는데 그 때문에 미간척 소년의 복수를 돕게 된다. 그러나 또 다른 잔혹한 왕이 들어서면서 대장간에서 검의 주조가 재개되는 것으로 영화가 끝나는데, 이는 독재체제의 순환을 시사하는 것이었다. 영화에서 이러한 개편은 국민당이 가고 공산당이 온 것을 체험한 홍콩 사람들이 정치를 어떻게 보았는지를 엿보게 했다. 그리고 쉬커 영화의 특징인 강렬한 황량감이 영화 전편에 감도는 것도 사람들의 관심을 끌었다.

덧붙이면, 홍콩 섬의 식당가 사단돈가士丹頓街 동쪽에 있는 필렬자사가必列者士街에는 루쉰이 숙박하고 강연했던 붉은 벽돌로 된 YMCA 건물이 지금도 남아 있다.

3. 민주화의 전과 후: 타이완과 루쉰

수용의 두 가지 흐름

타이완에 근대국가의 국어제도를 가지고 들어간 것은 일본이었다. 1895년 이후의 식민지화 초기에는 저항도 있었으나, 특히 일중전쟁이 시작된 1937년 이후로는 일본어 쓰기 운동이 강화되어 1943년 말에는 일본어를 아는 사람이 도민의 60%에 달했다. 타이완 도민들은 전도全島 규모의 언어적 동화를 통해 일본인화되었고, 동시에 전도 공통의 '국어'에 의해 각종 방언 또는 혈연·지연으로 구성된 각종 소小공동체 의식들을 뛰어넘어 타이완 전체를 단위로 한 공동체 의식이 형성되었다. 그것은 타이완 민족주의의 맹아였다고 할 수 있을 것이다.

전전기 타이완에서는 루쉰의 수용에 두 가지 흐름이 있었는데, 1920년내에는 장워쥔張我軍(1902~1955) 등이 한문 신문 ≪대만민보臺灣民報≫의 지상에 「아Q정전」과 에로센코의 동화 등 루쉰이 창작하거나 번역한 작품을 다수 게재했다.

그러다가 1930년대 중엽이 되자 일본어 독서시장이 형성되기 시작했고, 타이완 사람들은 이와나미문고나 『대루쉰 전집』 등을 읽으며 일본어 문학 창작의 토대를 닦았다. 예를 들면 룽잉쭝龍瑛宗(1910~1999)의 일본 문단 데뷔작 「파파야가 있는 거리パパイヤのある街」(1937)에서는 폐병으로 목숨이 얼마 남지 않은 청년이 "사토 하루오가 옮긴 루쉰의 「고향」에서 깊은 감명을 받았다. …… 어떤 고통을 견뎌야 하더라도 책만은 읽고 싶구나. 루쉰의 「아Q정전」이나 고리키의 작품들, 그리고 모르간의 『고대사회 연구』 같은 책들을 읽고 싶다"라는 말을 한다. 현재 타이난 시 국립타이완문학관에 보관되어 있는 룽잉쭝의 옛 장서 가운데에는 『대루쉰 전집』도 포함되어 있는데, 그 제1권 표지 안장에 전집 기증자의 사인과 그 자리에 함께 있었던 사람들의 합동 서명이 남아 있다. 아마 「파파야가 있는 거리」가 ≪개조≫의 현상 공모에 입선한 것을 축하해 친구들이 모인 자리였으리라.

프롤레타리아 문학의 리더 양루

타이완 프롤레타리아 문학의 리더 양루楊陸(1905~1985)는 타이완 총독부의 탄압과 폐결핵 이환 및 극도의 곤궁을 겪는 가운데 빌린 돈 20엔 때문에 쌀가게로부터 고소를 당해 1937년 법정에 서게 된다. 그때 그 지역, 즉 타이중台中의 경찰관 뉴타 하루히코入田春彦가 그의 월급 2개월분에 상당하는 100엔을 양루에게 줌으로써 양루는 위기를 벗어난다. 좌익에서 전향한 '붉은 경찰관'이었던 뉴타는 이듬해에 자살해버리지만 양루에게 『대루쉰 전집』을 줌으로써 그를 루쉰 문학의 본격적 수용으로 인도하는 역할을 했다. 한편 양루의 일본 문단 데뷔작 「신문배달부新聞配達夫」(1934)는 루쉰의 제자 후펑이 중국어로 번역해 상하이에서 발간한 『약소민족소설선弱小民族小說選』 등에 수록되었다.

전후의 타이완

1945년 일본이 패전하자 타이완은 대륙의 국민당 정권에 접수되었다. 원주민을 제외하면 타이완 도민의 약 95%가 대륙인과 같은 한족이었는데, 그들은 일본의 50년 식민지 지배의 역사적 체험 때문에 대륙인들에게 위화감을 느끼고 있었다. 타이완에서 '국어'의 보급률이나 소학교 취학률은 대륙보다 배 이상 높았고, 대륙이 전근대적인 요소가 많이 남아 있는 농업사회였는 데 비해 타이완은 이미 공업 생산이 과반을 점하는 공업화사회였다. 이러한 문화적·사회적 위화감에 국민당의 폭정 또는 실정이 더해져 1947년에 2·28사건이라고 하는 전도적全島的 반국민당 봉기가 일어났다.

전후 타이완에 진주한 것은 타이완성 행정장관 천이陳儀 장군이었는데 그는 루쉰과 동향 사람이었고 도쿄 시대의 동창이기도 했다. 타이완을 접수하던 즈음 그는 언어 일원화(베이징어 보급)에 의한 타이완 문화의 재구축과 타이완 사회의 일원화(중국화)를 목표로 내세웠고, 루쉰의 둘도 없는 친구였던 쉬서우창을 타이완성 편역관編譯館 관장에 임명하고 그에게 문화 재구축 사업을 맡겼다. 쉬는 문화 재구축을 위해서는 타이완에 5·4운동을 일으킬 필요가 있다고 생각하고, 민주·과학·도덕·민족주의를 배우도록 추장하면서 루쉰의 정신을 높이 내세웠다. 양루도 『아Q정전』 등 5권의 중국어·일본어 대역본을 간행하고 일본어로 루쉰론 등을 발표해 루쉰을 반동세력이나 보수주의와 싸우는 '불요불굴의 문학자'로 평가했다. 전전의 타이완에서는 루쉰이 위대한 이웃나라 작가로 간주되었으나, 전후에는 중국과 타이완의 통합 및 근대화의 상징으로 바뀌었다.

루쉰 콤플렉스

그러나 2·28사건(1947) 후에는 쉬서우창이 국민당에 암살되고 양루도 12년형을 선고받고 수감되었으며, 1949년 5월에는 계엄령이 선포되어 루쉰을 비롯한 거의 모든 민국기 문학이 금서가 되었다. 국민당은 타이완 사람들에게 일본어를 대신해 베이징어를 국어로 사용하도록 강요했는데, 그러면서도 국어를 창출한 현대문학의 아버지 루쉰을 읽지 못하게 한 것이다. 그 후 이른바 '반루反魯 문인'들의 루쉰 비판서만 간행되었는데, 그러나 금서이기 때문에 사람들의 더 큰 관심을 불러일으킨다고 하는 이른바 '루쉰 콤플렉스' 현상이 빚어지기도 했다.

예를 들면 자매 작가로 유명한 스수칭施叔青(1945~)과 리앙李昂, (본명은 스수된施叔端, 1952~)은 모두 타이완 중부의 오래된 도시 루강鹿港에서 태어나 자라면서 다음과 같은 색다른 루쉰 독서 체험을 했다. 언니 스수칭은 1958년에 장화彰化여자중고에 입학했고 17세 때 바이센융白先勇 등이 주재하던 문예지 ≪현대소설現代小說≫에 단편소설 「벽호壁虎」를 발표했으며, 1969년에는 첫 번째 창작집을 냈다. 젊은 나이에 문단에 데뷔한 스수칭은 타이베이의 단장원리학원淡江文理學園을 졸업한 뒤 미국인과 결혼해 홍콩에서 살면서 『빅토리아 구락부』 등의 장편소설을 통해 전후 홍콩사를 그려냈고, 1997년에는 타이베이로 옮겨가 역사장편소설 『타이완 삼부곡台湾三部曲』을 발표했다. 그녀는 중고 시절에 셰익스피어, 톨스토이, 로맹 롤랑Romain Rolland, 장아이링張愛玲 등을 애독하는 한편, 자택에서 비밀리에 보관해온 루쉰의 소설을 읽고 큰 영향을 받았다. 그것은 전후 타이완에서 출판된, 사방에 벌레 먹은 자리 투성이의 대형본 『광인일기』였는데, 그녀보다 스무 살쯤 나이가 많은 큰 오빠가 계엄령이 나기 전에 사둔 것이었다고 한다.

한편 동생 리앙도 중학교 2학년 때부터 소설을 쓰기 시작했고, 고등학교 1학년 때 쓴 「꽃의 계절」이 신문 문예란에 채택되어 작가로 데뷔했다. 그리고 1970년에 타이베이의 원화대학文化大學 철학부에 입학했고, 1975년에는 미국 오리건 주립대학의 연극학과 대학원에서 유학을 시작했다. 1978년에 귀국한 뒤로 왕성한 창작 활동을 재개해 1982년에 문제작 『살부殺夫』를, 1991년에는 대담한 성적 묘사로 화제를 불러일으킨 『미원迷園』을 발표했고, 2000년에는 타이완공산당 최고지도자 자리에 오른 여성의 생애를 그린 『자전소설自伝の小說』 등을 발표함으로써 세계의 현대문학 가운데서도 주목을 받았다.

리앙은 중화민국기의 중국에서 도대체 어떤 작품이 쓰였는지 관심을 기울였는데, 미국에 유학 가기 전 캐나다 밴쿠버에서 반년 정도 보내던 시기에 브리티시컬럼비아대학의 도서관에 다니며 1920~1930년대 중국문학을 탐독했다고 한다. 그때 그녀는 루쉰의 작품이나 바진의 『한야寒夜』(1947), 여성작가 샤오훙蕭紅• 등은 대단히 훌륭하다고 생각했으나, 마오둔이나 자오수리趙樹理 등

• 샤오훙은 하얼빈 출신으로, 동북지방에 일본의 괴뢰정권인 만주국이 세워지자 상하이로 도망쳐 루쉰의 도움을 받아 작가로 데뷔했고, 태평양전쟁 개시 후 일본군의 홍콩 점령 직후 병사했다. 대표작으로 『생사장(生死場)』, 『호란하전(呼蘭河傳)』 등이 있다.

농촌을 묘사한 작품은 생각만큼 재미있지 않고, 대단히 사실적이기는 하나 예술적 완성도는 떨어져 보인다고 했다. 이처럼 그녀는 소녀기에서 미국 유학에 이르기까지 언니와 매우 흡사한 경력을 지녔다. 그러나 자택에서 루쉰을 읽은 기억은 없다고 했다.

낮아지는 관심

그런데 타이완 사람들은 불요불굴의 정신을 발휘해 경제성장과 민주화운동을 계속했고, 1987년에는 드디어 계엄령을 해제시키고 일거에 민주화를 달성했다. 그 덕분에 1989년에는 『루쉰 작품전집』 전 21권 등 세 종류의 서로 다른 루쉰 전집이 간행될 수 있었다. 그러나 1990년대 들어 타이완 정체성론이 점점 더 왕성해지면서 루쉰에 대한 관심이 줄어들었는데, 타이완 문단의 장로 예스타오葉石濤(1925~2008)는 "루쉰은 중국 정부의 절대적 옹호를 받으면서 중국 작가들의 정신적 상징이 되었으나, 시대의 추이는 무정할 사, 그가 이제 과거 시대의 망혼亡魂이 되어가고 있다"라고 말했다.

4. '사자의 도시'의 정체성: 싱가포르와 루쉰

싱가포르라는 도시

싱가포르는 '사자獅子의 도시'를 뜻하는 산스크리트어 싱가푸라가 와전되어 만들어진 호칭으로, 이 섬은 아주 오랜 옛날부터 무역항이었다. 그러다 1819년에 영국 동인도회사의 래플스Sir Thomas Stamford Raffles가 이곳에 당도하여 식민지 건설에 나섰고, 그 이후로 이곳은 영국의 말레이반도 지배의 거점이 되었으며 국제무역항으로 크게 번성하기 시작했다. 그와 동시에 유럽, 인도, 말레이로부터 사람들이 이주해 왔고, 특히 중국으로부터의 이주가 많아 결국 중국 출신자들이 주민의 대다수를 점하게 되었다. 그뿐 아니라 싱가포르는 중국의 화교들이 동남아시아로 이주해 들어가는 데 그 중계기지 역할도 했다. 1941년에 태평양전쟁이 개전하자 2개월 만에 영국군이 일본군에 항복했으나 화교들은 의용군을 조직해 최후까지 항전했다. 그 때문에 일본군은 싱가포르 점령 후 많은 화교들을 살해했다. 전후 영국이 식민지 지배를 부활시켰지만 공산당 게릴라들의 저항을 받았고, 그런 가운데 독립을 향한 노력이 계속되어 결국 1963년에 말레이시아연방이 수립되었다. 그러나 싱가포르는 1965년에 연방을 탈퇴하고 독립했다. 면적은 약 650제곱킬로미터이고, 현재 인구는 약 316만 명이다. 덧붙이자면 도쿄 도의 면적이 2,187제곱킬로미터, 인구는 1,155만 명이다.

시대에 따라 달라지는 평가

루쉰은 1920년대에 이미 싱가포르와 말레이시아의 문단에 이름이 알려져 있었고, 좌련의 지도적 위치에 있었던 1930년대에는 '좌파·무산계급의 혁명문학자 루쉰'이라는 상이 형성되어 있었다. 이러한 루쉰상은 1927년의 4·12 반공쿠데타 후에 중국에서 싱가포르나 말레이시아로 이주해 온 좌파 지식인들이 적극 세상에 퍼뜨린 결과였다. 1927년에는 중국공산당의 원조로 난양南洋공산당이 창설되었는데 이것이 3년 후 말라야공산당으로 발전했다. 말라야공산당원들은 노동운동을 선동하는 한편, 신문이나 문화기구에 침투해 영국 식민지 당국에 대항하는 데 유용한 문화영웅으로 루쉰을 우상화했다고 한다. 전후 말라야공산당은 영국 식민지 정부 타도와 '말라야민주공화국' 건설을 공식 표방했고, 좌파 저널리스트들은 루쉰의 반제국주의·반식민지주의 정신을 강조하면서 대규모 루쉰 기념집회나 문학의 밤 등의 행사를 개최하곤 했다.

싱가포르대학 교수 왕룬화王潤華는 영국 식민지였던 미국·호주·뉴질랜드의 백인 작가들이 영국 고전문학을 가치 기준으로 삼는 자국 내 '문화패권주의'와 맞서 싸우면서 지역성·독립성을 띤 독자적인 문예 전통을 창출했던 것을 예로 들면서, 싱가포르·말레이시아의 중국어 문학에서는 좌파에 의해 신격화된 루쉰이 바로 패권문화가 되었다고 지적했다. 루쉰을 중심으로 한 중국의 5·4 신문학을 애써 모방해오던 난양의 작가들이 자기 지역에서 새로운 제재나 형식을 구하게 된 것은 1960년대 후반 이후의 일이었는데, 그것은 중국문화의 규범성을 조정·배제함으로써 비로소 가능했던 것이라 한다.

5. 맥맥이 이어지는 '루쉰 읽기'의 전통: 조선 · 한국과 루쉰

조선어 역이 세계 최초의 번역

한반도와 전후의 대한민국은 일본과 함께 가장 깊고 넓게 그리고 조기에 루쉰을 수용한 나라다. 조선의 매스미디어를 통해 루쉰을 처음으로 소개한 사람은 중국 신문학 소개자인 양백화(1889~1944)인데, 그는 일본의 아오키 마사루가 1920년에 발표한 「후스를 중심으로 소용돌이치고 있는 문학혁명」을 같은 해에 조선에 번역해 소개했다. 일본의 식민지 지배를 받고 있었던 조선의 지식인들은 반半식민지 상태를 벗어나 국민국가를 건설하기 위해 애쓰고 있던 중국에 특별한 공감을 느꼈을 것이다.

루쉰 문학의 조선어 번역은 1927년 8월에 「광인일기」가 번역된 것이 최초의 일인데, 역자 유수인은 베이징에 이주해 있을 때 루쉰과 면담한 적도 있었다고 한다. 루쉰 문학 최초의 일본어 역은 1922년 6월 베이징의 일본어 주간지에 저우쭤런이 번역해 실은 「공을기」이지만, 일본 국내에서는 1927년 10월에 「고향」이 번역·소개된 것이 최초이기 때문에 중국 국외에서 외국인에 의한 번역으로는 조선어 역이 일본어 역을 2개월 정도 앞서 세계 최초였다고 할 수 있다.

자신의 상황에 대한 비판적 시좌로서

1930년대에는 정내동도 루쉰 번역진에 참여해 「아Q정전」, 「고향」 등이 번역되었다. 번역자들은 모두 중국에 유학하거나 체재한 경험이 있는 문학청년들이었다. 1931년에 정내동은 ≪조선일보≫에 루쉰을 좌경화한 '프롤레타리아 사상가'로 소개하긴 했으나 굴절에 찬 루쉰 문학의 형성 과정에까지 이해가 미치지는 못했다고 한다. 또한 문학사 연구자이며 혁명가로서도 저명한 김태준(1905~1949)은 경성제국대학 문학부 지나문학과 출신으로 주로 프롤레타리아 문학을 소개했는데, 루쉰의 「아Q정전」을 "아주 유머에 넘치는 사실주의 작품"이라 하면서 그 줄거리를 소개했을 뿐 특별한 논평은 없었다.

1934년에는 중국에 망명 중이던 신언준이 장문에 걸친 루쉰 인터뷰를 발표했는데 "메스를 손에 잡고 만나는 사람마다 남김없이 마취약도 쓰지 않고 그 환부를 해부해버리는 괴이한 의사"라고 루쉰을 묘사하면서 루쉰 문학의 격렬한 비판정신을 전했다. 신언준은 또한 무력한 지식계급을 비판하면서 "세계××('혁명'이라는 말을 숨긴 것일까)이 완성되어야 비로소 약소민족도 해방된다"라는 루쉰의 견해를 소개해, 선명한 좌익 혁명가로서의 루쉰상을 조선에 전했다. 신언준의 「루쉰 방문기」는 주관성이 강한 것이기는 하나, 조선 사회에 대한 강한 비판을 포함하고 있어 루쉰을 자신의 상황에 대한 비판적 시좌로 취하는 조선 독자의 루쉰 수용 방법의 원형을 형성했다.

'청포도의 시인' 또는 '광야의 시인'으로 알려진 이육사는 1936년 10월의 루쉰 서거에 즈음하여 ≪조선일보≫에 「루쉰 추도문」을 연재했다. 이육사가 중국에서 활동 중이던 1933년 6월에 국민당에 의해 암살당한 민주파 지식인 양싱퍼楊杏佛(1893~1933)의 장례식장에서 처음 루쉰을 만났다는 감동적인 회상에서 시작해, 루쉰을 이해하려면 「아Q정전」을 이해하는 것이 불가결하다고 지적했다. 일찍부터 조선의 사대부들은 주자학 이데올로기하에서 수백 년을 살아왔고 명이 멸망한 뒤로는 자기들이 중세적 질서의 체계인 '중화'의 정통적 후계자라 하여 '소중화'라 자임해왔다. 식민지 시대 조선의 지식인들은 그러한 전통이 조선 근대화에 얼마나 큰 방해가 되었는지를 깊이 자각하고 있었고, '아Q적 인간'에 대해 중국인 이상으로 공감과 외포畏怖를 느꼈을 것이다.

조선 작가들의 창작에 깊은 영향을 주다

루쉰을 둘러싼 신언준이나 이육사의 그러한 비평 활동은 조선 작가들의 창작에도 깊은 영향을 미쳤다. 근대문학의 개척자인 이

광수(1892~?, 1950년 한국전쟁 때 북한군에 납치되어 북으로 연행되던 중 병사했다)는 식민지 민중 속에서 '아Q'를 발견해 1936년 8월 일본의 ≪개조≫지에 '조선의 아귀朝鮮の阿鬼'를 주인공으로 한 단편 「만야의 죽음万爺の死」(1936)을 발표했고, 1939년에는 자신의 반년에 걸친 유치장 체험을 바탕으로 형사범 수인들을 페이소스 넘치는 필치로 묘사한 「무명無名」을 발표했다. 그리고 총독부의 압력으로 대일 협력을 하지 않으면 안 되었던 식민지 말기에는 친한 후배 김소운(1907~1981)에게 "나는 아Q 같은 바보야"라고 말하는 등 자신을 '아Q적 지식인'으로 인식하고 있었다.

김사량(1914~1950)은 1940년 아쿠타가와상 후보이기도 했던 식민지 시대 말기의 작가인데, 조선어로 쓴 작품에서나 일본어로 쓴 작품에서나 학대당하던 조선 민중의 현실과 고뇌하던 조선 지식인의 내면세계를 묘사했다. 단편 「Q백작Q伯爵」(1941)의 주인공 Q백작은 일본 황실로부터 작위를 받은 식민지 지방장관인 아버지에게 반발하여 아나키스트를 자칭, 사상범으로 체포되기를 바라는 마음에 우행을 되풀이하여 자주 유치장에 연행되고, 때로는 경제 난민이나 이민의 무리에 섞여 절망의 만주행 난민 열차에 올라타 술에 취해 곤드라지면서, 하층 민중과 "같은 방향으로 달리고 있다는 것만으로도 구원받는 것 같은 느낌이다"라고 중얼거린다. 아Q의 이미지를 '잉여인간적 식민지 지식인상'으로 재생했다고 할 수 있을 것이다.

이러한 루쉰 독서사는 전후 재일 코리안에게도 계승되었고, 김석범金石範(1925~)의 중편소설 「만덕유령기담萬德幽靈奇譚」(1970) 같은 작품을 낳았다.

민주화운동을 담당한 사람들의 마음의 의지처

전후 한반도는 미·소와 중국의 간섭에 의해 남북으로 분단되었고, 한국에는 1948년 미국의 보호하에 이승만 독재정권이 수립되었는데, 한국의 학생과 민중은 1960년의 4월 혁명으로 이승만 정권을 타도했다. 그러나 1961년 5월에 군부가 쿠데타를 일으켰고, 1971년에는 박정희 대통령이 국가비상사태를 선포하고 이듬해에는 유신체제를 발족해 고도 경제성장을 주도해간다. 그런 한 편에서는 남북 분단과 사회적 모순이 날로 심화되었다. 그 결과 학생과 노동자의 반독재운동이 활발해졌고, 1979년에는 박정희 암살 사건이 터졌다. 그럼에도 1980년 전두환, 그리고 1987년 노태우에 의해 군사독재정권은 유지되었다. 그러나 광주사건(1980)을 비롯해 학생과 민중의 불요불굴의 민주화운동은 계속되었고, 결국 1980년대 말에 전면적인 민주화가 이루어졌다.

1970~1980년대 민주화운동에서 선구적인 역할을 담당했던 비평가 리영희(1929~2010)는 "내가 이 사회의 지식인과 학생들에게 뭔가 영향을 미칠 수 있었다고 한다면 그것은 다름 아니라 루쉰의 정신과 문장을 간접적으로 전했기 때문이다"라고 루쉰의 영향에

대해 이야기했다고 한다.

1970년대 후기에 지하운동에 참여해 감옥에서 4년을 보내야 했던 문예비평가 임헌영(1941~)은 "진짜 관심을 가졌던 것은 대학생 때로, 일본어 번역을 통해서였다. 가와데서방河出書房 판 『세계문학전집』 제47권의 루쉰 편은 다케우치 요시미 씨가 번역한 것인데, "나는 「벼린 검」을 아주 좋아했다. 독재자를 처단하기 위해 생명을 바치는 극한적인 투쟁을 나는 대단히 통쾌한 일로 생각했고, 지금도 학생들에게 필독서로 추천하고 있다"라고 말했다고 한다.

이처럼 한국의 1970~1980년대에 루쉰은 민주화 투쟁을 하는 사람들의 마음의 의지처였고 논리적 지주이기도 했다.

맥맥이 이어지는 전통

민주화 후 1990년대의 한국에서는 루쉰이 대학입시 논술시험의 주제로 출제될 정도로 중요시되었고, 문단에서는 '루쉰문학상'이 새로 만들어져(1998) 일본어로도 번역된 전 10권의 장편대하소설 『태백산맥』의 저자 조정래 씨가 제1회 수상자로 선정되었다. 조정래는 수상 연설에서 "전부터 내 문학행위의 모범이 되어온 루쉰의 이름을 딴 문학상을 수상하게 되어 더없는 영광이라 생각한다"라고 말했다. 이처럼 한국에서는 식민지 시대에 시작된 '루쉰 읽기'의 전통이 오늘날에도 맥맥이 이어지고 있는 것이다.

한국에서의 루쉰 연구는 식민지 시대로 거슬러 올라가는데, 도쿄제국대학 졸업 후 경성제국대학 교수가 된 신도효는 시오노야 온塩谷溫의 소개로 1926년 이래 루쉰을 세 차례나 찾은 적이 있고 경성제국대학에 제출한 박사논문도 중국의 현대문학에 관한 것이었다. 그리고 1927년에는 베이징대학 중문계 졸업생으로서 에로센코와 관련한 극평사건劇評事件(1922)으로 알려졌던 웨이지엔공魏建功이 경성제국대학의 중국어 교사로 1년간 머문 일도 있었었다.

한국의 독립 후 경성제국대학은 국립서울대학교로 개편했고, 지나문학과는 중국문학과로 이름을 바꾸었다. 그리고 정내동과 졸업생 김구경이 같은 학과의 교수로 임용되었는데, 김구경이 한국전쟁 중 행방불명되고 정내동은 대학을 떠나는 바람에 현대문학 연구가 중단되어버렸다.

1970년대 말 중국이 덩샤오핑 시대를 맞아 개혁·개방정책이 실시되면서 간행된 학술서적이 홍콩을 거쳐 한국에도 수입되기 시작했는데, 만약 중문과 학생이 학생운동을 하다가 경찰에 체포되고 그때 중국 서적을 소지하고 있으면 그것이 '불온서적'으로 간주되어 '불온서적 소지죄'가 추가되곤 했다. 그 때문에 서울대학교 중문과에서는 김시준 교수가 담당하는 중국현대문학 과목을 개설하여, 학생이 '불온서적 소지죄' 혐의로 체포되면 김시준 교수가 경찰서를 찾아가 그 책이 연구 목적이라는 것을 설명하고 학생의 보증인이 되어 데리고 나오곤 했다는 일화가 전해진다.

한국에서는 1980년대에 마루야마 노보루의 『루쉰』이나 다케우치 요시미가 옮긴 『루신 전집』 전 6권 등이 한국어로 번역 또는 중역되었고, 1990년대 이후로는 독자적인 루쉰 연구에 의한 박사 논문이 속속 제출되고 있다. 그리고 1985년에 한국중국현대문학학회가 조직되어 활발한 활동을 전개하고 있다.

제9장

루쉰과 현대 중국

1. 성인화된 루쉰: 마오쩌둥 시대

천식의 발작으로 급서

루쉰은 국방문학 논전이 한창이던 1936년 10월 19일에 지병인 천식의 발작으로 급서했다. 그의 마지막 글은 일본인 주치의를 불러달라고 우치야마 간조에게 부탁하는 다음과 같은 일본어 메모였다.

> 우치야마 사장님, 갑자기 한밤중부터 천식이 시작됐습니다. 그러니 10시경의 약속에 나갈 수가 없어 대단히 미안합니다. 부탁 좀 드립니다. 전화로 스도須藤 선생께 연락해주십시오. 조속히 와주십사 하고요. 이만 줄입니다. L배拜. 10월 18일.

루쉰 서거 소식은 곧 전 중국에 알려졌고, 그날 중으로 쑨원의 미망인 쑹칭링宋慶齡의 참여 허락을 받아 장의위원회 명부가 작성되었다. 당초 차이위안페이蔡元培, 마오쩌둥, 우치야마 간조, 아그네스 스메들리Agnes Smedley, 마오둔 등 9명의 이름이 거론되었으나, 후에 저우쭤런 등이 보태어져 장의위원회는 총 13명으로 구성되었다. 10월 22일 무장 경찰이 출동한 가운데 바진, 후펑 등 청년작가들이 운구하여 만국공묘萬國公墓에 안장했다. 그리고 인민공화국 건국 후인 1956년에 옛 집과 가까운 홍커우공원虹口公園(현재의 루쉰공원魯迅公園)에 개장되었다.

오쿠무라 히로시가 유화로 그린 '루쉰 임종도'

혁명의 성인화

마오쩌둥(1893~1976)은 국방문학 논전 과정에서 루쉰을 무기로 당내의 적대 파벌을 타격하는 교묘한 전술을 구사한 바 있는데, 루쉰 사후에는 중국공산당 통치의 정통성을 선전하기 위해 루쉰을 이용했다.

일중전쟁 개전 직후인 1937년 10월 공산당 중앙과 중국 홍군

총사령부가 있는 얀안에서 루쉰 서거 1주년을 기념하는 집회가 열렸는데, 이때 마오쩌둥은 "중국에서 루쉰의 가치는 내 생각에 중국 제1등의 성인聖人이다"라고 강연했다. 중화민국기의 언론계에서 구미와 일본의 제국주의에 저항하면서 그들의 근대 문화를 주체적으로 수용하려 했던 점, 좌익 문단의 기수로서 국민당을 강력히 비판해왔던 점 등의 '전력戰歷'에 의해 루쉰은 중국 혁명의 성인으로 떠받들어졌다.

중국에서는 당대 이래 새 왕조가 수립되면 전 왕조의 정사正史를 편찬해 그 흥망을 서술하면서 새 왕조의 정통성을 주장하는 정사 편찬의 전통을 이어왔다. 인민공화국을 수립한 중국공산당은 인민혁명의 정통성을 선전하기 위해 편찬에 장시간을 요하는 정사를 대신하여 우선 공산당 중심의 근대문학사를 편찬했고, 이를 중학에서 대학까지의 국어과 교육에 반영해 사상교육의 방편으로 삼았다. 그리고 그 근대문학사의 중심에 루쉰이 있었다. 베이징사범대학 중문계 교수로 있었던 리허린李何林(1904~1988)은 건국 후 공산당 중심의 근대문학사관에 의거한 어문교육을 수립한 문예 관료인데, 그와 동시에 공산당 사관에 입각한 루쉰 연구의 중심인물이기도 했다. 그는 그의 만년에 국어과에서 루쉰 문학 학습의 의의를 다음 네 가지로 요약했다.

1. 루쉰의 전투적 일생과 결부 지어 어떻게 하면 마오쩌둥 동지의

그에 대한 평가를 깊이 이해할 수 있을 것인가?

2. 루쉰이 시종 정확한 노선을 견지해나간 것을 어떻게 하면 정확하게 이해할 수 있을까? 무산계급혁명을 수호하라는 노선을 실행하는 데 루쉰은 어떠한 역사적 공적을 이루었는가? 거기서 우리는 어떠한 중요한 계시를 얻을 수 있는가?
3. 시대 배경과 결합하여 어떻게 루쉰 작품의 예리함과 전투성을 분석해낼 것인가?
4. 루쉰의 언어예술과 전투적 작풍을 어떻게 이해하고 배울 것인가?•

이 한 문장을 보더라도 마오쩌둥이 전후 공산당 정권의 독재체제를 정당화하는 데 루쉰을 어떻게 이용했는지를 알 수 있을 것이다. 덧붙이자면, 마오쩌둥은 1957년에 상하이에서 문화인 그룹과 회견한 자리에서 "만약 루쉰이 아직도 살아 있다면 어떻게 하고 있을까"라고 자문하고는 이렇게 답했다고 한다.

> 내 생각에, 감옥에 갇혀 있으면서도 여전히 글을 쓰려 하고 있거나, 아니면 대세를 알고 침묵하고 있거나 둘 중 하나일 것이다.

• 李何林,『中學語文魯迅作品答疑』(新蕾出版社, 1986).

이는 마오쩌둥 자신이 성인으로 만든 루쉰의 모습이 루쉰의 진면목과는 크게 다르다는 것을 그 자신이 가장 잘 알고 있었음을 보여주는 에피소드다.

2. 루쉰 읽기에서의 '독립적 사고': 덩샤오핑 시대의 루쉰

크게 변한 루쉰상

문화대혁명(1966~1976)과 함께 마오쩌둥 시대도 끝났다. 그리고 1980년대 들어 개혁·개방의 덩샤오핑 시대가 본격화하자 루쉰상에도 큰 변화가 일어났다. 예를 들어 1981년 11월 16일 월요일 상하이 시 차오양曹楊중학교 2학년 1반에서 행해진 루쉰의 명작 「고향」에 관한 수업을 참관해보자. 담당 교사는 '특급교사'라 불리던 초베테랑 첸멍룽錢夢龍 선생이다.

선생: 지난 주 토요일의 자습 시간 때 여러분은 많은 질문을 써 내주었습니다. 대충 살펴보았지만, 문제점을 다들 참 잘 찾아내는구나 하고 감탄했어요. 자세히 읽은 사람도 있고 깊이 생각한 사람도 있었습니다.

자세히 읽고 깊이 생각하다

이렇게 말하면서 선생은 "자세히 읽는다, 깊이 생각한다"라고 판서한다. 자세히 읽고 깊이 생각한다는 것은 (문혁기의) 사상 선전으로서의 국어교육에 대한 반성에서 나온 것으로, 선생이 가장 중시하는 학습방침이다.

선생: 예를 들면, 이 작품에서 작자는 왜 대시(—)를 다섯 군데, 점선(……)을 스물네 군데나 사용했을까 하고 질문한 사람이 있습니다. 좋았어요. 그 학생은 대시와 점선의 통계를 내본 것입니다. 또 다른 학생은 이런 질문을 했습니다. "104쪽에 이런 말이 있다. '내가 나 자신의 길을 걷고 있다는 것을 깨달았다.' 그리고 결말부에도 '지상에는 본래 길이 없지만 다니는 사람이 많아지면 길이 된다'라는 말이 있다. 어째서 이 작품은 두 군데에서 길에 대해 언급하고 있을까? 이 '길'이라는 것이 주제와 어떤 관계가 있을까?" 어때요, 대단히 깊이 생각하고 있지 않나요? …… 그럼 오늘 수업은 두 시간 동안 무엇을 했으면 좋겠어요?

학생들: (한 목소리로) 문제 해결이요!

선생: 그래요, 맞아요. 오늘은 여러분이 문제를 해결하는 것입니다. 문제 해결을 위해, 여러분이 작품을 읽고 무엇을 알았고 무엇을 모르고 있는지를 선생님이 먼저 확인해야겠어요. 질문을 받으면 가능한 한 교과서를 보지 말고 대답할 것! 그러나 만약

잊어버렸으면 어떻게 해야 하지?

학생 1: (작은 목소리로) 살짝 봐버려요…….

선생: 살짝 본다? 그것도 좋지. (모두 폭소) 웃지 말아요. 살짝 보는 것도 능력에 속하니까. (학생들 폭소) 교과서를 잠깐 훑어보고 자기에게 필요한 어구를 찾아내는 것도 기술이잖아요? 다만 시험 때 그런 기술을 사용하면 절대 안 되지만 말이야. (학생들 폭소)

선생의 농담으로 학생들의 긴장이 완전히 해소되었다. 이처럼 이완된, 다소 떠들썩한 교실 분위기는 학생들의 학습 의욕을 북돋워 적극적인 사고를 촉진할 것이다. 『논어』의 "아는 자는 좋아하는 자에 미치지 못하고 좋아하는 자는 즐기는 자에 미치지 못한다 知之者不如好之者, 好之者不如樂之者"라는 전통적인 교육관이 절로 떠오르는 한 장면이기도 하다.

선생은 "그러면 묻겠는데, 작품 속의 '내'가 귀향했을 때의 날씨는 어땠나요"라고 물으며 학생들의 주의를 작품으로 이끌었고, '내'가 타고 있던 배가 당시 오봉선烏蓬船이라 부르던 배(뜸으로 지붕을 씌운 배 — 옮긴이)라는 대답을 학생들에게서 끌어냈으며, 나아가 후자는 이미 배운 루쉰의 단편 「궁지거」에도 나온 바 있다는 것을 상기시켰다. 그런 가운데 '蕭索的荒村(적적한 마을)'이라고 마을을 묘사할 때 사용한 '蕭索'이 무슨 뜻인지를 묻기도 했다.

룬투의 빈곤의 원인이 무엇인가에 대해서는 다음과 같이 학생들의 사고를 유도했다.

선생: 룬투의 집에서는 무엇을 심을 수 있을까요?

학생들: (하나둘씩 대답한다) 수박이요!

선생: 이런 질문을 한 학생이 있습니다. 룬투는 왜 더 많은 수박을 심어 자유시장에 내다 팔려고 하지 않은 걸까? 그렇게 하면 돈을 벌 수 있을 텐데. (학생들 폭소) 자, 여러분, 룬투는 왜 그렇게 하지 않았을까요?

학생 10: 세금을 내야 하기 때문입니다.

선생: 음, 세금이라……. 좋은 대답인데, 작품에 나오는 말을 써서 이야기한다면 어떤 세금이지요?

학생 11: 가세苛稅입니다!

선생: 가세, 맞았어요. 그런데 가세의 '가'란 말은 무슨 뜻일까요?

학생 12: '가혹'이라는 뜻입니다.

선생: '가'에는 가혹이라는 뜻도 있습니다. 그러나 '세' 앞에 오면 다른 뜻이 되지 않나요?

학생 12: '가'에는 번잡繁雜의 뜻이 있습니다.

선생: 맞았어요. 그런데 학생은 어떻게 알았나요? 한번 찔러본 걸까? (학생들 폭소)

학생 12: 그렇게 해석하면 세금이 많다는 것을 딱 맞게 설명할 수 있기 때문입니다.

선생: 그렇지, 머리가 좋군! 그래요, '가세'란 복잡다단한 세금을 말합니다. 그런데 구旧 사회의 세금에 대한 성어成語는 또 있습니다. 많다는 뜻의…….

학생 일동: 우모牛毛와 같다!

선생: 구 사회에서는 어떤 물건에나 세금이 붙었어요. 그래서 룬투가 만약 수박을 팔러 나갔다면 몇 개의 관문을 거쳐야 하고 그때마다 세금을 내야 했지요. 그런데도 돈을 벌 수 있었을까요?

학생: (일제히) 벌 수 없었어요!

선생: 그것을 교과서에서는 뭐라고 했지요? 책을 보지 않고 답할 수 있는 사람?

학생 13: '저랴번折了本(본전도 못 된다)'입니다.

선생: 맞았어요. 그런데 읽기를 잘못했네요. (이렇게 말하며 '折'를 칠판에 쓰고) 이 글자를 어떻게 읽나요?

학생: (일부) '서'입니다.

선생: 맞아요. ('折' 옆에 shé를 쓰고는) 이것은 다음다의多音多義 글자예요.

자유시장이란 영업허가증을 받고 장소 대금을 지불한 농민들이 자류지自留地에서 경작한 농작물을 가지고 나와서 파는, 도시의 시장을 말한다. 이 자류지가 문혁 중에는 엄격히 제한되었고 자유시장도 금지되었다. 그러던 것이 1978년 말에 부활했는데, 국영 상점의 그것들보다 값이 몇 배나 비쌌지만 신선도가 높고 물량도 풍부해 상하이에서 큰 인기를 끌었다. 그리고 그것은 근교 농민들의 소득 증가에 큰 보탬이 되었다. 학생들은 그러한 사회현상을 가까이에서 보고 자랐기 때문에, 룬투가 수박을 자유시장에 내다 팔면……이라는 질문을 했던 것이다.

개성적인 독서의 시작

첸 선생은, 소박하지만 학생들에게 비근한 의문에서 시작해 중화민국기의 번쇄한 세제에 대한 설명으로까지 나아갔다. 「고향」에는 이 '가세'라는 말 앞에 "몇 번이나 세금을 거둬가기 때문에"라는 룬투의 말이 놓여 있는데, 학생들은 아마 이것을 기억하고 '찔러'보았을 것이다. 그런 식으로 소설의 디테일을 학생들이 확인하도록 돕고, 의미에 따라 읽는 법이 다른 한자를 가르치는 것도 잊지 않으니 가히 특급 교사라 하겠다. 참고로 필자가 고분샤 고전신역문고古典新譯文庫판으로 옮긴 책에서는 '가세'를 '중세'로 번역했다.

덩샤오핑 시대에는 개혁·개방정책을 위해 독립적 사고가 강조되었기 때문에, 국어교과서에서는 '루쉰 = 혁명의 성인'이라는 공식이 유지되면서도 교실 현장에서는 텍스트를 자세히 읽고 깊이 생각하게 하는 수업을 하고 있었다. 다시 말해 루쉰에 대한 개성적 독서가 시작되었던 것이다.

루쉰 탄생 120주년을 맞은 2001년에 중국에서는 루쉰에 관한 책이 많이 발간되었는데, 그 가운데에는 『인터넷 루쉰網絡魯迅』(거타오葛濤 엮음)이라는 책도 있었다. 이것은 익명의 독자들이 인터넷상에서 루쉰에 관해 주고받은 글들을 하나의 책으로 엮은 것인데, 자유롭고 활달한 감상이나 의견으로 가득 차 있다. 예를 들면 '룬쉰Lunxun'의 댓글 「나는 루쉰이 너무 좋다」에는 다음과 같이 쓰여 있다.

소학교·중학교 때 나는 루쉰의 문장들이 너무 싫었다. 왜냐하면 당시는 읽어도 무슨 말인지 알 수 없는 대목이 많았고 실제 생활과는 거리가 먼 이야기들이었기 때문이다. 게다가 선생님이 늘 암기를 시켰기 때문에 나는 반감밖에는 기억이 안 난다. 대학에 들어가니 국어 수업도 없어졌고 교과서 암기도 없어져 루쉰의 문장들을 더 이상 싫어할 필요는 없었으나 그렇다고 좋아할 까닭도 없었다.

그런데 대학을 졸업하고 사회인이 되어 하고 싶지 않은 일을 해야 하고 보고 싶지 않은 일을 봐야 하는 처지가 되자 지난 날 억지로 암기한 문장들이 머리에 떠올라, 엄격했던 선생님들이 오히려 고맙게 생각되는 것이었다. …… 양심을 지키면서 눈을 크게 뜨고 보니 탐관오리나 건달, 그 똘마니들, 폐탱 원수 같은 사람들, 또는 케케묵은 습관이나 미신에 사로잡힌 사람들 등등 루쉰이 맞서 싸웠던 추한 사회현상이 아직도 많이 남아 있는 것이었다. 누더기를 걸친 아Q가 시골에도 있고 도시에도 있었으며, 그런가 하면 고급 슈트를 차려입은 아Q가 멋진 저택에 살고 있는 모습도 눈에 띄었다. 그리고 가난한 사람이든 부자든, 서민이든 고급관료든, 무학자든 대졸자든 가리지 않고 모두 신불神佛을 경배하고 있었다.

마오쩌둥 시대라면 불쌍한 룬투나 아Q 같은 사람들은 사회주의혁명에 의해 해방되었을 것인데, 오늘의 중국인들은 눈앞의 현대사회에 대한 비판의 기준으로서 루쉰을 읽고 있는 것이다. 게다가 그러한 책을 펴낸 곳이 공산당 직속 기관으로 『루쉰 전집』을 발간한 베이징의 인민문학출판사라는 사실이 묘하게 흥미롭다.

루쉰을 싫어하는 이유

앞서 이야기한 '룬쉰'이라는 사람은 그 댓글에서 일찍이 루쉰을 싫어했던 이유로 "늘 암기를 시켰다"는 것을 들었는데, 중국의 국어교육 및 고교·대학입시제도가 안고 있는 문제점을 생각할 때 이것이 시사하는 바가 많은 것 같다. 중국의 국어과는 사상교육의 임무를 짊어지고 있어 중·고교 국어과에서는 '성인' 루쉰의 작품을 별단으로 취급하면서 중·고교 6년 동안 약 20편이나 되는 작품을 읽히고 있기 때문에, 고교를 졸업할 무렵에는 루쉰 혐오자가 되어 있는 학생이 많다.

게다가 중국에서는 대학 졸업자 수가 1982년 45만 명에서 2002년 134만 명으로 20년 만에 3배로 늘었는데, 1999년의 대입 정원 확대 조치로 말미암아 다시 2003년에 188만 명으로 전년 대비 40% 이상 늘어났다. 그리고 2009년에는 531만 명으로, 불과 7년 만에 대졸자 수가 다시 4배로 늘어났다. 대학 진학률도 약 30년 동안에 2~3%에서 23%(2007년)로 급증했다.• 그에 따라 대입 전쟁이 격화되어, 예를 들어 국어 시험에서는 명작의 한 절을 지워 놓은 다음 그곳을 채워 넣게 하는 종류의 문제가 많아졌다. 그 때문에 국어교과서를 암기하는 것이 중·고교 국어교육에서 중요시되고 있는 것이다.

루쉰과 무라카미 하루키를 양 끝에 놓고

나는 중국 대학의 중문계로부터 종종 루쉰에 관한 강연을 의뢰받는다. 그러면 강당 등에서 200~300명의 학생 또는 원생을 상대로 90분 정도에 걸쳐 일본에서의 루쉰 수용사나 「고향」, 「아Q정전」 등의 대표작들을 비교문학적 관점에서 이야기한 다음 30분 정도 질의·응답 시간을 갖는 경우가 많다. 질문은 초보적인 것에서부터 전문적인 것에 이르기까지 다양하며, 때로는 그 자리에서 대답을 주지 못하고 나중에 담당 교수를 통해 편지로 회답하는 경

• 『中國統計年鑑』(1988, 1998, 2010); 『中國教育統計年鑑』(2008).

우도 있는데, 요즘은 중국에서도 인터넷이 많이 보급되어 10년쯤 전부터는 이메일로 직접 학생들에게 답하는 경우가 많다.

그런데 2009년 3월의 상하이작가협회 초청 강연에서는 뜻밖의 질문을 받았다. 그날 강연 제목은 '무라카미 하루키의 마음 밑바닥에 있는 중국'이었는데, 그것은 1년 전 타이베이에서 번역·간행된 나의 중국어판 무라카미론 저서의 제목에서 따온 것이었고, 부제는 '무라카미 문학에서 루쉰의 영향과 역사의 기억'이었다. 월요일 오전인데도 옛 프랑스 조계 소재의 오래된 양식 건물 대강당에 마련된 100석이 모두 차고 일부 서서 듣는 사람조차 있었던 것은 중국에서 무라카미의 인기가 얼마나 높은지를 잘 말해주는 것이라 하겠다. 말이 나온 김에 덧붙이자면, 상하이작가협회 건물은 1930년대에 한 중국인 부르주아가 사랑하는 아내를 위해 지어준 아름다운 양식 건물이다.

강연에서 나는 전반부에서는 루쉰이 무라카미에게 끼친 영향에 관해, 그리고 후반부에서는 무라카미 작품에 나타난 일중전쟁의 기억에 관해 이야기했는데, 질의응답 시간에 많은 질문이 쏟아져 예정된 30분을 넘어 1시간 가까이 계속되었다. 그때의 이야기인데, 중앙부에 앉아 있던 30세 전후의 여성이 일어나 자기는 어느 대학 중문계 강사라고 간단히 자기소개를 한 다음 "중국에서는 루쉰의 독자층에 단절이 있습니다만, 일본의 무라카미 독자층에도 단절이 있나요" 하고 질문하는 것이었다. 나는 "일본의 무라카미의 경우 그와 동세대 이상은 그를 싫어하는 사람들이 여기저기 좀 있어 보이나, 동세대 이하에서는 무라카미 팬들이 많고 특히 20세부터 50세까지가 핵심 독자층이라 할 수 있는데, 중국의 루쉰 독자층에 단절이 있다는 것은 내가 잘 모르는 이야기입니다만" 하고 답했다. 그러자 질문자의 바로 옆에 앉아 있던 동년배 여성이 또 일어나 보충설명을 하며 "구체적으로 말하면 40세 이하, 특히 젊은 여성들은 루쉰을 읽지 않습니다"라고 단언하는 것이었다. 아마 보충설명자도 대학의 중문계 강사였던 것 같다.

그렇다면 청중의 절반은 40세 이상으로 루쉰 이야기를 들으러 온 것이고, 나머지 반은 40세 이하로 무라카미 이야기를 들으러 온 것이 되는데, 중국의 루쉰과 일본의 무라카미가 정반대되는 독자층 단절 상황에 있다는 것에 나는 흥미를 느끼기는 했으나, 한편으로 루쉰을 싫어하는 중국의 신입생들이 지닌 '성인 루쉰'이라는 편견을 타파해야 할 대학의 젊은 강사들이 루쉰을 싫어하는 것은 곤란한 일이 아닌가 하는 생각도 들었다. 그러나 루쉰과 무라카미의 영향 관계에 대한 이야기가 강연의 취지라는 것을 상기한 나는 답변은 나중에 이메일로 드리겠다고 한 다음 "중·노년층의 루쉰 읽기와 청소년층의 무라카미 읽기가 상하이 독서계의 양대 조류라면 루쉰과 무라카미를 양 끝에 놓고 현대 중국의 문학 지도를 한번 그려보는 것이 어떻겠습니까" 하고 제안하는 것으로 그 답변을 마무리 지었다.

내가 나쓰메 소세키, 루쉰, 무라카미 하루키로 이어지는 '동아시아에 있어서의 루쉰의 아Q상 계보'라는 국제적 공동연구를 추동한 것은 그로부터 2개월 뒤의 일이었다.

3. 루쉰 독살설의 행방

루쉰 암살이라는 뜬소문

20세기 일본과 중국의 관계를 생각할 때 루쉰은 우호의 상징이라 할 수 있다. 그러나 그럼에도, 또는 바로 그렇기 때문에 두 나라 관계가 삐걱거릴 때마다 떠오르는 문제가 있다. 바로 일본인 의사가 루쉰을 오진했다거나 심하게는 루쉰을 암살했다는 소문이 그것이다. 그 의사가 누구냐 하면 (본장 앞머리에 나오는) 사망 전날 밤 천식의 발작을 일으킨 루쉰이 우치야마 간조에게 "전화로 스도 선생께 연락해주십시오"라고 왕진을 청한 그 의사 즉, 루쉰의 주치의 스도 이오조須藤五百三(1876~1959)다.

주치의 스도 이오조

스도는 오카야마 현 시모하라 촌下原村에서 태어났다. 1897년에 제3고등학교 의학부(현 오카야마대학 의학부)를 졸업했고, 1918년까지 육군의 군의로 베이징, 타이베이 등지에서 근무했으며, 1918

스도 이오조

년 무렵 동생이 무역업을 하는 상하이에서 개업하면서 우치야마서점이나 루쉰 일가의 주치의가 되었다. 그는 1932년 10월부터 죽기 직전까지 『루쉰 일기』에 160회 이상 등장하는 인물로, 패전 후에는 고향에 돌아가 개업했다. 육군 군의라는 그의 전력과 상하이재향군인회 회장이라는 상하이 시대의 직함 때문에 일부 중국인들은 그가 일본군의 스파이라는 의혹을 품었다.

논쟁의 전말

의사 스도의 루쉰 암살설을 맨 처음 제기한 것은 1984년 5월 중국 난징일보사의 신문 ≪주말周末≫에 실린 지웨이저우紀維周의 기명 기사였다. 이 기사에 대해 일본의 의학자로서 루쉰과 의학을 상세하게 연구해온 이즈미 효노스케 교수가 그다음 달 ≪아사히신문≫의 지면을 빌려 주도한 반론을 폈다. 그것을 받아 상하이루쉰기념관의 양란楊藍 부관장도 ≪주말≫의 기사가 개인적 견해에 지나지 않는다는 것을 확인했고, 9월에는 ≪주말≫ 스스로 그 기사에 근거가 없다고 자기비판함으로써 이 소동은 잦아들었다.

그러나 2001년 5월에 다시 루쉰의 아들 저우하이잉(1929~)이 의혹을 제기했다. 그는 중국을 대표하는 문예지 ≪수확收穫≫(상하이, 격월간)에, 루쉰의 동생 저우젠런이 쉬광핑에게 보낸 편지(1949년 7월)를 인용하면서 두 사람이 최만년까지 계속 스도 의사를 의념했었다는 것, 어머니는 의약에 대해 문외한이었지만 아무튼 스도가 약물을 '과용'한 것이 아닌가 생각한다는 말을 몇 번 했었다는 것, 그리고 전후에 어머니가 방일했을 때 스도가 모습을 보이지 않은 것이 범행 때문이 아니었는가 하고 의념했었다는 것 등을 털어놓았다. 루쉰의 아들이 어머니의 의심을 공개한 것 자체를 탓할 수는 없다 하더라도 이즈미 효노스케 교수의 의학적 견해에 대해서는 왜 한마디 언급도 하지 않았는지 이해하기 어렵다. 저우하이잉은 그 후에도『나의 아버지 루쉰魯迅與我七十年』이라는 회상록을 내서 독살설을 계속 퍼뜨렸다.

나아가 이듬해에는 광둥루쉰연구소조, 광둥루쉰연구학회가 편집해 출판하는 잡지 ≪루쉰세계≫ 제59기에 저우정장周正章이 쓴「진상, 루쉰 선생은 스도의 오진으로 죽었다魯迅先生死於須藤誤診眞相」라는 긴 논문이 실렸다. 의사로 보이는 작자는 전문가의 시각에서 의사 스도의 오진을 입증하려 했는데, 그것은 1930년대의 개업의가 행한 진료를 현대의학의 관점에서 비판하려 한 것으로서 역사적 검증이라고는 말할 수 없을 것이다. 그럼에도 이 잡지에는 오진설을 지지하는 의견이 많이 실렸다.

한편 전기작가인 추스秋石(본명 허진샹賀金祥)가 주간 문학잡지 ≪문예보文藝報≫ 2001년 9월 11일자에 저우하이잉이 쓴『나의 아버지 루쉰』에 관해 장문의 비판문을 실었고 독살설에 대해서도 루쉰 자신의 문장이나 발언에 의거해 철저히 비판했다. 나와 친숙한 중국의 루쉰 연구자들은 모두 추스의 논문에 동의하면서 저우하이잉의 책은 반쯤 재미로 읽을 수는 있지만 학술서라든가 루쉰전이라 할 수는 없다고 말하고 있다.

스도의 치료를 바란 루쉰

사실 루쉰은 1936년 5월에 병상이 악화된 이래 스도 의사에게 날마다 왕진을 청했다. 그런데 미국인으로서 저널리스트이며 루쉰의 친구였던 아그네스 스메들리 등이 강권하여 루쉰이 미국인 현지 의사의 진찰을 받은 적이 있다. 그랬더니 그 의사는 유럽인이라면 벌써 5년 전에 죽었을 정도로 중증이라는 진단을 내렸고, 루쉰은 굳이 그 의사에게 치료받을 필요는 없겠다고 하면서 스도가 계속 치료해주기를 희망했다.

루쉰이 죽고 난 뒤 스도는 상하이의 일본어 신문인 ≪상해일보上海日報≫에 "의사가 본 루쉰 선생医師より観たる魯迅先生"을 사흘(10월 21~23일)에 걸쳐 연재했다. 스도의 이 수기에 따르면 루쉰은 7~8세 무렵부터 이가 나빠져 하나씩 발치했기 때문에 27세에는 이미 전부 의치 상태에 있었고 그것이 소화 기능에도 악영향을 주었으며 "그분의 식사량은 죽을 때까지 우리의 반 정도였고 또한 어려서부터 배고프다는 것과 맛있다는 것을 알지 못한다는 말씀을 자

주 하셨다"라고 했다. 나아가 그는 센다이에서의 환등기 사건을 연상시키는 또 하나의 루쉰의 회상을 전하고 있다.

> 센다이 시대의 바로 그 무렵인데, 센다이의 한 소극장에서 일청전쟁의 환등기 상영을 보게 된 열혈의 선생은 동포들이 포로가 된 모습에 흥분을 억제하기 어려웠고 그래서 바로 짐을 꾸려 다음 날 귀국해버렸다고 한다. 그 환등기 슬라이드들은 오늘날에도 눈앞에 생생하게 떠오른다는 이야기를 선생은 자주 하셨다.

중국인들의 깊은 불신

환등기 슬라이드들이 오늘날에도 눈앞에 생생하게 떠오른다고 루쉰이 자주 이야기한 그 말의 상대방이 스도 본인이었다면, 루쉰은 제3장에서 소개한 센다이의학전문학교에서의 환등기 사건과는 별도로 센다이 시내의 소극장에서도 환등기 사건을 체험한 것이 된다. 그리고 글 속의 '일청전쟁 슬라이드'라는 것이 일로전쟁을 잘못 전한 것이 아니라면 당시 센다이의 극장에서는 10년 전에 있었던 일청전쟁의 슬라이드를 상영하고 있었고, 일청전쟁의 기억이 루쉰을 '흥분'시켜 '바로 다음 날 귀국'하게 했다는 것으로, 모두 흥미로운 사실이다.

주치의와 환자 사이에는 여러 가지 이야기가 교환되거니와 환자의 병력이나 심리상태를 이해하는 것이 중요한 만큼 좋은 주치의가 되려면 듣기를 잘해야 한다. 환자는 신뢰할 수 있는 주치의에 대해서는 청진기를 위해 셔츠를 벗을 뿐만 아니라 흉금을 열고 프라이버시를 이야기하는 것이다. 그런 뜻에서도 스도의 수기가 전해주는 우리가 모르는 루쉰의 과거 이야기들은 신빙성이 높다. 다만 원래 주치의의 목적은 환자의 치료에 있지 전기 집필에 있는 것은 아닌 만큼 치료 중의 사적 대화가 기억에 남을 경우 그 정확도는 저널리스트에 의한 인터뷰 같은 것과 동일시할 수 없다는 것도 고려해야 할 것이다.

그렇기는 하지만 이 에세이는 의사 스도와 루쉰 간에 깊은 신뢰관계가 형성되어 있었다는 증좌라고도 할 수 있는데, 그 중국어 역인 「醫學者所見的魯迅先生」(『魯迅先生紀念集』 上海, 1937)은 초역抄譯(원문에서 필요한 부분만 뽑아서 번역한 것 — 옮긴이)에 불과하고, 여기 소개한 두 사람 간의 친근한 대화 부분은 생략되어 있다. 아마 저우하이잉이나 저우정장은 이 에세이의 전문을 읽지 않았을 것이다. 좌우지간 저우하이잉 등 친족들까지 루쉰의 사인을 놓고 깊이 의심했다는 것은 그만큼 일본의 중국 침략이 중국인들에게 깊은 불신을 남겨놓았기 때문이 아니겠는가.

4. 무라카미 하루키 속의 루쉰

주체성을 잃지 않고 생각하고 행동하려면

1999년 12월에 필자가 중심이 되어 '동아시아에서의 루쉰 수용'을 주제로 한 도쿄대학 심포지엄을 개최했다. 한국, 타이완, 홍콩, 싱가포르, 호주 등지의 25명 및 일본에 머물고 있는 중국인 연구자 10명 정도를 초청했고, 여기에 100명 정도의 일본인 연구자가 참가해 사흘간 공동연구를 진행했다. 이 심포지엄에서도 동아시아 각국에서 나름대로 다양한 루쉰 읽기가 이뤄지고 있다는 것, 그리고 루쉰은 동아시아의 모던클래식이라는 것에 모두 깊이 공감했다. 이 책 제8장 '동아시아와 루쉰'은 그때의 성과에 많은 빚을 지고 있다.

그리고 이 심포지엄이 발단이 되어 '아시아 현대중국문학 국제학회'가 발족했고, 2002년 4월에 싱가포르대학 중문계가 제1회 대회를 개최했다. 첫째 날에는 행사 장소로 마련된 대강당에 싱가포르의 각 고등학교 학생들이 많이 참가했다. 그날 내가 21세기의 루쉰 연구를 전망하는 보고를 했는데, 회장에서 "오늘의 우리들에게 루쉰은 무엇입니까"라는 질문이 나왔다. 나의 답변은 다음과 같았다.

19세기의 동아시아 사람들은 구미 나라들에 의한 식민지화에 저항하기 위해 구미로부터 산업화와 국민국가라는 것을 배워 각각 독립국가 만들기에 나섰습니다. 이제 갓 구미를 모방하기 시작한 20세기 초에 루쉰은 유럽의 낭만파 시인들로부터 개성 존중과 저항의 정신을 배워, 구미의 근대를 저항하면서도 수용하는 주체성이 중요하다고 역설했고 그것을 실천했습니다. 소련의 붕괴와 동아시아 경제위기 이후 아메리칸 스탠더드의 글로벌화가 동아시아를 석권하고 있습니다. 이 글로벌화에 대해 동아시아 사람들은 옛 선배들과 마찬가지로 정면으로 맞서지 않으면 안 됩니다. 그때 우리가 자기 주체성을 잃지 않고 생각하고 행동하려면 어떻게 해야 할까, 이러한 질문에도 답을 주는 것이 루쉰 문학일 것입니다.

그런데 루쉰은 우치야마 간조의 에세이집 『지나의 진면목生ける支那の姿』(1935)에 일본어로 서문을 실었는데, 거기에 다음과 같은 구절이 있다.

> 일본인만큼 결론을 좋아하는 민족, 즉 의론을 듣거나 책을 읽거나 할 때 종내 결론을 얻을 수 없을 경우 도저히 참지 못하는 그런 민족은 세상에 드물 것이다…….

우리도 "루쉰이 오늘 우리에게 의미하는 바가 무엇인가"라는 질문에 괜히 결론 내리기를 서둘 것이 아니라, 먼저 동아시아의

클래식으로서 루쉰을 차분히 다시 읽어나가야 할는지 모른다. 현재 루쉰의 과제를 계승해 동아시아 독자들로부터 압도적인 공감을 사고 있는 작가로 무라카미 하루키(1949~)가 있다. 그는 일본의 현재를 동아시아의 시간과 공간 속에 위치시킨 작가이고 동아시아 공통의 현대 문화, 포스트모던 문화의 원점이 된 작가라 할 수 있다.

포스트모던 문화의 원점

실제로 무라카미 문학의 주인공들은 아시아 역사의 기록들을 더듬는 크고 작은 모험을 계속해왔다. 1979년의 데뷔작 『바람의 노래를 들어라風の歌を聴け』의 주인공 '나'는 제이스 바J's Bar의 주인에게 "상하이 교외"에서 "종전 이틀 후에 자신이 묻어놓은 지뢰를 밟고" 죽어버린 숙부 이야기를 한다. 그런 그에게 "그래…… 여러 인간이 죽었지. 그렇지만 모두 형제야"라고 부드럽게 받아주는 중년 남자 J는 중국인이다. 그는 실은 중·미 양국이 격돌했던 한국전쟁(1950~1953)과 베트남전쟁(1960~1975) 시기에 주일 미군기지에서 일했던 사람으로, 그러한 어두운 과거가 밝혀진 것은 '나'와 나의 친구 '쥐鼠'가 만주국의 망령과 대결하는 『양을 둘러싼 모험羊をめぐる冒険』(1982)에서였다. 이 모험 이야기의 전작 『1973년의 핀볼1973年のピンボール』(1980)에서 '쥐'는 J가 사는 항구 거리를 떠나면서 마치 머리카락이 뒤로 잡아당겨지는 듯한 느낌을 받는다. —

"J…… 무슨 까닭에 그의 존재가 이렇게 내 마음을 어지럽히는지 모르겠다."

이처럼 무라카미의 이른바 청춘 3부작은 '나'와 그 분신 '쥐', 그리고 두 사람보다 스무 살 연상인 중국인 J 세 사람이 서로 이야기하는 역사의 기록이다. 이 3부작에 이어지는 『태엽 감는 새ねじまき鳥クロニクル』 전 3부(제1부 초판 1992년, 문고본 간행 1997년)는 노몬한 사건Nomonhan Incident(1939)•과 만주국의 기억을 더듬는 이야기이고, 「중국행 슬로 보트中國行きのスロウ・ボート」, 「토니 다키다니トニー瀧谷」 등 단편소설은 중국에 대한 속죄의식 또는 역사 망각에 관한 성찰이며, 『해변의 카프카海邊のカフカ』(2002)나 『어둠의 저편アフターダーク』(2004)은 예를 들어 홍콩에서는 "내심에 존재하는 폭력의 씨앗을 반성하도록 일본인에게 호소하는" 작품으로 읽힌다.

무라카미 수용의 4대 법칙

한편 중국·홍콩·타이완의 중국어 문화권에서는 '무라카미 수용의 4대 법칙'이라는 것이 나돈다. '무라카미 현상'은 첫째로, '타이완 → 홍콩 → 상하이 → 베이징' 시계방향으로 전개되었고, 둘째로 타이완에서는 1989년에, 상하이에서는 1998년에, 다시 말해 각각

• 옮긴이 — 노몬한 사건은 1939년 만주와 몽골의 국경인 노몬한에서 일어난 소련과 일본의 국경 분쟁을 말한다. 여기서 일본군이 대패해 같은 해 9월에 정전 협정이 이루어졌고, 국경선은 소련의 주장을 거의 받아들인 채로 확정되었다.

고도 경제성장이 거의 반감한 시기에 발생했다. 또한 중국어권에서는 (한국도 마찬가지인데) 1980년대 말에 민주화운동이 일어나 민주화가 실현된 타이완과, 저 비참한 1989년의 톈안먼사건(또는 피의 일요일 사건)을 거쳐 민주화의 전망을 상실한 중국이 대조를 이루었다. 이 민주화운동이 각지의 무라카미 수용에 강한 영향을 미쳤다.

네 번째가 '삼고양저森高羊低의 법칙'으로, 1989년에 "100% 순수한" '숲'(『노르웨이의 숲』)에서 무라카미 붐이 시작되었는 데 비해 '양'(『양을 둘러싼 모험』)은 타이완에서는 1995년, 중국에서는 1997년(한국어 역도 같다)에 뒤늦게 번역되었으나 해설도 생략되는 등 냉대를 받았다.

루쉰 애독과 그 영향

그런데 무라카미 하루키는 고교 시절부터 루쉰을 애독했다. 『바람의 노래를 들어라』의 모두에 나오는 한 구절, "완벽한 문장 같은 것은 존재하지 않는다. 완벽한 절망이 존재하지 않는 것처럼"은 루쉰이 산문시집 『들풀』에 쓴 "절망이 허망한 것은 희망과 똑같다"라는 말에서 촉발되었을 것이다. 무라카미와 루쉰은 서로 깊이 연결되어 있었고, 특히 '아Q'상像은 무라카미가 루쉰에게서 계승한 중요한 테마였다. 예를 들어 『젊은 독자들을 위한 단편소설 안내若い讀者のための短編小說案內』(1997)에서 본격적인 문예비평을 시도했을 때 무라카미는 「아Q정전」(1922)을 언급하면서 "작자가 자신과는 전혀 다른 아Q라는 인간의 모습을 실감나게 묘사해냄으로써 루쉰 그 자신의 고통이나 슬픔이 부상하는 구조가 만들어졌다. 이 이중성이 작품에 깊이를 부여한다"라고 날카롭게 비평했다. 아울러 무라카미는 'Q씨'를 주인공으로 한 「잊혀진 왕국 駄目になった王國」(1982)이라는 단편소설을 썼는데, 그는 그 후로도 Q씨 형제들에 대한 묘사를 계속하고 있다.

최신작 『1Q84』 제3권의 홀수 장에 등장하는 살인청부업자 여성 주인공의 '아오마메青豆'라는 불가사의한 성姓은 중국의 고전시에서 승방僧房을 가리키는 말이었다. '아오마메'라는 이름의 특이성에 주목할 경우 그것은 이름 없는 '아Q'의 음화陰畫라 할 수 있을 것이다. 그녀가 읽는 책은 '1930년대 만주철도에 관한 책'이었고 여성용 호신술을 이야기할 때에는 마오쩌둥의 군사사상을 인용했다. 그리고 무엇보다 '아오마메'가 가정 내 폭력으로 아내에게 중상을 입힌 남자를 살해한 후 살인 후의 흥분을 가라앉히기 위해 고급 호텔 바에서 중년의 샐러리맨을 유혹해 성교할 때 속삭인, "나는 말이에요, 단지 당신의 그 대머리가 좋아요"라는 말이 흥미롭다.

대머리 콤플렉스를 가진 아Q는 젊은 여승의 머리를 쓰다듬거나 뺨을 꼬집는 등의 성희롱을 하여 자기가 받은 굴욕을 약자인 그녀에게 전화시킨다. 그러한 행동에 대해 여승은 기껏해야 "벌

받을 아Q, 자손이 끊어질 아Q!"라고 판에 박힌 욕을 되풀이할 뿐이었다. DV 남자들에게 하나하나 복수하는 『1Q84』의 주인공 '아오마메'는 나에게는 「아Q정전」에 나오는 젊은 여승의 망령으로밖에 생각되지 않았다.

또한 제3권에서 '아오마메'나 '덴고天吾'와 함께 주인공으로 나오는 늙은 변호사 '규가牛河(우시카와 — 옮긴이)'는 그 용모와 성격, 처한 상황 또는 그 이름 따위를 생각하면 할수록 아Q의 직계라 하지 않을 수 없다. 말이 나온 김에 덧붙이자면, '규가'를 거꾸로 읽으면 '가규'가 되는데, 그것의 일본어 로마자 표기 'Kagyu'는 아Q의 일본어 로마자 표기 'Akyu'와 비슷하다. 이러한 철자 순서 바꾸기는 필시 무라카미류의 유머라 하겠다.

「아Q정전」은 본시 청조의 마지막 황제 시기 웨이주앙未莊이라는 마을의 날품 노동자 아Q를 주인공으로 한 단편소설이다. 아Q는 마을 사람들에게 이지메를 당하고 웃음거리가 되면서도 "나야말로 자신을 경멸할 수 있는 제1인자"라는 등 엉터리 말로 스스로를 달래다가, 청조를 타도한다는 신해혁명(1911)의 소문을 듣고 어찌할 바를 모르는 지주들의 모습을 보고는 혁명당을 동경하게 되었지만, 웨이주앙에서는 일본에 유학하고 돌아온 젊은 지주 나리들이 재빨리 혁명당을 조직해버려 결국 아Q는 나설 기회를 잡지 못한다. 그러다가 자오가趙家에서 일어난 강도 사건의 범인으로 체포되어 법정에 끌려 나왔고, 이윽고 무슨 영문인지도 모른 채 총살을 당한다. 그리고 웨이주앙 주민들은 그것을 재미있다는 듯이 구경한다.

루쉰은 이 작품에서 자신의 굴욕감과 패배감을 약자에게 전가하고 자기만족에 빠지는 아Q식 '정신승리법'을 페이소스 넘치게 묘사함으로써 중국인의 국민성을 비판하는 동시에 풀뿌리 민중이 변하지 않는 한 혁명은 있을 수 없다는 국가관을 토로했다고 할 수 있다. 아Q는 당시 중국인의 다수를 점했던 하층 농민만을 가리키는 것이 아니었다. 루쉰은 서구화 도상에 있던 베이징 등 도시 민중, 더 나아가서는 루쉰 자신을 포함한 국민국가 건설 도상의 모든 중국인의 국민성을 준엄한 비판 정신과 깊은 공감을 가지고 묘사했던 것이다.

중산층 사회에 대한 근본적 비판

일찍이 로맹 롤랑이 「아Q정전」의 프랑스 역을 읽고 눈물을 흘렸다고 하는데, 무라카미도 '시대의 전환기 소시민의 생활방식'이라는 관점에서 아Q로부터 깊은 감명을 받았을 것이다. 1994년 6월 『태엽 감는 새』 제3부를 집필하고자 노몬한 사건 현장을 취재하러 다녀온 무라카미는 귀국 후의 여행기에서 전후 일본에 형성된 '시민사회', 즉 중산층 사회를 근본적으로 비판하기도 했다.

우리는 일본이라는 국가를 결국 파국으로 이끈 그 '비효율성'을 전근대적인 것이라 하여 타파하려고 노력해왔다. 그런데 그 비효율성의 원인을 자신의 내부에서 찾지 않았고, 그것이 마치 외부의 힘에 의해 우리에게 강요되었던 것처럼 취급하여 외과수술이라도 집행하듯 단순하게 물리적으로 배제하는 데 치중했다. 그 결과 우리는 확실히 근대 시민사회의 이념을 바탕으로 한 효율성 높은 세계에 살게 되었고, 그러한 높은 효율성은 우리 사회에 압도적인 번영을 가져오기도 했다. 그렇기는 하나 오늘날 우리는 사회의 여러 방면에서 옛날과 다름없이 이름도 없는 소모품으로 조용히 그리고 평화적으로 말살되고 있는 것은 아닐까…….•

전통 제국 청조로부터 근대적 국민국가로서의 중화민국으로, 그리고 중화인민공화국으로 중국이 대변모를 거듭해갈 때 주체적으로 변혁에 참가하지 못한 사람들, 또는 참가하려 해도 참가할 수 없었던 과거의 유령 같은 사람들을 루쉰은 준엄하면서도 공감하는 태도에 입각해 '아Q'라는 인물로 형상화하면서 새 시대의 국민성을 모색했다. 한편 무라카미 하루키는 침략의 결과로서의 패전을 경험하면서 "자신의 내부에 있는 비효율성의 근원"을 탐문하지 않고 포스트모던 사회로 돌진함으로써 오늘날에도 "이름 없는 소모품으로 조용히 그리고 평화적으로 말살되고 있는" 일본인을

• 村上春樹, 『辺境·近境』(新潮社, 2000).

페이소스 넘치는 문체로써 'Q씨'라는 인물로 형성화하면서 내성적인 시민상을 탐구하고 있다 할 것이다.

그런데 루쉰의 본명인 周樹人(저우수런)을 일본어로 읽어 로마자로 표기한 'Shujujin'과 春樹(하루키)를 음독해 로마자로 표기한 'Shunju'를 나란히 놓고 보면 두 사람의 이름에 유사성이 있어 보인다. 무라카미가 하루키로 명명된 것은 아마 1월 12일이라는 출생일에 의할 것이고 'Shujujin'과 'Shunju' 간의 유사성도 우연한 일일 것이나, 생각하기에 따라서는 루쉰과 무라카미 하루키라는 현대 동아시아에서 가장 가까운 두 작가 간의 인연을 시사하는 것이라고 말할 수 있지 않을까?

글쓴이 후기

2010년 10월 8일 류샤오보劉曉波(1955~)의 노벨평화상 수상이 발표되었습니다. 민주화운동가 류 씨는 그해 2월에 '국가정권전복선동죄'로 징역 11년의 판결을 받아 네 번째 감옥 생활에 들어갔었지요. 중국 정부는 신문·TV 등의 평화상 수상 보도를 금지했고, 부인 류샤劉霞 씨 등 류샤오보 지지자들을 구속해버렸습니다. 이 책 제9장 '루쉰과 현대 중국'에서 필자는 "만약 루쉰이 아직도 살아 있다면?"이라는 물음에 마오쩌둥이 "감옥에 갇혀 있으면서도 여전히 글을 쓰려 하고 있거나……"라고 대답했다는 에피소드를 소개했습니다. 극심한 박해를 받으면서도 "나에게는 적이 없다"라며 평화적 민주화의 이념을 계속 이야기한 류 씨에게서 루쉰의 잔영을 발견하는 중국인이 아마 많을 것입니다.

같은 10월 8일에 '바링허우八零後'라 불리는 젊은 작가 한한韓寒(1982~)이 자신의 블로그에 공백 인용 부호(" ")만을 써 넣어 주목을 끌었습니다. 한한은 그 앞 달에도 "내정 문제로는 데모를 할 수 없는 민족이 외국에 항의하는 데모를 하는 것은 의미가 없다", "반일 데모는 매스게임" 같은 글을 블로그에 올린 바 있거니와(≪아사히신문≫, 2010년 10월 18일 자), 평화상이 발표된 날의 그 공백 인용 부호는 보도금지에 대한 신랄한 비판의 뜻을 담았을 것입니다. 이 공백 부분에 어떤 블로그 독자는 루쉰이 중화민국기의 중국에 대한 절망을 적었던 한 구절을 써 넣었습니다.

> 가령 쇠로 만들어진, 창이 하나도 없는 큰 방이 있는데, 절대 부술 수가 없다고 하세. 그 방 안에 많은 사람이 깊이 잠들어 있네. 그들은 얼마 안 가 질식해 죽는데, 혼수상태에서 죽음으로 가기 때문에 죽는다는 슬픔조차 느끼지 못하고 죽는 거야. 지금 자네가 큰 소리를 질러 조금은 의식이 있는 몇 사람을 억지로 깨운다면 그 불행한 소수파에게 결국 살아 나갈 가망도 없이 임종의 고통만 주게 되는 것인데, 그것이 그들에게 미안한 일이 되지 않겠나?•

이런 말로 작품 집필 권유를 사절하는 루쉰에게 친구인 편집자는 "그러나 몇 사람이 일어난다면 쇠로 만들어진 그 방을 부수고 나올 희망이 절대 없다고는 할 수 없어"라고 대답했다고 합니다.

• http://news.backchina.com/comments-109316-big5.html.

그 말에 의지해 루쉰은 다음과 같은 희망의 논리를 전개하면서 작가 활동을 재개했습니다.

> 그렇다. 나는 물론 나 나름의 확신이 있지만, 희망으로 말하면 그것은 말살할 수 없는 것이고 또 희망은 미래에 있는 것이기 때문에 절대 없다고 하는 나의 깨달음으로 그의 '있을 수 있다'는 설을 무너뜨릴 수는 결코 없을 터, 그 때문에 나도 결국 뭔가를 쓰기로 승낙하고 말았는데, 그것이 바로 나의 첫 작품 「광인일기」였다.•

한한의 공백 인용 부호 부분에 "가령 쇠로 만들어진……"이라는 절망의 구절을 집어넣은 그 블로그 독자는 필시 "희망은 미래에 있다……"라는 희망의 논리가 전개되기를 바랐을 것입니다. 루쉰 문학은 이처럼 오늘날에도 계속 읽히는 것이지요. 말이 나온 김에 덧붙이자면, 대담한 발언을 계속해온 한한에게 중국의 네티즌들은 '당대의 루쉰'이라는 칭호를 부여했습니다.

이 책 제9장 제4절 '무라카미 하루키 속의 루쉰'에서 소개했듯이 루쉰은 무라카미에게도 깊은 영향을 미쳤습니다. 그는 2009년 2월 예루살렘 문학상을 수상했을 때 'Between a high, solid wall and an egg……'라는 강연을 한 바 있습니다. 그 '벽'과 '달걀'의

• 『故鄕/阿Q正傳』, 「『訥喊』自序」 中.

비유는 일본에서는 팔레스타인 가자 자치구에 대한 이스라엘의 침공을 비판한 말로만 이해됩니다만, 실은 그 3년 전에 무라카미는 중국의 강경파 주간신문과의 인터뷰에서 "기본적으로 나는 개인의 자유를 대단히 중시하고 존중합니다. 마치 단단하고 높은 벽이 있어 이 벽에 부딪쳐 깨지는 달걀이 있다고 하면, 나는 달걀의 편에 설 것입니다"라는 말을 한 바 있습니다.•

이 '예루살렘 강연'에 깊이 공감한 류샤 씨는 "무라카미 씨와 마찬가지로 저는 우리의 조그마한 체구라는 껍질 속에 있는 영혼의 가치를 중대하게, 진실의 가치를 중대하게, 그리고 모든 부스러지기 쉬운 것들의 가치를 중대하게 생각합니다"라고 말하면서, 옥중에 있는 류샤오보의 다음의 말을 인용했습니다.

> 벽은 너무 높고 단단하고 그리고 차갑습니다. 만약 우리에게 승산 같은 것이 있다면 그것은 우리가 자신의 영혼이, 그리고 상대방의 영혼이 더할 나위 없이 소중하다는 것을 믿고 그 따뜻한 마음들을 합쳐나가는 데에서밖에는 나지 않을 것입니다.••

올해(2011)는 루쉰 탄생 130주년이고, 루쉰이 유학지 도쿄에서 문학운동을 시작한 지 100여 년이 지났습니다. 루쉰 문학은 중국

• ≪南方周末≫, 2006年 9月 7日 第1178期.

•• 劉曉波, 「日本の讀者へ」, 及川淳子 譯, ≪環≫, 2010年 春号.

과 일본, 그리고 동아시아 공통의 모던클래식으로서 그 중요성이 나날이 커지고 있습니다.

그리고 소학교 5학년 때 처음으로 단편소설 「고향」을 읽은 나의 루쉰 독서력歷도 이제 반세기에 가까운 시간이 지났습니다. 그 동안 일찍이 루쉰이 살았던 곳을 탐방했고, 또한 한국, 타이완, 홍콩, 싱가포르, 구미 등지에서 루쉰의 독자와 만나 이야기를 나눠 왔습니다. 20세기에 들어와서는 산세이도의 의뢰로 『루쉰 사전』을 편찬했고, NHK 인간강좌에 나가 '다시 루쉰을 권유하다'를 이야기했으며, 또한 고전신역문고로서 『고향·아Q정전』, 『주루에서·비공』 두 단편집을 번역하기도 했습니다. 이러한 나의 루쉰 체험을 바탕으로 하고 최신 연구와 비평을 가필하여 정리한 것이 이 책 『루쉰: 동아시아에 살아 있는 문학』입니다.

독자 여러분께서 루쉰의 안내를 받아 중국이나 동아시아와 공생하는 일본의 장래를 전망하고자 할 때 이 책이 도움이 되기를 바라 마지않습니다.

2011년 2월 18일

나의 고향 도쿄에서

후지 쇼조

옮긴이 후기

루쉰은 누구인가?

문학자로서의 루쉰에 국한하자면, 그는 20세기 초에 활동한 옛 사람임에도 놀랍도록 감수성이 예민하고 풍부하다. 오늘의 우리에게 비추더라도 그것이 덜 예민하고 덜 풍부할 것 같지는 않다. 또한 그는 1918년에 「광인일기」 등을 발표해 중국 문학혁명을 선도했다.

그런데 루쉰이 여러 나라 많은 사람에게 지금까지도 읽히는 것이 단지 그의 문학 그 자체 때문일까? 그런 것은 아닌 것 같다. 루쉰의 작품을 읽는 사람들은 동시에 그의 개성이나 삶의 자세, 그리고 그보다 더 크게는 시대와 사회를 그가 어떻게 살아갔는가 하는 것을 생각하게 되지 않을까? 아래에 그런 것을 좀 모아보겠다.

옮긴이 생각에 루쉰의 루쉰다움을 잘 보여주는 것이 다음의 글인 것 같다. 그는 멀리 뒤처져 있는 '적막'한 반半 식민지 중국에서 다중多衆의 각성은 가망 없는 일이라고 확신하면서도 문학의 창槍을 들고 싸움에 나선다(그것은 영웅의 모습이라기보다 성인의 모습이라 하겠다).

그들은 ≪신청년≫이라는 잡지를 내고 있었다. …… (작품 집필을 권유하는 그들에게) 나는 이렇게 말했다.

"가령 쇠로 만들어진, 창이 하나도 없는 큰 방이 있는데, 절대 부술 수가 없다고 하세. 그 방 안에 많은 사람들이 깊이 잠들어 있네. 그들은 얼마 안 가 질식해 죽는데, 혼수상태에서 죽음으로 가기 때문에 죽는다는 슬픔조차 느끼지 못하고 죽는 거야. 지금 자네가 큰 소리를 질러 조금은 의식이 있는 몇 사람을 억지로 깨운다면 그 불행한 소수파에게 결국 살아 나갈 가망도 없이 임종의 고통만 주게 되는 것인데, 그것이 그들에게 미안한 일이 되지 않겠나?"

(그러자 편집자는 대답했다)

"그러나 몇 사람이 일어난다면 쇠로 만들어진 그 방을 부수고 나올 희망이 절대 없다고는 할 수 없어."

그렇다. 나는 물론 나 나름의 확신이 있지만, 희망으로 말하면 그것은 말살할 수 없는 것이고 또 희망은 미래에 있는 것이기 때문에 절대 없다고 하는 나의 깨달음으로 그의 '있을 수 있다'는 설을 무너뜨릴 수는 결코 없을 터, 그 때문에 나도 결국 뭔가를 쓰기로 승낙하고 말았는데, 그것이 바로 나의 첫 작품 「광인일기」였다.•

루쉰은 자신이 15세이던 해 아버지가 사망한 후 주어진 '대가족의 가부장' 역할에 충실하여 가능한 한 함께 살았고 일가친척을 돌보았다. 일례로, 산시 성 어느 현 지사의 보좌관으로 있던 루안이라는 먼 친척이 어떤 사건 처리와 관련해 강박을 받고 신경착란에 빠졌다가 1916년 가을 베이징에 있는 루쉰을 찾아왔다. 그러자 루쉰은 그를 1주일간 병원에 입원시켰다가 사람을 붙여 고향 사오싱에 무사히 돌아가게 했다. 루쉰은 또 평생 어머니에게 극진히 효도했다. 도쿄 유학 중 "색시가 있으니 귀국해 결혼식을 올리라"는 어머니의 일방 통고를 받고 일시 귀향하여 식을 치른다. 그 색시는 전족을 하고 있었고 문맹이었다.

그러면서도 루쉰은 '열혈 청년'이고 '경골한硬骨漢'이었다. 주지하다시피 루쉰은 센다이의학전문학교에 다니다가 갑자기 중퇴했다. 어느 날 학교에서 환등기를 틀어주었는데, 러시아군 스파이 노릇을 했다 하여 체포된 한 중국인이 중국인 관중이 보는 가운데 일본군 병사에 의해 목이 잘리는 장면이 있었다. 그는 나중에 그 때를 회상하며 이렇게 말했다. "'어리석고 힘없는 국민'은 설사 건장한 체격을 갖고 있다 하더라도 기껏해야 잘못의 본때를 보여주기 위한 재료나 그 관객 정도밖에 될 수 없다. 따라서 먼저 그들의 정신을 개혁하지 않으면 안 된다. 그리고 그것을 위해 나는 문학

• 「『눌함』 자서」 중.

예술을 택하겠다고 결심했다"(원래 그의 꿈은 의전을 졸업하면 돌아와 아버지처럼 잘못 진료받은 환자들을 구하고, 전쟁이 일어나면 군의관이 되는 것이었다).

신해혁명(1911)이 발발했을 때는 고향 사오싱에서 교사로 있었는데, 학생 무장대를 이끌고 성내 경비를 담당하다 혁명군을 맞아들였다.

교장의 현모양처주의 교육에 반대해 학생들이 들고 일어난 1925년의 '베이징 여사대 사건', 일본의 내정간섭에 대한 정부의 미지근한 태도를 성토하는 학생·시민의 시위대에게 군이 발포하여 47명을 사망케 한 1926년의 '3·18사건', 장제스가 북벌과 함께 자행한 1927년의 '4·12 반공쿠데타', 만주사변과 연계하여 일본군이 상하이를 침략한 1932년의 '상하이사변' 등등 사건·사변이 터질 때마다 그는 물러서지 않고 질타와 야유의 필봉을 휘둘렀다. 예를 들어 일본 사회학자 쓰무라야 히로시와 대담하면서 루쉰은 장제스의 4·12 쿠데타에 대해 이렇게 말했다.

> 처음에 그들은 공산당은 기관차요 국민당은 열차다, 혁명은 공산당이 국민당을 견인함으로써 성공한다고 말했었다. 보로딘은 혁명의 은인이라 하면서 학생들에게 최대한의 경의를 표하게 했고 그래서 청년들은 누구나 감격하여 공산당이 되었다. 그랬던 그들이 갑자기 변하여 공산당이라는 이유로 사람들을 닥치는 대로 살

육한 것이다. 구 군벌들은 처음부터 공산당을 용인하지 않았고 마지막까지 그런 주의를 지켰는데, 국민당의 행동 방식은 마치 폐탱 원수 같았다.

루쉰은 쓰고 말하고 쫓겨 다녔다. 1926년 8월에 백색테러가 횡행하는 베이징을 탈출해 애인 쉬광핑과 함께 철도로 남행했다. 1927년 9월에는 역시 쉬광핑과 함께 다시 광저우를 탈출해 비밀리에 기선을 타고 상하이로 향했다. 이때 이후 루쉰은 상하이에 정주했는데, 당시 상하이는 문예 논전의 중심지였다.

4·12 쿠데타 후 좌파 내부에서 벌어진 혁명문학 논전(1928~1929), 국민당계 문예지들을 파쇼적 어용문학으로 비판한 민족주의문학 논쟁(1931), 문학의 정치성·계급성을 부정하거나 경시하는 문학자들을 비판한 자유인 논쟁, 문어문이 부활하자 구어문을 옹호하면서 더 나아가 대중어를 창조하자고 주장한 대중어 논쟁(1934) 등으로 논쟁이 끊임없이 이어졌고, 그런 가운데 1930년 3월에는 중국좌익작가연맹(좌련)이 결성되기도 했다. 루쉰은 거의 모든 논전에 참여했고, 좌련에 가담했다.

루쉰은 상하이로 이주할 무렵 경제적으로 중산층의 삶을 살기 시작했다. 그러나 그것은 안정된 삶과는 거리가 멀었다. 상하이 시절만 해도 네 번의 피난 생활을 해야 했는데, 왕왕 목숨이 왔다 갔다 했다. 예를 들어 야음에 몇 가지를 챙겨 황망히 집을 나섰는데 잠시 후 일본 헌병대가 들이닥친 적도 있었다. 루쉰이 평생에 쓴 필명(가명)은 모두 140개나 되었다.

한편 루쉰은 사대부 집안에서 태어났지만, 그 시선을 거의 항상 다중 또는 기층 대중에게 두었다. 그리고 그들의 못난 점, 부족한 점을 자신도 가지고 있다는 전제하에서 생각하고 말했다.

단편 「작은 사건」(1919)에서 화자인 '나'는 어느 날 인력거를 탔는데, 인력거꾼이 달리다가 노파의 몸을 살짝 건드렸고 노파가 넘어진다. '내'가 보니 전혀 다친 것 같지 않았으나 노파는 다쳤다고 주장했고, 마음이 바쁜 '나'는 그것을 밉살스러운 거짓말이라고 생각한다. 그래서 인력거꾼을 향해 "아무것도 아니야. 빨리 가세"라고 재촉했으나 그는 내 말은 들은 척도 하지 않고 "조금도 주저함 없이 노파의 팔을 붙들고 한 발 한 발 저쪽으로 걸어가기 시작했다. 이상하게 생각하고 그쪽을 보니 거기에는 파출소가 있었다. …… 인력거꾼은 노파를 부축하여 그 파출소 정면을 향해 걸어가고 있었다. …… 돌연 나는 일종의 감동에 휩싸였다. 먼지투성이가 되어 있는 그의 뒷모습이 갑자기 커다랗게 느껴졌다."

덧붙이자면 파출소 앞에는 아무도 없었고 그 밖에 지켜본 사람이 없었으며, 인력거꾼은 사고를 냈으니 (적어도 당장은) 인력거를 끌 수 없게 되었다. 단편은 다음과 같이 끝난다.

> 이 수년래의 '문치文治'나 '무력武力'들이 내게는 어렸을 때 읽은

"자子 가라사대"나 "시詩에 이르기를"처럼 일언반구도 기억에 남지 않았다. 다만 이 사건만이 언제나 눈앞에 떠올랐고 때로는 전보다 더 선명하게 나타나, 나를 부끄러워 떨게 만들고 다시 또 용기와 희망을 북돋워주는 것이다.

「아Q정전」의 '아Q'는 마을 사람들의 조롱을 받고 이지메를 당할 때면 젊은 여승의 대머리를 쓰다듬거나 뺨을 꼬집는 등의 성희롱을 하여 자기가 받은 굴욕을 약자에게 전화한다. 그러면서 "나야말로 자신을 경멸할 수 있는 제1인자"라며 스스로를 달랜다(이른바 아Q의 '정신승리법'). 소설 말미에 그는 자오가趙家 강도 사건의 범인으로 한밤중에 체포되어 재판을 받고, 끝내 무슨 영문인지도 모른 채 총살당한다. 그리고 마을 사람들은 그것을 재미있다는 듯이 구경한다. 루쉰은 '아Q'라는 인물의 형상화를 통해 당시 중국의 민서民庶들을 한껏 조롱하고 있었는데, 그런데 그것은 그 자신에 대한 응시이기도 했다. 「『눌함』 자서」에서 루쉰은 이렇게 말했다.

내가 무력감에 빠져든 것은 이때였다. …… 어떤 사람이 어떤 주장을 했는데 사람들이 찬성한다면 계속 전진할 것이고 반대한다면 분발할 것이다. 그런데 사람들 속에서 외쳤는데도 전혀 반응이 없고 찬성도 반대도 없다면 마치 끝없이 거친 벌판에 버려져 있는 것 같아서 어찌 해야 할 바를 모르게 된다. 이 얼마나 서글픈 일인가.

이렇듯 나는 깊은 비애에 빠져 있었지만 화낼 생각은 조금도 없었다. 왜냐하면 이 경험이 나를 반성하게 하고 내 자신을 응시하게 만들었기 때문이다.

루쉰은 또 사대부 집안의 가장으로서 집안의 몰락을 겪고 있었으나 그 마음이 계급이익에 갇혀 있지 않았다. 역자가 느끼기에, 집안의 몰락과 나라의 몰락이 중첩됨으로써 비애가 그의 모든 작품에 드리워 있으나 그 비애는 무사無私의 비애, 무사無邪의 비애다. 예를 들어 다음과 같은 작품에서 역자는 그렇게 느꼈다.

루쉰은 일족의 형편이 나빠져 1919년에 사오싱 신대문에 있는 가옥과 부지를 매각하고 베이징 바다오 만의 저택을 구입해 이주하는데, 단편 「고향」은 그 12월에 한 달간 매각 관련 잡무를 처리하러 고향에 내려갔을 때를 배경으로 하여 쓴 이야기다. 소설은 이렇게 시작한다.

나는 혹독한 추위를 무릅쓰고 2,000여 리나 떨어진 곳에서 20여 년 만에 고향에 돌아가기 위해 길을 떠났다.

때는 이미 엄동이었다. 고향에 점점 가까워지자 날씨는 음산하게 흐려지고 찬바람이 씽씽 소리를 내며 선실 안까지 불어 들어왔다. 선창으로 밖을 내다보니 흐릿한 하늘 밑에 쓸쓸하고 초라한 마을이 활기라고는 조금도 없이 여기저기 가로놓여 있었다. 그러자 나도 모르게 마음속으로 슬픔이 치밀었다.

아아! 이것이 내가 20년 동안 못내 그리워하던 고향이었나?

내가 기억하고 있는 고향은 이런 것이 아니었다. 내 고향은 훨씬 더 좋았다. 나는 고향의 아름다움을 생각해내고 그 장점들을 말하고 싶었으나, 고향의 모습이 사라져버렸고 아무런 말도 떠오르지 않았다.

또 다른 단편 「주루에서」에서 '나'는 고향에 들른 김에 전에 교원 생활을 한 적이 있는 인근 S시를 찾는다. 그런데 친구들은 모두 타관에 나가 없었고, 나는 옛날에 다니던 주루(요리점)를 찾아 이 층에 오른다. 눈이 내리는 늦은 저녁이었다.

이 층은 텅 비어 있어서 정원을 내려다볼 수 있는 좋은 자리에 앉을 수 있었다. …… 늙은 매화나무 몇 그루가 겨울을 이기며 가지마다 꽃을 피워 한겨울의 매운 추위도 모르는 듯했다. …… 문득 생각난 것인데, 북방의 눈은 바삭바삭해서 바람이 불면 하늘 가득 휘날리지만 이 눈은 윤기가 있어서 무엇에 붙으면 떨어지지 않고 반짝반짝 빛난다. …… 석 잔을 비웠는데도 여전히 나 외의 네 개의 탁자는 비어 있는 채였다. 정원을 바라다보고 있는 동안 나는 차차 쓸쓸해졌지만, 그래도 다른 손님이 더 올라오지 않기를 바라고 있었다.

그런데 그때 뜻밖에도 뤼呂라는 친구가 계단을 올라왔다. '나'는 술을 두 근 더 시켰고, 이런저런 이야기를 나누다가 종내 그가 털어놓은 애절한 이야기 — 옛날 옆집에 살던 소녀를 찾아 멀리서 꽃비녀를 사 갖고 왔는데 그녀를 만날 수 없었다는 이야기를 듣게 된다…….

역자는 이와 같은 루쉰의 비애를 "널리 미치고 크게 받아들이는" 마음으로 파악한다.

또 한 가지, 저자는 루쉰이 구미나 일본으로부터 밀려오는 근대화의 물결에 저항하면서도 그것을 수용하려 애썼다는 사실을 여러 군데서 강조하고 있다. 사실 역자도 루쉰에게서 "폭우 속에 애써 이성理性의 키舵를 잡고 분투하는" 모습을 느끼곤 했다.

그런데 그보다 더 크게 다가오는 것은 그가 늘 대의를 따랐다는 점이다. 예를 들어 지나사변(1937) 후 공산당이 항일통일전선을 내세우자 그것을 무조건적으로 지지했고, 상하이의 저우양 그룹이 그것을 받아 좌련의 해체를 요구하자 그들을 불신했는데도 그것을 받아들였다. 리허린이 말했듯이(제9장) 루쉰은 "시종 정확한 노선을 견지"해나갔는데, 역자 생각에 그것은 그가 늘 대의를 붙잡은 소치이거니와, 이것은 그의 크게 중요한 면모가 아닐 수 없다.

다음으로, 이 책은 루쉰이 거주한 적이 있는 도시들, 즉 고향 사오싱에서 시작해 난징, 도쿄, 센다이, 베이징, 샤먼, 광저우, 홍콩, 상하이의 순서를 따라 돌면서 당시 이 도시들이 각각 어떤 모습이었는지를 상세히 되살리고 그곳에서 루쉰이 어떻게 보냈으며 어떤 작품을 썼는지를 소개하는 방식을 취하고 있다.

또한 루쉰을 '동아시아의 모던클래식'이라 칭하면서 중국 본토뿐만 아니라 홍콩, 타이완, 싱가포르, 한국(조선) 등의 동아시아 나라 사람들이 루쉰을 어떻게 읽어왔는지를 소개한다. 굳이 저자의 소개에 의하지 않더라도, 한국에서 일제 치하는 물론 해방 후 민주화 투쟁기와 그 이후(1987년 이후)로도 아주 많은 사람들이 루쉰을 읽어왔다는 것을 역자는 알고 있다(역자의 서가에도 1978년 12월에 발간된 『魯迅 阿Q正傳/狂人日記』가 꽂혀 있다).

말이 나온 김에 덧붙이자면, 저자는 다케우치 요시미가 루쉰을 일본에 소개하는 데 큰 역할을 하기는 했으나 루쉰의 요설체("굴절된 장문에 의한 미로와 같은 사고의 표현")를 여러 개의 단문으로 나눠 번역함으로써 의미는 더 분명하게 전달했을지 모르지만 그 문체가 전통과 근대 사이에서 고뇌하던 루쉰 자신을 나타내고 있는 점을 죽였다고 지적했다. 그런데 그 지적은 우리에게도 해당되는 듯하다. 저자는 「아Q정전」의 첫 소절을 예로 들어 원문에 두 문장으로 되어 있는 것이 다케우치 역에서는 여섯 문장으로 분할·번역되어 있다는 지적을 했는데, 우리나라의 이가원 역에서는 그

대목이 일곱 문장으로 분할·번역되어 있다(동서문화사, 1978년판, 2008년판).

저자는 또 언젠가 마오쩌둥이 "루쉰이 아직 살아 있다면"이라고 자문한 다음 "감옥에 갇혀 있으면서 여전히 글을 쓰려 하고 있거나"라고 자답한 적이 있음을 소개하고, 민주화운동가 류샤오보에게서 루쉰의 잔영을 발견하기도 한다. 이것은 세상을 보는 '루쉰의 관점'이 아직도 유효하다는 것을 내포한 말이다. 역자도 생각하기에, 만약 루쉰이 살아 있다면 덩샤오핑의 개혁·개방 노선에 찬성표를 던졌을 것이다. 그렇지만 오늘과 같이 심한 불평등 사회, 특권 사회를 보았다면 그의 등창이 터지거나 뇌혈관이 터질 가능성이 크지 않을까.

끝으로, 이 책에서 저자는 일본의 인기 작가 무라카미 하루키를 루쉰 계열의 작가라 하면서 높이 들추고 있는데, 『바람의 노래를 들어라』 등 소위 '무라카미 하루키 청춘 3부작'은 다 청춘소설이기도 하고, 여러 면에서 무리한 이야기인 것 같다. 그렇다 하더라도 이 책이 루쉰 이해에 좋은 길잡이가 된다는 데 이언異言은 없을 것이다.

2013년 11월

백계문

루쉰 연표

연도	나이	루쉰의 생애	동아시아의 사건
1881	0	9월 25일 사오싱에서 태어남	
1884	3		청불전쟁(~1885)
1885	4	동생 저우쭤런 태어남	
1892	11	삼미서옥 입학	
1894	13		일청전쟁 시작(~1895)
1896	15	부친 저우펑이가 병으로 사망	
1898	17	난징 강남수사학당 입학	(청) 무술정변
1899	18	광무철로학당 입학	(청) 의화단 봉기
1902	21	일본 유학, 히로후미학원 입학	(일) 가노 지고로가 고분학원 설립
1903	22	변발 자름. 쥘 베른 『달나라 여행』 번역·발간	
1904	23	센다이의학전문학교 입학	일로전쟁 시작(~1905)
1905	24		(청) 과거제도 폐지
1906	25	센다이의학전문학교 자퇴 후 도쿄로 돌아감 여름에 일시 귀가하여 주안과 결혼	
1908	27	나쓰메 소세키의 구택을 얻어 '고샤'라 명명	(청) 선통제 퇴위
1909	28	『역외소설집』(저우쭤런과 공역) 간행 귀국 후 항저우 절강양급사범학당 교원 임용	(일) 나쓰메 소세키 『그 후(それから)』를 ≪아사히신문≫에 연재(6월 27일~10월 14일)
1910	29	사오싱부중학당 교원 겸 교무장 취임	(일) 대한제국 병합
1911	30	사오싱 절강산회 초급사범학당 교장 취임	(청) 신해혁명
1912	31	난징으로 가 교육부에서 근무 임시정부 이전에 따라 베이징으로 옮김	(중) 중화민국 수립 (중) 위안스카이 임시 대총통 취임

1914	33		제1차 세계대전 발발
1915	34		(일) 중국에 21개조 요구
1917	36		러시아혁명
1918	37	「광인일기」 발표	(중) 장쭤린 베이징 진출
1919	38	저우 일족 베이징 바다오 만으로 거처 옮김	(중) 5·4운동
1920	39	베이징대학 강사 임용	
1921	40	「고향」 발표, 「아Q정전」 연재 시작	(중) 중국공산당 창립
1922	41		(일) 일본공산당 창립
1923	42	좐타후통으로 거처 옮김. 『눌함』 발간	(일) 관동대지진
1924	43		(중) 제1차 국공합작
1925	44	쉬광핑과의 왕복 서간 시작	(중) 광둥 국민정부 수립
1926	45	『방황』 발간, 샤먼으로 탈출, 샤먼대학 교수 임용	(중) 3·18사건. 북벌전쟁 시작.
1927	46	홍콩을 거쳐 광저우로 이동, 쉬광핑과 합류함. 중산대학 교수 임용 후 반공쿠데타에 항의하여 사직. 상하이로 이동.	(중) 4·12 반공쿠데타
1928	47	『조화석습』 발간	(중) 일본군이 장쭤린 폭살, 수도를 베이징에서 난징으로 옮김
1929	48	아들 저우하이잉 태어남	
1931	50		(중) 만주사변
1932	51	상하이사변 때문에 우치야마서점으로 일시 피난	(중) 만주국 건국, 상하이사변 (일) 5·15사건
1933	52	쉬광핑과의 왕복 서간집 『양지서』 발간	(일) 국제연맹 탈퇴
1935	54	번역서 『불사의 혼』(고골리) 발간	(중) 중국공산당 8·1선언
1936	55	『고사신편』 발간, 중국문예공작자선언(국방문학논전)에 참여	(일) 2·26사건
		10월 19일 서거	(중) 시안(西安)사건

자료: 藤井省三, 『魯迅事典』(三省堂) 권 말의 연표를 토대로 작성함.

사진의 출처

* 괄호 안 숫자는 해당 사진이 있는 본문 쪽수입니다.

** 여기에 출처가 표기되지 않은 사진은 저자가 직접 촬영했거나 소장한 것입니다.

上海魯迅紀念館編. 2996.『上海魯迅紀念館藏文物珍品集』. 上海古籍出版社. (255)

上海魯迅紀念館 · 上海國際友人研究會編. 1995.『日中友好の先驅者』. 上海人民美術出版社. (167)

上海魯迅紀念館 · 中國美術家協會上海分會編. 1981.『魯迅與書籍製幀』. 上海人民美術出版社. (90, 128)

須藤五百三. 1939.『酒』(상하이 북사천로 우치야마서점에서 판매). (260)

田中慶太郎. 1932.『魯迅創作選集』. 文求堂. (191)

魯迅 · 東北大學留學百周年史編集委員會編. 2004.『魯迅と仙台』. 東北大學出版會. (72)

魯迅博物館編著. 1998.『魯迅文獻圖傳』. 大象出版社. (37, 40, 56, 70, 73, 79, 85, 90, 92, 95, 97, 138, 140, 194)

지은이 **후 지 쇼 조 藤井省三**

중국 근현대문학을 전공했으며, 현재 도쿄대학 문학부 교수이다. 1952년 도쿄에서 태어나 1982년 도쿄대학에서 문학 박사과정을 마치고 오비린대학에서 조교수를 지냈다.

저서로는 『에로센코의 도시 이야기(エロシェンコの都市物語)』, 『루쉰 「고향」의 독서사(魯迅「故郷」の讀書史)』, 『타이완 문학 그 백년(臺灣文學この百年)』, 『루쉰 사전(魯迅事典)』, 『무라카미 하루키 속의 중국(村上春樹のなかの中國)』 등이 있으며, 역서로는 모옌(莫言)의 『술의 나라(酒國)』, 리앙(李昂)의 『남편을 죽이다(夫殺し)』, 『자전 소설(自傳の小說)』, 크리스토퍼 뉴, 『상하이(上海)』(감수), 정이(鄭義)의 『신수(神樹)』, 루쉰의 『고향・아Q정전(故鄕/阿Q正傳)』, 『주루에서・비공(在酒樓上/非攻』 등이 있다.

옮긴이 **백 계 문**

서울대학교 법과대학을 졸업하고, 중앙대학교 대학원에서 교육학을 전공했다. 민주화운동가이자 정치활동가이다.

저서로는 『성공한 개혁가 룰라』 등이 있으며, 역서로는 『중국 기업의 르네상스』, 『진화하는 중국의 자본주의』, 『21세기 패자는 중국인가』, 『김정은 체제: 북한의 권력구조와 후계』 등이 있다.

한울아카데미 1664

루쉰

동아시아에 살아 있는 문학

지은이 ı 후지 쇼조
옮긴이 ı 백계문
펴낸이 ı 김종수
펴낸곳 ı 도서출판 한울
편집 ı 최규선

초판 1쇄 인쇄 ı 2014년 1월 24일
초판 1쇄 발행 ı 2014년 2월 20일

주소 ı 413-756 경기도 파주시 광인사길 153 한울시소빌딩 3층
전화 ı 031-955-0655
팩스 ı 031-955-0656
홈페이지 ı www.hanulbooks.co.kr
등록 ı 제406-2003-000051호

Printed in Korea.
ISBN 978-89-460-5664-0 03820 (양장)
ISBN 978-89-460-4826-3 03820 (학생용)

* 이 책은 강의를 위한 학생용 교재를 따로 준비했습니다.
  강의 교재로 사용하실 때에는 본사로 연락해주십시오.
* 책값은 겉표지에 표시되어 있습니다.